KB272566

죽지 마, 소슬지

죽지 마, 소슬지

원도 지음

한끼
Han kc

일러두기

1. 영화 제목, TV 프로그램명은 〈 〉로 표기했습니다.
2. 외래어는 국립국어원의 외래어 표기법을 따랐으나, 일반적으로 통용되는 경우에
   는 관용에 따라 표기했습니다.
3. 이 소설에 등장하는 인물, 사건, 지명 등은 모두 허구이며, 실제와는 아무런 관련
   이 없습니다.

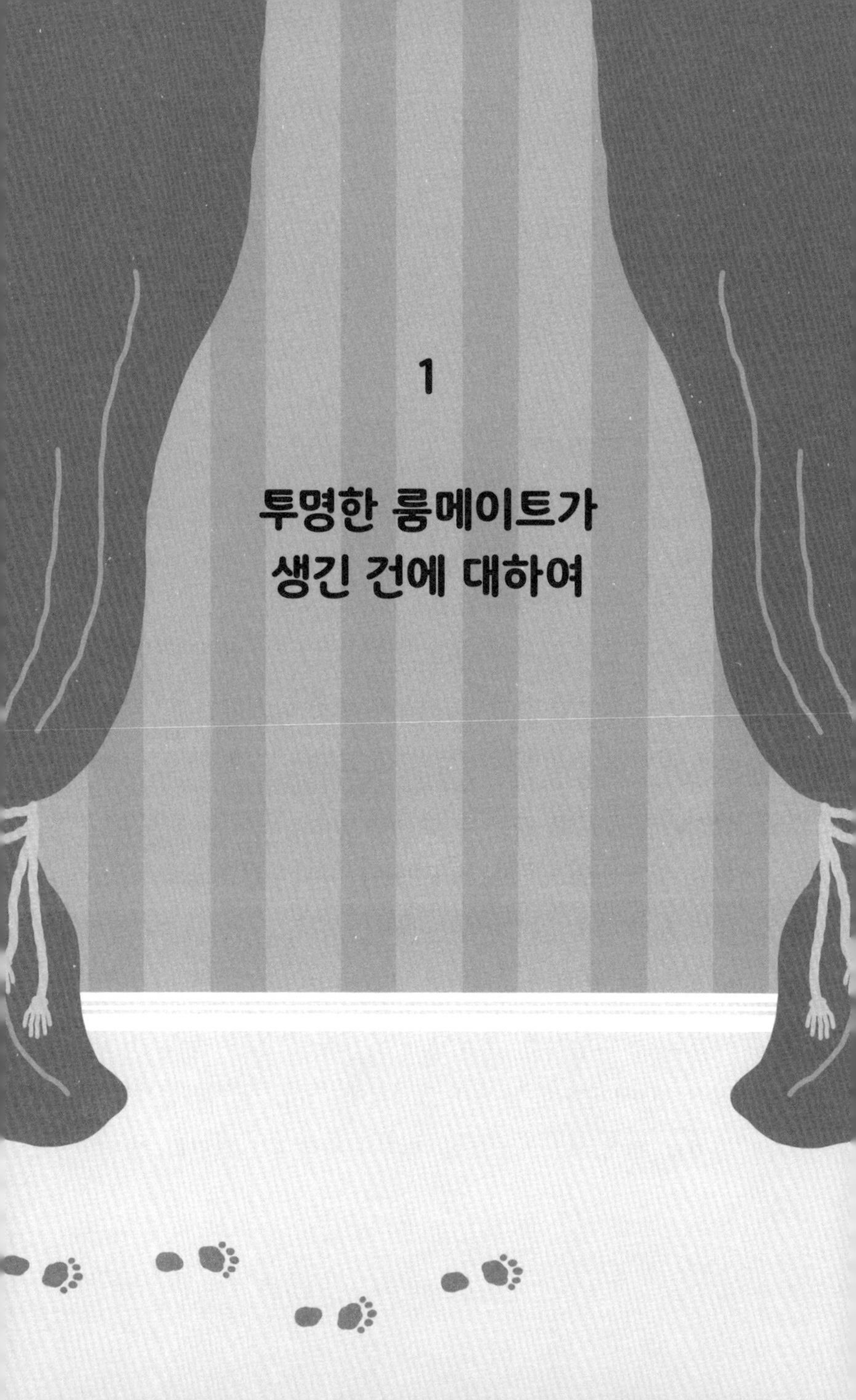

1

투명한 룸메이트가
생긴 건에 대하여

“…저기요. …저기요?”

출처를 알 수 없는 소리가 하주의 귓전을 맴돌았다. 언제부터 잠들었던 걸까? 돌아누운 오른쪽 어깨에서부터 손가락 끝까지 저릿한 느낌이 들어 눈을 뜨려던 하주는 다시 한번 고막에 꽂히는 “저기요” 하는 소리에 도리어 눈을 수도꼭지처럼 꽉 잠가버렸다. 왜냐하면 이곳은 하주가 혼자 사는 집이기 때문이었다.

집이라기엔 방이 하나뿐인 구조인지라 옳은 표현이 아니었고, 방이라기엔 그 안에 나름대로 거실 겸 주방 겸 침실 겸 서재까지 들어가 있었기에 그저 '방'이라는 한 글자로 퉁치자니 스스로의 청춘이 서럽게 느껴졌다. 방이 하나뿐이란 말은 그 안에서 어떤 일이 발생했을 경우 하주가 딱히 도망칠 곳이 없다는 뜻이기도 했다.

꿈인가?

그렇다고 하기에는 돌아누운 자세에서 느껴지는 각종 근육통이 지나치게 생생했다. 무엇보다 잘 익은 벼처럼 가지런히 정렬된 팔 털부터 몇 없는 눈썹까지, 목을 치켜들고 서버린 감각이 너무도 싸늘했다. 온몸에 퍼진 신경 세포가 주인인 하주에게 경고하는 듯했다. 지금 이 순간은 절대 꿈이 아니라고.

그렇다면 현실인가? 현실이라면 어떻게 해야 할까?

7평짜리 원룸에서 유일하게 분리된 공간은 화장실이었다. 화장실로 도망가 봤자 창문이 너무 작아 밖으로 뛰어내릴 수 없고, 거기서 들고 싸울 만한 장비라고 해봐야 변기 솔 정도 되려나. 솔에 똥이라도 묻어 있다면 모를까, 무엇 하나 치명적인 구석이 없었다.

'최근에 혼자 사는 여성의 집에 누군가 침입한 사건이 있었나… 사건? 아, 그렇지!'

하주는 마침내 떠올렸다. 자신이 대한민국 경찰관이라는 사실을.

그래서 뭐?

미지의 위기 상황을 벗어날 수 있을 거라는 희망은 '뭐'라는 한 글자로 삽시간에 사그라들었다. '방'이라는 한 글자로 경제적 수준이 요약된 것과 같이. 경찰인데 뭐 어쩌라고? 경찰관이 사는 집에는 불청객이 찾아오지 않는다는 법이 있는 것도 아니고. 얼마 전에도 옆 경찰서 소속 경찰관이 전세사기를 당한 일이 직원들 사이에서 화제되지 않았던가.

비좁은 울타리를 벗어난 토끼 한 마리가 뛰놀듯, 하주의 머릿속에서는 비극에 가까운 상상을 포함한 온갖 생각이 대책 없이 날뛰기 시작했다. 하지만 그 토끼의 체력이 하주와 비슷했던지, 날뛰는 게 오래가지는 않았다. 어쩌면 인간은 예상보다 훨씬 더 적응에 강한 동물인지도 몰랐다.

두려움에 떨던 하주는 얼마간 시간이 지나자 어깨가 너무 뻐근해져 반대쪽으로 돌아눕고 싶었다. 그리고 무엇보다 참을 수 없이 화가 났다. 이 집은 '원룸'이라는 두 글자로 칭하기엔 너무 아까운 곳이다. 목돈이 없는 세입자가 잠깐 머물다 떠나는 원룸이 아니라, 동생만 줄줄이

딸린 하주가 그토록 염원해 온 독립을 이룩한 성지에 가까웠다.

'고생 고생 개고생을 해서 얻은 나만의 공간인데, 감히 누가 들어와? 난 죽어도 여기서 죽을 거야.'

점화된 분노가 공포를 이겨낸 순간, 하주는 저도 모르게 눈을 번쩍 떴다. 전등을 켠 듯 일순간 떠진 눈으로 급격히 맞닥뜨린 현실의 모습은 오히려 현실감 없이 멀게 느껴졌다. 싸구려 벽지부터 구석 부분이 조금 들뜬 장판까지. 독립의 황홀감에 취한 상태에서도 약간은 구질구질하게 느껴지는 풍경이 일목요연하게 펼쳐지는 동안, 하주를 부르는 소리는 들리지 않았다. 누군가의 숨소리나 걷는 소리도 일절 나지 않았다.

역시 꿈이었구나.

최근 연일 이어진 강도 높은 야간 근무로 몸이 버거워져 가위에 눌린 게 분명했다. 아닌 게 아니라 그럴 수밖에 없잖아! 급격히 긴장이 풀린 하주는 하마터면 크게 웃을 뻔했다. 조그만 자극에도 범죄 드라마, 그것도 최대한 강력계 업무에 가까운 시나리오를 써 내려가는 게 경찰관의 유구한 직업병일 테지. 상황 판단을 마친 하주가 얼굴근육을 삐그덕거리며 웃음 지으려 할 때, 등 뒤에서 다시금 목소리가 날아들었다.

"경찰관님… 주무세요?"

너무 놀라 반쯤 올라간 입꼬리가 그대로 굳어버렸다. 거울을 봤다면 꽤나 비틀린 표정이었을 테지만, 회사에서 자주 짓는 표정이니 그다지 색다른 느낌은 아니겠지. 아니, 이게 아니고! 아무튼 직업이 경찰관이라는 사실까지 알고 있다니, 보통 놈이 아닌 게 틀림없었다.

하주는 단숨에 피할 수 없는 상황이 다가오고 있음을 직감했다. 죽어도 여기서 죽겠다는 말은 전면 취소다. 살고 싶다. 가능하면 어떤 고통도 없이, 아주 오래도록, 나만의 공간에서.

원룸에서 사망한 변사자는 경찰관이 검시하기 힘들다. 고시원에서 사망한 변사자를 검시하던 날, 비좁은 평수 탓에 결국 시신을 복도까지 끌어내 확인했던 모습이 떠올랐다.

'그게 나의 마지막이 되게 두진 않을 거야!'

하지만 고개를 돌리지 못한 하주의 시야에 사람의 형상은 여전히 보이지 않았다.

'그럼 아까부터 계속 내 뒤에 서서 뒷모습만 보고 있었 다는 소리야?'

남향이 아니라 햇빛이 잘 들지 않아서인지 벽에 일렁 이는 침입자의 그림자조차 보이지 않았다. 불행 중 다행 이라면 목소리의 주인이 여자라는 점 정도였으나, 여자 라고 해서 안전하다는 보장도 없는 법.

그때 하주의 눈앞으로 불쑥, 거꾸로 뒤집힌 여자의 얼 굴이 튀어나왔다.

"뭐야. 일어났네요?"

하주는 지금 상황에서 기절하지 않은 자신이 신기할 지경이었다. 공포영화 주인공처럼 신명 나게 비명이라 도 지르고 싶었지만, 어찌 된 일인지 몸은 각목처럼 굳어 버렸을 뿐이었다. 성대까지 굳었는지 삑사리조차 나오지 않았다.

'내 인생은 이대로 끝인가? 이제 죽는 건가?'

강력계에 가까웠던 시나리오는 천상계까지 진출할 셈 인지, 하주의 머릿속이 요동치기 시작했다.

'오늘 아침 퇴근할 때 근덕 반장님이 웬일로 햄버거 먹 고 가자고 했는데. 그거라도 먹고 올걸. 심지어 사준다고 했는데. 먹고 죽은 귀신이 때깔도 좋다는데. 휴대전화 비밀번호를 아는 사람이 없는데, 내가 죽고 나면 잠금은 어떻게 풀지? 아이폰이라서 지문 대신 얼굴 인식밖에 안 된다고…! 동생한테 은행 앱 아이디 정도는 알려둘 걸 그랬나. 남은 가족들이 내 돈을 못 찾아 먹으면 어떡하지? … 아니다. 내가 어떻게 모은 돈인데. 남들 잘 때 시뻘건 눈 부릅뜨고 시체 냄새 맡아가며 번 돈인데 써보지도 못하고 죽는단 말야? 이런 씨, 차라도 한 대 뽑을걸!'

딱딱하게 굳은 머리에서 쏟아내는 가정들이 고작 이런 것들뿐이라니. 경찰관의 주마등은 원래 이렇게까지 과도하게 현실적인 것인지, 아니면 궁색해진 자신이 할 수 있는 상상이 여기까지였을 뿐인지, 하주는 알 수 없었다.

하주의 머릿속에 수많은 생각이 스치는 동안, 여자는 자세를 바꾸지 않고 투명한 눈으로 하주를 계속 응시했다. 천천히 눈을 끔뻑이던 하주는 여자의 얼굴에서 수상한 점을 발견했다. 이 와중에 침입자의 특이점이나 찾고 있다니, 오늘 일을 상부에 보고해 '참된 경찰상'이라도 받고 싶은 심정이었다. 물론 죽고 나면 상장 따윈 아무 소용 없겠지만.

아무튼 하주가 발견한 수상한 점은, 여자의 얼굴이 좀 투명하다는 것이었다. 그 낯선 투명함을 주시하며 하주는 천천히 몸을 일으켰다. 마치 어떤 소음도 내서는 안 된다는 규칙이라도 있는 것처럼, 아주 느릿하고 적막하게. 요상한 자세로 허리를 숙이고 있던 여자도 하주의 움직임을 따라 상체를 곧추세웠다. 그리하여 하주는 앉은 채로, 여자는 선 채로 서로를 마주 보는 모양새가 됐다.

"괜히… 저 때문에 깨셨나요? 저는 하도 안 일어나시길래…."

여자는 똑바로 서 있어 본 적이 없는 것처럼 몸을 비비 꼬더니 질문 뒤에 낮은 웃음을 덧붙였다. 한평생 무표정한 얼굴로 대화해본 경험이 없는 듯한 소심한 태도였다. 무슨 상황인지 전혀 파악은 안 됐지만, 어쨌든 평범하다고는 할 수 없는 이 상황에 웃음이 나오나? 하주는 조금 전까지 타오르던 분노에 불을 붙이고 싶은 심정이었지만, 침입자가 어떤 돌발 행동을 할지 알 수 없었기에 최대한 숨을 고르려 애썼다. 밤샘 근무 후 제대로 자지 못하고 깨어난 탓에 깨질 듯한 두통이 이어졌다. 한마디로 정신이 오락가락한다는 뜻이다. '나 때문에 깼냐'는 질문은 방금 잠에서 깬 경찰관과 침입자가 대치하는 장면에서 나올 수 있는 것 중 가장 황당한 말이었다.

"누구세요? 여기 어떻게 들어왔어요?"

하주는 강하게 말하며 곁눈질로 휴대전화를 찾았지만, 아주 먼 곳에 떨어져 있었다. 원룸 내부가 이렇게 광활하게 느껴진 적은 처음이었다. 휴대전화까지 가는 도중 저 여자가 자신을 붙잡아 내팽개칠 수도 있겠다는 생각이 들 만큼의 거리였다. 경찰이든 소방이든 신고해야 할 텐데. 어떻게 빠져나가지. 열심히 계산기를 두드리는 하주의 모습에도 아랑곳하지 않던 여자는 머리를 긁적이며 헤실헤실 웃을 뿐이었다.

"그러게요. 내가 어떻게 들어왔지?"

"도둑이에요? 비밀번호는 어떻게 알았냐고요!"

든든함과는 거리가 먼 부모 아래 동생만 줄줄이 셋이나 딸린 채 원룸을 전전하며, 비통함을 더 보태자면 영원히 이 모양 이 꼴일지도 모를, 월급은 매년 올라봐야 달에 3만 원 남짓 인상되는 공무원이 사는 집에 난입하다니. 저 여자는 세상에서 가장 멍청한 도둑임에 틀림없었다. 애초에 범죄 타깃을 원룸으로 잡았다는 것부터 이해되지 않는 행보다.

"네? 저 이 집 비밀번호 몰라요."

"그럼 어떻게 들어왔어요? 내가 분명 문을 잠갔는데!"

"저도 잘… 그냥 들어와지던데요."

"그걸 말이라고 해요? 대체 누구시냐고요!"

여자의 황당한 태도에 참지 못한 하주가 자리를 박차고 일어났다.

"저 기억 안 나세요? 흠… 하긴. 초면이라 기억 못 하시려나."

창백한 손가락으로 한가하게 볼을 긁적이는 여자를 보던 하주는 다시금 새로운 사실을 발견했다. 여자는 얼굴뿐만 아니라 몸 전체가 투명했다. 유리처럼 투명한 건 아니지만, 여자의 등 뒤에 있는 사물이 가슴께에 어른어른 비칠 정도로. 마라탕을 먹을 때 잊지 않고 추가하는 중국 당면보다 조금 더 투명한 농도랄까. 순수한 투명색이 아니라 시멘트를 한두 방울 섞은 듯 회색기가 도는, 어딘가 불쾌한 투명함이었다.

하주는 지금까지 수집한 정보를 머릿속에서 차례대로 되짚어 보았다.

'웬 여자가 내가 잠든 사이 집에 들어옴. 비밀번호는 모른다고 함. 현관문을 직접 열고 들어온 건 아닌 듯. 분명히 문을 잠그고 잤기 때문에 열린 문을 통해 들어왔을 가능성은 전혀 없음. 빈손인 차림새로 보아 특수 장비로 도어록을 훼손시켰을 것 같지도 않음. 그럼 창문인가? 지저분한 배관과 창틀을 타고 넘어왔다고 하기엔 역시나 차림새가 지나치게 깨끗함. 거기다 배관에 매달릴 악력도 없어 보임. 무엇보다 여자의 몸은 중국 당면처럼 투명한 상태. 투명한 몸이 의미하는 건 뭘까? 곤약 귀신 같은 건가. 가만… 귀신? 설마 아직도 꿈속인 건 아니겠지. 꿈속의 꿈? 학생 때 배운 액자식 구조, 뭐 그런 거?'

"제 이목구비가 좀 흐릿하게 생기긴 했죠. 그래도 얼마 안 됐으니까 알아보실 줄 알았는데."

혼자만의 추리에 빠져 있던 하주가 몽롱한 기색으로 되물었다.

"얼마 안 됐다뇨? 도대체 뭐가요?"

"죽은 지 얼마 안 됐다고요."

드디어 나에게도 귀신이 붙었구나. 하주는 이렇게 생각했다. 과학수사팀에서 근무하면서 종종 '누가 신병이 났다더라’, ‘귀신이 몸에 붙어 다니는 기분이 심해져 정신병원에 입원까지 했다더라’ 하는 도시 전설 같은 이야기를 많이 들었다. 그 사람을 괴롭힌 건 신병이나 귀신이 아니라 24시간 당직 근무라는 미친 근무 사이클이라며 시큰둥하게 넘긴 과거의 자신이 원망스러웠다. 선배들의 이야기를 조금 더 귀 기울여 들을걸. 신병은 어떻게 나았는지. 정신병원에서 집중 치료 후 일상으로 무사히 복귀했는지. 어떤 치료를 받았는지. 신병이 맞긴 했는지. 무엇보다 치료비용이 얼마나 들었는지. 선배들의 ‘카더라’가 자신에게 생존 수칙으로 다가올 줄이야. 역시 먼저 살아본 사람들의 이야기는 허투루 흘려버릴 게 아니었다.

하주는 여자의 얼굴을 찬찬히 바라보았다. 여자는 하주의 시선이 부끄러운 건지 이 상황이 낯간지러운 건지 알 수 없는 표정으로 “헤헤” 하고 소리 내 웃었지만, 고개를 돌리지는 않았다. 감정을 조금 누그러뜨린 채 찬찬히 뜯어보자 묘하게 낯이 익었다. 분명히 만난 적이 있다. 이렇게 특징 없게 생긴 여자를.

“설마… 소슬지 씨?”

귀신이 보인다. 귀신이 씨익 웃었다. 귀신이 웃는 게

절대로 좋은 징조는 아니겠지. 그래도 화를 내는 것보다 낫지 않을까?

"맞아요. 제 이름 기억하시네요?"

하주는 귀신인지 침입자인지, 도무지 정체를 알 수 없는 그녀의 이름을 떠올렸다. 이름 소슬지, 나이는 29세로 자신과 동갑. 반나절 전 욕실에서 사망한 채 발견된, 세입자가 죽었다는 신고를 받고 출동해 자신의 손으로 사망 사실을 확인한 사람.

'아, 결국 귀신도 사람이었구나.'

하주는 저도 모르게 고개를 끄덕였다.

책상 서랍 속 물건이 어지럽게 흩어지는 소리가 원룸을 가득 메웠다. 좁은 원룸은 작은 소리로도 꽉 차곤 했다. 옛날 전래 동화 중 현명한 사람을 가리기 위해 후보자들에게 한 냥씩 주고 방을 꽉 채울 만한 무언가를 사오도록 했다는 내용의 이야기를 읽은 적이 있다. 촛불을 사 와 빛으로 방을 채운 이가 최종 우승을 거머쥐었지. 그러나 이야기 속 방의 크기가 지금과 같은 7평짜리 원룸이었다면, 종이 한 장을 시끄럽게 구기는 소음만으로

도 족했을 것이다. 거기까지 생각이 미치자 하주는 기분이 조금 가라앉았다.

"뭐 찾으세요?"

하주의 행동을 흥미롭게 바라보던 슬지가 물었다. 혹여나 서랍 속에서 귀신을 퇴치할 스프레이나 무속 용품이 나올까 기웃거리던 슬지의 눈에 보인 건 비닐을 뜯지 않은 수첩들이었다.

하주가 쓰는 벙커형 침대 아래에는 다크 우드 톤의 나무 책상이 놓여 있었고, 책상 아래에는 책상과 전혀 다른 색상의 서랍이 숨어 있었다. 이질적인 색감으로 보아 서랍과 책상은 따로 구매한 듯했다. 모래를 뒤적이는 고양이처럼 하주가 열심히 뒤지던 서랍 속에는 같은 디자인에 색깔만 다른 손바닥 크기의 수첩 네 개가 들어 있었다. 하주는 그중 회색 수첩을 집어 들었다. 퉁퉁 불은 당면처럼 어느 정도 불쾌한 투명도를 지닌 슬지와 회색이 잘 어울렸기 때문이었지만, 굳이 슬지에게 선택의 이유를 설명하지는 않았다. 지금 이 상황조차 설명되지 않는데, 무슨 말을 한단 말인가? 하주는 해맑은 표정으로 자신을 응시하는 슬지의 시선을 애써 무시한 채 서랍에서

라벨 프린트기를 꺼내 '소슬지' 세 글자를 인쇄한 후 수첩 표지에 붙였다. 이 수첩은 소슬지에 대한 기록용으로 쓰일 예정이다. 수첩에 가장 처음 적은 글은 이러했다.

소슬지 / 나이 29세 / 직업 귀신

하주가 적은 내용을 구경하던 슬지가 피식 웃었다.

"그건 뭐예요? 제 전용 수첩이에요?"

"머리가 혼란스러워서 정리 좀 하려고요."

"휴대전화 두고 수첩이라니. 뭐랄까, 진짜 옛날 형사 같으세요."

"옛날에 형사과에 있긴 했어요."

하주가 심드렁하게 대꾸했다. 미국 수사 드라마에서 봤던 주인공을 따라 하다 생긴 버릇이라고 구구절절 설명하기엔 민망한 구석이 있었다. 처음 경찰관이라는 직업을 선택했을 때의 마음 따위 면접관 말고는 아무도 궁금해하지 않았으나, 하주는 나름대로 직업에 대한 자부심과 열정을 품은 모범 공무원이었다. 성실한 태도에 비해 박한 연봉을 받는 모범 공무원은 수첩에 적은 '직업 귀신’ 글자 끝에 고민하다 세모를 그려 넣었다.

소슬지 / 나이 29세 / 직업 귀신 △

　귀신인지 뭔지 슬지의 정체가 명확하지 않다는 뜻을 가진, 하주 나름의 표식이었다.
　“정리하자면 슬지 씨는 지금 귀신이다, 이거죠? 제가 미친 게 아니고 진짜 ‘귀신’이라고요?”
　짧게 한숨을 뱉은 하주가 바닥에 털썩 앉으며 물었다. 양반다리를 했지만, 유연성이 좋지 않은 고관절 탓에 양쪽 무릎이 바닥에 닿지 않았다. 맞은편의 슬지는 양 무릎을 감싼 자세로 앉았다. 서로 마주 보고 앉은 모습에서 어색함이 조금은 사라진 듯했지만, 이성적으로 생각해 보면 그 모습조차 웃겼다. 퇴근 후 집에서 자다 깨보니 눈앞에 귀신이 나타났습니다? 어떻게 표현해 봐도 요즘 유행하는 웹소설 제목 같았다. 심지어 생면부지의 귀신도 아니고 죽음의 행정 처리를 밟아준… 구면이라 하기도 애매한 사이. 죽은 채 눈을 감고 있던 파리한 모습과는 달리, 자신을 향해 또렷하게 뜬 눈동자에는 생명력이 흘러넘쳤다. 이 차이를 누구에게 설명할 수 있을까. 거울을 보고 비교해 보면 분명 피곤에 전 자신의 눈보다 또랑또랑한 슬지의 눈이 훨씬 더 살아 있는 사람처럼 보일 게 틀림없었다. 생명은 어디에서 비롯되는 걸까. 의학적으로는 심장 활동의 여부로 판단하지만, 살아 있다는 말에는 그 이상의 행동과 가치가 담겨 있지 않을까. 하주는 괜히 헛기침하며 잡생각을 떨쳐냈다.

팔로 둘러싸인 슬지의 무릎은 여전히 투명해서 등 뒤에 있는 물체가 희미하게 비쳤다. 하주는 더 이상 이게 꿈인지 생시인지 알아보려는 노력을 그만두었다. 너무 많이 꼬집어서 벌겋게 부어오른 뺨이 잔뜩 성이 난 상태였다. 현실을 부정하는 대신 최대한 안 어울리는 두 단어를 조합해 이 상황을 우스꽝스럽게 넘겨보려 애썼다. 예를 들면 슬지의 투명도는 귀신의 퍼스널컬러구나, 하고 이해하려는 시도 같은 것 말이다. 하주의 복잡한 속내는 알 길이 없다는 듯 여전히 헤헤 웃던 슬지가 유쾌한 톤으로 대답했다.

"아무래도 귀신이겠죠…? 어쨌든 전 죽었잖아요. 맞죠? 그래서 저희 집으로 출동하신 거 아니에요?"

"맞아요. 젊은 여자가 죽었다는 신고를 받고 출동한 거니까."

"근데 절 발견한 사람이 누구죠?"

아직 '죽음'이라는 단어를 입에 올리기 어색하다는 듯 슬지가 한 박자 쉰 뒤 재차 물었다.

"제가 주, 죽어 있는 걸 발견한 사람요."

"박미자 씨요. 슬지 씨가 살던 원룸 건물 주인이라고 하시던데요."

"그 아줌마가요?"

순간 슬지의 미간이 찌푸려졌다. 맹숭맹숭하게 생긴 얼굴에 새겨진 주름이 이질적인 인상을 주었다. 그러고 보니 평소 연락하는 다른 사람이 없었나? 하주의 고민이 무색하게 슬지는 영 뜬금없는 질문을 던졌다.

"경찰관님. 근데요, 그걸 뭐라고 하지? 과학수사대? 정식 명칭이 뭐예요? CSI인가?"

"예? 이 상황에 그게 궁금해요?"

하주는 진척 없는 지금의 상황이 답답해서 목소리를 높이고 말았다. 짜증이 솟구쳐 올라 죽을 지경이었다. 늘 잠은 부족하고, 먹은 것도 없는데 배는 또 꾸루룩거리고,

속은 더부룩하고, 무엇보다 어떻게 얻은 나만의 공간인데 웬 여자 귀신이 멋대로 들어와서는 CSI가 뭐냐는 질문이나 던지고 있다니. 어제부터 시작된 하루가 아직까지 끝나지 않은 느낌이었다. 미치도록 혼자 있고 싶었다. 혼자서 변기가 흔들릴 만큼 강하게 방귀를 뀐 뒤 뱃속의 모든 걸 비워내고 싶었다. 든 게 있다면 말이다.

그러니까, 이 말도 안 되는 일은 한 그릇의 순댓국에서 시작됐다.

소슬지 발견 2시간 전.

24시간 당직 근무로 돌아가는 과학수사팀의 일정에 맞춰 성실하게 출근한 하주는 저녁으로 순댓국을 먹었다. 하주가 4년째 근무 중인 과학수사팀은 2인 1조로 짜여 움직이는데, 하주의 조장인 조근덕 경위는 국물류를 참 좋아하는 아저씨였다. 생각해 보면 국물류를 싫어하는 조장은 여태껏 보지 못했으니, 조장의 덕목에는 '국물 음식에 대한 선호도'가 들어가는 게 분명했다. 어쩌면 중년 남성이 되기 위한 필수 조건일지도. 대한민국 정부에서 중년 남성에게만 은밀히 교육하는 과목이라 해도 믿을 지경이었다.

"변 경사! 오늘 저녁은 순댓국 어때?"

지난 당직도, 지지난 당직도, 지지지난 당직도 순댓국을 먹었지만, 늘 처음 먹는 것처럼 발랄하게 묻는 근덕을 향해 하주는 억지로 입꼬리를 들어 올리며 고개를 끄덕일 수밖에 없었다. 심지어 점심으로 육개장을 먹었지만 말이다. 근덕은 국물에 빠지지 않은 쌀은 씹으면 안 된다는 철칙이라도 있는 것처럼 메뉴를 골랐다. 언제 신고 출동을 나가야 할지 몰라 멀리 나갈 수도 없는 처지여서 메뉴 선택의 폭도 넓지 않았다. 순댓국에서 시작해 김치찌개로 끝나는 국물류 라인업을 두 바퀴쯤 돌면 한 달이 지나 있곤 했다. 조선시대에 해시계가 있었다면 하주에겐 국물 시계가 있는 셈이었다.

게다가 근덕은 서울경찰청 내부에서 음식을 빨리 먹는 속도로 타의 추종을 불허했는데, 입이 작은 데다가 실평수도 좁게 빠진 하주에게는 그저 버겁기만 한 조장이었다. 2인 1조 체제 특성상 따로 식사하기도 애매했기에, 하주는 언제나 눈물을 머금고 근덕과 함께 전투에 가까운 식사를 처리해 왔으나 결과는 백전백패. 아예 천천히 먹겠다고 선언하고 느리게 먹어도 봤지만, 근덕은 하주가 밥을 다 먹을 때까지 맞은편에서 휴대전화만 보고 있으니, 이것도 참 못 볼 풍경이었다. 근덕이 보는 거라곤 대부분 그가 가진 주식의 동향이었고, 모두가 합심해 하향 그래프를 그리고 있었으니까. 그렇다고 밥을 정량보다 적게 먹으면 꼭 저녁 8시나 9시쯤 미칠 듯이 배가 고팠다. 24시간 근무이니 배는 채울 수 있을 때 채워둬야 한다는 근덕의 말은 옳았다.

입천장과 혓바닥을 뜨거운 국물에 지져가며 허겁지겁 식사를 할 때마다 하주는 사무실 창고에 처박아둔 빗자루와 쓰레받기가 생각났다. 곳곳에 이가 나가 머리카락 하나도 제대로 쓸지 못했지만, 어떻게든 본연의 역할을 해보려 애쓰는 그들의 모습이 순댓국을 마주한 자신의 모습과 겹쳐 보여 동질감마저 느껴졌다. 아무리 고군분투해도 진공청소기인 근덕에겐 상대조차 되지 않는 성능을 가진 구닥다리 빗자루 세트. 다윗과 골리앗처럼 체급 차이가 너무도 큰 이 싸움의 결괏값은 언제나 소화불량으로 인한 복통과 배탈이었다.

하지만 모든 것을 근덕의 탓으로 돌릴 수는 없었다. 하

주는 그를 만나기 이전부터, 거의 평생을 과민대장증후군
에 시달려 왔다. 뭐든 과하게 긴장하는 성격과 삽시간에
불안으로 잠식되는 기분을 달래며 살았던 하주는 어느 순
간부터 낫지 않는 과민대장증후군의 원인을 '혼자만의 공
간 부재'로 결론지었다. 공중화장실에서도 밖에서 다른
사람의 소리가 들리면 볼일을 보지 못하는 사람들이 있지
않은가. 하주는 자신도 딱 그런 타입이라고 확신했다.

부모님과 자신, 그 밑에 세 명의 동생까지 포함해 총
여섯 식구가 좁은 집에서 뒤엉켜 사는 동안 하주가 마음
놓고 큰일을 볼 수 있는 침묵은 찾아볼 틈이 없었다. 변
좀 보려고 하면 둘째가 씻어야 한다고 화장실 문을 두드
리거나, 아무도 없는 걸 확인하고 변기에 앉자마자 급히
귀가한 셋째가 자기도 급하다며 얼른 나오라고 소리치는
식이었다. 성씨도 하필 '변'씨인데, 그놈의 변 한번 시원
하게 보지 못하는 내 팔자여! 초등학교 내내 별명이 '변
기'였던 건 전국 모든 변씨들의 고충인가, 변기 위에서
속 끓일 시간이 많은 미래를 예견한 결과인가?

'나만의 변기'에 한이 맺히기 시작한 때부터 하주의 인
생 목표는 딱 하나, 독립. 죽어도 독립이었다. 아무도 침

범하지 못할 나만의 공간이라면 원룸이든 뭐든 가리지 않겠노라 절치부심하며 달려온 삶이라 명명해도 과언이 아니었다.

가타부타 말이 길었지만, 핵심은 단 하나. 맘 놓고 똥 좀 싸자! 종일 꾸르륵거리며 업무를 방해하던 위장도 퇴근 후 집에만 돌아오면 고요한 바다처럼 잠잠해졌다. 비록 샤워 공간이 분리되지 않아 곳곳의 칠이 벗겨진 샤워기로 씻다 보면 변기까지 다 적셔버리는 비좁은 화장실이지만, 하주에겐 매우 소중한 둥지였다.

'마음 놓고 기댈 곳이 이런 곳뿐이라니. 나 진짜 열심히 살았는데. 부모님 속 썩이는 일 없이 성실히 공부했고 정직히 일했는데. 내가 바라는 게 큰 것도 아닌데. 그저 맘 편히 똥 쌀 공간 하나 갖고 싶다는데 그게 말도 안 되는 욕구고, 욕망이야? 어? 매슬로의 5단계 욕구 이론에 따르면 가장 기본이 되는 1단계 욕구가 생리적 욕구라고! 내가 이걸 어떻게 아냐고? 경찰 채용 시험 단골 문제니까! 이런 젠장할!'

순댓국 하나에 시무룩해졌다가, 삶에 대한 의지를 다졌다가, 더 큰 화장실을 가지려면 얼마나 많은 돈이 필요

한가에 대한 계산까지 마치며 뚝배기보다 더 펄펄 끓고 있는 하주의 속을 알 리 없고, 안다고 해도 관심도 없을 근덕은 카운터에 비치된 이쑤시개를 집어 들었다. 그리고 쩝쩝거리며 부푼 배를 만족스레 쓰다듬었다.

"순대가 뱃속에서 요동을 치네. 하주야, 이제 입가심하러 가자."

"어디로 모실까요?"

"아우, 그걸 꼭 말해야 아냐. 너랑 나랑 몇 년짼데."

투덜거릴 시간에 알려줬으면 진즉 출발했을 텐데, 근덕은 무거운 엉덩이를 힘겹게 움직이며 조수석에 올라탔다. 낡은 스타렉스가 조수석 방향으로 휘청거렸다. 하주는 '입술 움직이는 것도 귀찮아하니 살이 빠질 리가 없지' 하고 속으로 쯧쯧거리며 급하게 먹었어도 아무쪼록 소화가 잘되길 비리는 마음으로 속성 스트레칭을 미친 다음 운전석에 올라탔다. 쏟아지는 신고보다 더 무서운 건 신고에 파묻혀 놓쳐버리는 화장실 타이밍이었다.

"컴포즈 커피로 가면 되죠? 메가 말고요."

"그렇지! 순댓국 먹은 다음엔 컴포즈야! 그걸 뭐라고 하냐? 우리 딸이 먹어봤다고 자랑하던데. 아, 오마카세?

아무튼 그런 코스 요리라고.”

근덕은 곧 혀를 적실 카페인의 맛을 떠올린 건지 육중한 두 다리를 신나게 휘둘렀다. 그러나 하주의 눈에는 잘 삶은 족발을 뒤집는 동작처럼 보일 뿐이었다. 살이 잘 오른 근덕의 다리는 족발 중에서도 맛이 덜한 뒷다리가 아니라 야들야들한 앞다리겠지. 윽, 상상만으로도 하주의 속이 뒤틀렸다.

그래도 다행인 건 곧 도착할 컴포즈 커피 매장은 내부에 단독 화장실이 있다는 점이었다. 인생의 대부분을 실외 배변인으로 살아온 하주에게 정해진 동선 안에서 언제든 이용할 수 있는 화장실의 위치를 파악해 두는 일은 생존 장치와 같았다. 생존 배낭을 싸듯 생존 화장실을 지도 앱에 잔뜩 저장해 두는 행위는 그것만으로도 급똥의 기운이 사그라지는 부적이 되었다. 하나부터 열까지 직접 수집하고 작성한 생존 화장실 목록에는 24시간 이용 가능 여부부터 남녀 공용인지, 여성 전용이 있다면 몇 칸이나 있는지 등이 아주 상세히 적혀 있어, 하주에겐 조선왕조실록보다 귀한 자료였다. 이 목록은 매번 길 위를 떠돌아다니는 현장 경찰관들에게 입소문이 나서 ‘제발 좀 공유해 달라'는 요청이 쇄도했다. 이럴 바엔 순찰차를 캠핑카로 바꾸는 게 낫지 않을까. 잠깐 눈 붙이는 휴식과 화장실 이용을 한 번에 해결할 수 있는 묘수임이 틀림없는데. 언젠가 경찰 동기에게 이 얘기를 했다가 돌아온 건 캠핑카는 바라지도 않고 순찰차에 핸들 열선 옵션이나 넣어 줬으면 좋겠다는 푸념이었다. 이래저래 기본적인 생활환경이 박한 경찰관의 처지에 눈가가 시렸다.

푸닥거리던 근덕의 다리는 당직 폰으로 신고 접수 문자가 날아들고서야 멈췄다. 동시에 근덕의 표정이 뚝배기 안에서 펄펄 끓던 당면 순대처럼 삽시간에 일그러졌다.

"신고 들어왔어요?"

"이런! 변사 신고야. 여자 혼자 사는 집인데, 사망한 채로 발견됐다네?"

"자살이래요?"

신고가 들어왔다는 소리를 듣자마자 장이 꼬이는 기분이었다. 일은 내가 하는데 왜 항상 네가 배배 꼬이는 거냐고! 하주는 화장실에 들르지 않고 바로 현장으로 가도 괜찮을지 고민에 빠졌다. 자살 사건이면 일반적인 변사 사건보다 확인할 게 많아 처리 시간이 오래 걸린다. 게다가 여자 혼자 사는 집이었다니. 그 죽음이 진정 자살인지, 자살을 위장한 타살은 아닌지, 행여나 성폭행 흔적은 없는지… 확인할 게 한두 가지가 아니었다. 제발 이름도 모르는 그 사람이 자살한 건 아니길 바라며, 하주는 초조한 표정으로 내비게이션의 주소를 바꾸었다.

"자살은 아닌가 봐. 별 외상도 없다는 것 같고… 나이도 젊은데? 변 경사 쥐띠지? 변 경사랑 동갑이네. 그나저나 젊은 아가씨가 무슨 일이 있어서 죽기까지 했을까나."

"혹시 마약 중독자는 아닐까요? 무조건 부검 가야겠네요. 담당 형사가 싫어하겠어요."

하주는 말끝에 자기도 부검 사건은 싫다고 덧붙이려다 입을 다물었다. 직장 생활의 첫 번째 법칙. 쓸데없는 얘기는 붙이지 않는다.

"그치. 부검 가면 뭐, 내일 퇴근은 물 건너갔으니까. 요새 국과수에 부검이 그렇게 밀려 있다는데. 뭐 이리 알리지 않은 죽음이 많아? 다들 이순신 장군이야?"

저녁이 꽤 지난 시간대라 도로 위 통행량이 확연히 줄어들었다. 사건 현장으로 가는 내내 근덕은 어울리지 않게 콧노래를 흥얼거렸다. 살찐 곰 같은 외형과도, 사람 죽은 곳으로 출동하는 지금 상황과도 어울리지 않는 선곡이었다. 그러거나 말거나 근덕은 작은 콧구멍을 바쁘게도 벌름거렸다. 업무 중 하도 많은 죽음을 만나다 보니 근덕에게도 하주에게도 타인의 죽음은 그저 일상일 뿐이었다.

"햐. 여름밤 냄새. 근데… 시체가 부패하진 않았겠지? 그거 골 때리는데. 우리한테 여름은 이런 냄새가 아니지. 여름의 시작을 알리는 건 매미 소리가 아니라 문틈으로 새어 나오는 부패의 냄새…."

하주는 근덕과 같은 걱정을 하면서도 굳이 대꾸하진 않은 채 계속 페달을 밟았다. 직장 생활의 첫 번째 법칙을 지켜야 대부분의 일이 편해진다는 걸 익히 알고 있는, 나름 베테랑인 7년 차 경찰관의 면모였다.

소슬지 발견 1시간 전.

내비게이션이 안내해 주는 꼬부랑길을 헷갈리지 않고 잘 찾아가는 일보다 하주의 신경을 더 곤두서게 만드는 건, 출발 직후부터 시작된 복부 압박이었다. 명치에서부터 불타는 느낌이 흘러내리다가 배꼽 주위에서 물이 끓는 것처럼 보글거리는 이 감각. 마치 화염 한 덩어리를 삼킨 것처럼 부글대는 속! 얼른 화장실로 뛰어가라는 장기의 비명! 평생 시달렸지만, 내성이나 통제 능력은 좀처럼 생기지 않는 지긋지긋한 급똥의 과정에 하주는 넌덜머리가 났다.

'진짜 지겨워 죽겠어! 그 전에, 똥 마려워 죽겠다!'

오르막길을 거쳐 스타렉스가 겨우 통과할 수 있는 좁은 골목을 지나는 동안 화장실은 코빼기도 보이지 않았다. 과학수사팀은 챙길 장비가 다른 부서에 비해 현저히 많아 대부분 관용차량으로 스타렉스를 사용했다. 다른 사람들은 경찰관의 업무가 범죄 현장에서 시작된다고 생각하겠지만, 하주처럼 운전을 도맡아 하는 경찰관들에게는 현장까지 큰 차를 몰고 가는 것부터가 업무의 시작이었다. 가는 동안 편의점이 있다면 상가 화장실 문의라도 해볼 텐데, 그마저도 자취를 감춘 동네였다. 급똥의 위기에 봉착한 하주의 시야가 캄캄해질 무렵, 내비게이션이 목적지에 도착했다는 경쾌한 음성을 송출했다.

"이 언니 목소리는 언제 들어도 발랄하단 말이야."

근덕은 내비게이션을 보며 흐뭇한 표정을 짓다가 주

위를 둘러보았다. 그러고는 곧 팔을 크게 흔드는 남자 경찰관의 모습이 포착되자 두툼한 손가락으로 창문을 내렸다. 열린 틈새를 놓치지 않고 경찰관이 불쑥 얼굴을 들이밀었다.

“오느라 고생하셨지요! 여기 골목이 적당히 험해야지 말이에요.”

“으잉? 김 형사잖아? 언제 파출소로 발령 났대?”

근덕은 하주가 주차를 마치기도 전에 풀쩍 차에서 뛰어내렸다. 육중한 몸집에 어울리지 않는 급한 성질을 가진 그가 자주 보이는 행동이었다. 경찰 관용차는 일반적인 차량 높이에 사이렌 높이가 더해지기 때문에, 층고가 갈수록 낮아지는 요즘 주차장에서 애를 먹기 일쑤였다.

변사자가 발견되었다는 빌라 주차장의 층고 또한 아슬아슬하기 짝이 없었으나, 근덕은 하수의 고난에 관심도 없는 듯 김 형사라는 남자의 어깨를 연신 두드리기 바빴다.

“괜찮아요! 안 닿아요! 들어오세요!”

하주가 창밖으로 고개를 빼고 고군분투하자, 김 형사 옆에 있던 여자 경찰관이 달려와 도와주었다. 두 여자가 애쓰는 동안 두 남자는 뭐가 그리 반가운지 방실방실 웃으며 담소를 나눴다.

"밤에 미친놈들을 더 상대했다간 저까지 미쳐버릴 것 같아서 그냥 이번 인사 때 파출소로 나왔어요."

"그래도 파출소보단 형사팀이 낫지 않아? 미친놈들이라면 파출소에 더 많을 텐데. 형사는 지역 경찰보다는 목소리에 힘도 더 넣을 수 있고, 특진 건덕지도 많잖아."

말하던 근덕은 입맛을 다셨다. 건덕지 이야기를 하면서 조금 전 먹었던 순댓국 건더기를 떠올리는 듯했다.

"그건 그렇죠. 대신 여기는 종 치면 바로 퇴근하잖습니까. 무슨 사건이 있었든, 저만 퇴근하면 아무 상관 없는 일이죠. 형사는 뭐… 관내에 살인사건이라도 터지면 아예 집에 못 들어가요. 기약도 없이! 그동안 월세가 얼마나 아까웠는 줄 아십니까? 하하!"

"하긴… 형사팀에 10년 가까이 있었지?"

"예. 딱 9년 차요. 1년 더 채우면 와이프가 이혼하자고 하는데, 별수 있나요."

두 남자의 하하 호호 소리를 들으며 주차를 마친 하주의 표정은 점점 심각해졌다. 당장 화장실로 뛰어가지 않으면 돌이킬 수 없는 일이 벌어지고 말 거라는 걸 직감했기 때문이다. 다시 한번 말하지만, 급똥은 내성이나 통제 능력이 생기지 않는 절체절명의 위기 상황이다.

"현장이 어딥니까?"

잔뜩 굳은 표정의 하주가 끼어들자 김 형사는 한쪽 눈썹을 치켜올리고 근덕을 쳐다봤다. 근덕은 개는 원래 그런 애라는 듯 고개를 끄덕거릴 뿐이었다. 어쩌면 아직까지 순댓국과의 추억에서 빠져나오지 못한 상태일지도 모른다.

"여기 선영빌라 203호입니다. 집주인 백미자 씨가 세입자가 연락이 안 돼서 마스터키로 들어갔다가 시체를 발견했다고 해요."

김 형사 옆에 서 있던 여자 경찰관이 작은 소리로 "백미자가 아니라 박미자요" 하고 정정해 주었다. 하주는 둘의 실랑이를 모른 척하며 질문을 이어갔다.

"얼마나 연락이 안 됐대요? 집에는 왜 들어갔고요. 아무리 주인이라 해도 엄연히 세입자가 사는 곳인데."

"딱히 용무가 있었던 건 아닌 것 같고…."

김 형사가 어깨를 으쓱하더니 말을 이었다.

"왜, 아시잖아요. 세입자한테 이러쿵저러쿵 오지랖 넓

은 건물 주인. 딱 그런 느낌이던데? 그렇게 오래 연락이 안 된 것도 아닌 것 같아요.”

“으음… 집주인분은 지금 어디 계세요? 조사는 받으셨어요?”

“어휴, 말도 마요. 여기 주차장 입구에서 간이 진술만 겨우 받았어요. 충격 때문에 두통이 심해서 도저히 파출소는 못 가겠다고 하시니 원. 지금 댁에 계실 거예요. 이 빌라 꼭대기 층에 사신다네요.”

하주는 건물을 훑어보았다. 특이한 점이라곤 단 하나도 없는 4층짜리 빌라였다. 저 안에 산 사람뿐만 아니라 죽은 사람도 한 명 있다는 사실을 포함하면… 나름 특이한 빌라겠지만.

소슬지 발견 3분 전.

근덕에게 위급 상황임을 알린 하주는 신발도 제대로 벗지 못한 채 화장실로 직행했다. 물론 여기서 말하는 화장실은 변사자 집의 화장실이다.

이쯤에서 혹자는 아무리 급해도 그렇지 사람이 죽은 집에서, 그것도 경찰관이란 사람이 어떻게 똥이나 싸고 있느냐고 반문할지 모른다.

하지만 그런 말을 하는 사람들이 있다면, 하주는 그들의 어깨를 두 손으로 붙잡고 세차게 흔들며 오히려 묻고 싶었다. 경찰관은 항문이 없나요?

마치 '어떤 운동이 가장 힘드냐'는 질문에 축구선수 안정환이 "똥 참고 뛰어봤냐"고 열변을 토하던 것처럼, 똥 참은 상태로 범인을 체포하고, 시체 검안하고, 실종자 수색해 봤냐 이거야. 똥이라는 건, 글자에서 풍기는 어감만큼이나 심술 가득한 존재라서 때와 장소를 봐주지 않는다. 범인을 체포하기 전엔 긴장된다고 뱃속이 난리고, 화장실 갈 틈 없이 신고가 이어지면 왜 타이밍을 안 맞추냐고 배에서 고성이 울리고, 실종자 수색으로 산을 오르락내리락하는 동안에는 풀숲에서 노상 방변이라도 할까 싶을 만큼 사람의 이성을 놓게 만드는, 아주 고약한 놈이다.

그런 점에서 소슬지 발견 상황을 설명하기 전에, 먼저 평생을 급똥에 시달린 변하주의 역사를 속성으로 훑어볼 필요가 있다. 그래야 이 사람이 얼마나 고된 시간을 견뎌왔고, 지금도 견디는 중인지를 조금이라도 이해할 수 있을 테니까.

고등학생 변하주.

고등학생 때도 하주의 장래 희망은 경찰관이었다. 고등학교 3년 내내 선도부 생활을 한 것도 언젠가 이 이력을 활용할 수 있지 않을까 하는 계산에서 비롯된 선택이었다. 실제로 같은 선도부 안에도 경찰을 희망하는 부원이 몇 있었지만, 미래를 조금 스포하자면 경찰 채용 과정에 선도부 이력은 전혀 도움되지 않았다.

어쨌거나 면접관에게 진정으로 어필할 만한 '가족 중 경찰관'도 하나 없는 하주는 가진 게 정직과 성실뿐인 채로 3학년 때 선도부장이 되어 학교 축제 날 대표로 개회사를 맡게 되었다. 생활기록부에 쓸 만한 한 줄짜리 이력 앞에서 하주는 급속도로 긴장하기 시작했다. 과민대장증후군이 유발하는 하주의 복통은 일반적인 복통과 차원이 달라서, 허리를 펴고 참을 수 있는 수준이 아니었다. 물기 가득한 수건을 있는 힘껏 짜는 것처럼 장이 꼬이는 고통이 찾아오면 헉 소리가 절로 났고, 몸은 앞으로 고꾸라지기 일쑤였다. 당장이라도 수분을 잔뜩 머금은 설사가 쏟아질 것처럼 움찔거리는 항문은 혼을 쏙 빼놓았다. 초반의 꿀렁거림은 참아내더라도 5분 뒤까지 무사히 버틸 자신은 전혀 없는, 끔찍한 통각이었다.

선생님의 지도로 작성한 개회사는 정상 속도로 읽으면 5분 분량, 속사포로 뱉을 경우 3분 분량이었다. 하주는 선생님이 눈치채지 못할 정도로 속도를 내 4분 안에 연설을 마치겠다는 목표로 주야장천 연습했다. 그리고 축제 날, 생각보다 길어지는 대기 시간 동안 서서히 끓어오르던 복통은 하주의 차례가 되자 폭발해 버렸다. 대기 시간이라니, 예상치 못한 변수였다. 결국 하주는 온몸을 덜덜 떨며 준비한 내용의 반도 읽지 못한 채 급히 단상을 내려와야 했다. 이후 후배들에게 목 뒤쪽으로 도마뱀이 들어가서 그랬다는 되지도 않는 변명을 퍼뜨렸으나, 그 말을 몇이나 믿었을지는 미지수다.

경찰 수험생 변하주.

하주에게 이번 시험은 사실상 마지막 기회였다. 시험 준비를 위해 모아둔 돈은 바닥났고, 부모님에게 경제적 지원을 기대할 수 없는 상황이었기에 하주의 심신은 비명횡사 직전이었다. 매번 과민대장증후군 때문에 제 실력을 100퍼센트 발휘하지 못한다고 생각한 하주는 한 가지 묘책을 떠올렸다.

'속을 다 비우고 시험을 치면 나올 것도 없으니 괜찮지 않을까?'

궁지에 몰린 하주는 대장내시경 전문병원을 예약했고, 내시경을 대비해 속을 모두 비우는 약을 처방받았다. 그리고 시험 전날, 처방받은 약을 마시고 그날 내내 속에 남은 수분 한 방울까지 모조리 쏟아냈다. 임기응변치고는 괜찮은 방법이었으나, 필기시험을 겨우 치른 뒤 탈수 증세로 쓰러지는 것으로 그 대가를 톡톡히 치렀다. 지금도 어떤 정신으로 OMR 카드 마킹을 마쳤는지 기억나지 않는다.

경찰 동기 결혼식 날 변하주.

어느 날, 친하게 지내던 동기 언니가 간곡히 부탁을 해왔다. 자신의 결혼식에서 예도를 맡아달라는 내용이었다. '예도'란 결혼식과 같은 공식적인 행사에서 현직 경찰관이 정복을 입고 모형 칼을 든 채 부부가 통과할 터널을 만들어주는 이벤트다.

언젠가 하주의 팀장은 요즘 젊은 경찰 부부들이 예도

를 하는 게 이해되지 않는다고, 그건 원래 진짜로 칼을 쓰는 군대에서나 하는 행사인데 왜 칼도 안 쓰는 경찰들이 남의 행사를 따라 하는 거냐며 핏대를 세우기도 했다. 보통 '내가 경찰관이다!'를 온몸으로 외치고 싶은 혈기 왕성한 경찰 부부가 원하는 이벤트지만, 하객 입장에서는 경찰 정복을 입은 사람들이 각을 맞춰 도열하는 행사가 멋져 보이기에 현장 반응은 제법 좋은 편이었다. 물론 하주도 당최 칼 울타리로 장식된 버진 로드를 통과하는 모습이 뭐가 멋있다는 건지, 죽을 때까지 이해하지 못할 부류였다.

하주는 자신에게 부탁해 온 언니의 인간관계가 좋지 않다는 사실을 알고 있었기에 차마 거절할 수 없었다. 이야기를 들어보니, 시아버지가 경찰 며느리를 본다는 사실을 몹시 자랑스럽게 여기며 동네방네 자랑은 해놓았기에 도저히 예도를 안 할 수 없는 상황이라고 했다. 처음 보는 경찰들과 틈틈이 만나 예도 연습을 하면서도 하주의 머릿속에 가장 많이 떠오른 생각은 '이게 맞나'였다. 그래도 동기의 부탁이니 군말 없이 했다. 동기 사랑이 곧 나라 사랑 아니던가.

하지만 문제는 결혼식 당일에 터졌다. 지나가는 어른 (대부분 언니 시아버지의 지인일)마다 정복 차림의 하주가 너무 멋지다며 하주의 팔을 한 번씩 주물렀고, 하주의 긴장은 극에 달했다. 무엇보다 언니 인생에 아마도 한 번뿐일 결혼식을 망칠 수 없다는 사명감이 하주의 복부를 더 자극했다. 게다가 예도용으로 사용하는 모형 칼은 보기보다 무게가 상당했다. 오른팔이 떨어져 나갈 것 같은 와중에 배까지 꾸룩꾸룩 하고 울리기 시작했다. 좁은 버진 로드는 하주의 작은 움직임으로도 하객의 시선을 끌기에 충분했다. 그리고 언니의 어머니가 너무 많이 우시는 통에 식까지 길어졌다. 결국 하주에게 망할 과민대장증후군이 찾아왔고, 하주는 입을 가린 채 버진 로드에서 뛰어내려 화장실로 달려갔다. 진짜 막고 싶은 건 항문이었지만, 그럴 수 없으니 얼굴이라도 가릴 수밖에.

변기 위에서 온갖 생각이 다 들었다. 집으로 도망가 버릴까. 하지만 그러기엔 갈아입을 옷이 든 가방이 예식장 안에 있었다. 정복 차림에 긴 칼을 들고 지하철을 탔다가는 인터넷에 어떤 내용으로 박제될지 아찔했고, 그 전에 112 신고나 접수되지 않는다면 다행이었다.

'언니에게 뭐라고 사과하지? 뭐라고 변명한들 들어나 줄까? 이런 걸 해주겠다고 한 내가 미친년이지. 언니한테 사정을 해서라도 거절했어야 해. 대타를 구하는 게 버진 로드에서 뛰어내리는 것보다 몇만 배는 쉬운 일이었을 텐데.'

언니에 대한 미안함과 이 나이 먹도록 똥 하나 못 참아서 이 사달을 만든 스스로에 대한 혐오감에 눈물과 콧물 그리고 설사까지 함께 쏟아낸 하주는 한참 뒤에야 화장실 밖으로 나갔다. 이미 식이 끝났는지 식당으로 향하는 사람들로 복도가 소란스러웠다.

가방을 챙기러 식장에 들어가자, 친구들과 사진 촬영을 하던 언니가 하주를 보고 소리를 질렀다. 멀리서 봐도 안 좋은 언니의 표정에 하주는 고개를 푹 숙이고 흐르는 눈물을 벅벅 닦으며 다시 버진 로드 위로 올라갔다. 그런데 웬걸. 언니가 갑자기 하주를 안아주는 게 아닌가. 알고 보니 언니는 자신의 결혼에 감동한 하주가 눈물을 참지 못하고 뛰쳐나간 상황으로 단단히 오해하고 있었다. 네가 날 그렇게까지 생각하는 줄 몰랐다며 얼싸안고 우는 언니의 등을 두드리며 하주는 죽을 때까지 사실을 털어

놓지 않겠다고 다짐했다.

　애인과 거사(?)를 치르던 날 변하주

　이건 차마 글로 쓰기에는 너무 처참한 일이니, 상상에 맡기도록 하겠다.

　다시, 소슬지 발견 3분 전.

　평균적으로 따져 보면, 매일 서너 명의 죽음을 처리하는 하주에게는 사람이 죽은 집이나 사는 집이나 별반 차이가 없었다. 그리고 애초에 한번 지어진 건물이라면, 그 안에 살던 사람이 죽는 일은 어찌 보면 당연한 진리였다. 살다가 죽는 게 인간의 숙명인데, 모든 생명이 살기만 하는 집이 어디 있을까. 여기나 거기나 남의 집인 건 매한가지고, 나는 당장 똥을 해결해야만 한다고!

　그리고 하주가 바로 화장실로 달려간 결정적인 이유는, 먼저 현장을 둘러본 김 형사가 '범죄 혐의점이 전혀 느껴지지 않는 단순 변사 같다'고 말했기 때문이었다. 9년이나 형사 생활을 하던 사람의 판단이었기에 하주는 그 말을 믿었다. 만약 화장실에서 사람이 죽었다면 시체가 거기 있다고 말했을 테고, 아무리 하주라도 시체 옆에서까지 볼일을 보진 않으니 다른 방법을 강구했을 것이다. 화장실이 범죄 현장일 수도 있으니, 차라리 바지에 쌀지언정 그런 짓은 저지르지 않는다. 이런 특이한 경우가 아니라면 변기 정도는 써도 괜찮겠지!

근덕과 많은 현장을 함께 다니면서 요새 부부 사이에도 잘 안 튼다는 방귀를 뛰어넘는 똥오줌을 진즉 터놓았기 때문에 가능한 행동이기도 했다. 야산에서 목을 매 자살한 변사자를 처리하던 날의 일이었다. 변사자가 죽음의 무대로 고른 나무는 멀쩡한 길로는 절대 도달할 수 없는 산중에 있었고, 세 시간이 넘는 산행에 두 사람은 지칠 대로 지쳤다. 결국 방광까지 힘이 풀린 근덕은 하주에게 양해를 구하고 으슥한 풀숲에서 노상 방뇨를 하고 말았다. 하주는 근덕의 행실을 빌실 삼아 자신의 급똥 증세를 고백하고 앞으로 화장실을 찾는 일에 적극적으로 협조해 줄 것을 당부했다. 그렇게 두 사람은 이른바 '생리적 욕구에 관한 협정'을 타결하게 된 것이다.

하주는 휴대전화로 자신이 아는 음악 중 가장 시끄러운 곡을 틀어놓은 뒤 변기에 앉았다. 급똥을 해결할 때마다 켜는 음악이라 근덕은 비트만 들어도 "너 또 큰일 보는 중이지?" 하고 킥킥거렸으나, 다른 음악을 고를 여유까지는 없었다. 붕바박 붕따닥 딱! 강력한 비트에 맞춰 흐르는 멜로디, 그 소리에 묻혀가도록 애쓰는 괄약근의 움직임까지. 총체적으로 눈물겨웠다.

하지만 이 황홀경은 오래가지 않았다. 화장실 밖에서 근덕의 외침이 들렸기 때문이다.

"변 경사! 하주야!"

변기 위에서 상사의 호출에 답해야 하는 것만큼 창피한 일이 또 어디 있을까. 하주는 가까스로 목소리를 가다듬고 대꾸했다. 비트에 묻히지 않게 큰 소리로 대답하려니 여기가 화장실인지 클럽인지 헷갈릴 지경이었다.

"예?"

"방에 시체가 없어!"

근덕의 외침을 이해하기까지, 하주는 약간의 시간이 필요했다.

"예…? 그게 무슨?"

"설마! 화장실에 있냐…?"

황급히 뒤처리를 마친 하주는 그제야 화장실을 둘러보

았다. 좁은 화장실이 더 좁게 느껴진 이유는 절반을 가로 지르는 샤워커튼 때문이었다. 커튼을 걷자, 바닥에 알몸으로 누운 채 사망한 변사자의 모습이 보였다.

'김 형사, 이 미친놈! 형사 생활을 9년이나 해놓고 변사자가 화장실에 있다는 말도 안 하고 그냥 철수한 거야? 이게 평범한 변사야?'

미칠 듯한 분노가 치밀어 올랐지만, 그와 동시에 하주의 머릿속에는 '화장실 문을 열면 똥 냄새가 날 텐데, 조금이라도 시간을 끌다 열어야 할까?' 하는 고민이 떠올랐다. 엎어진 변사자의 얼굴 쪽으로 샤워기 물줄기가 졸졸 흘러들었다. 미처 끄지 못한 음악의 비트만이 꿍꿍 울리며 화장실을 두드릴 뿐이었다.

"과학수사대 안에 과학수사팀이 있는 구조네요. 서는 거기서 현장 감식을 담당하고 있고, 통칭으로는 K-CSI라고 합니다."

"거기도 케이가 붙어요? 케이팝이나 케이 푸드처럼요?"

"온 세상이 뭐만 하면 케이잖아요."

"오오… 그럼 저도 케이 귀신인가요?"

“예, 뭐… 한국 분이시니까.”

“그렇구나” 하고 중얼거리며 고개를 끄덕이는 슬지의 모습은 하주를 더 혼란스럽게 만들었다.

‘이게 순댓국으로 빚어진 죗값인가? 아니면 죽은 사람 옆에서 똥 냄새를 풍긴 대가? 그래서 귀신을 룸메이트로 들여야 한다고? 난 억울해! 진짜 화장실에서 죽은 줄 몰랐다니까!’

“그럼 과학수사팀에서 일하신 지는 얼마나 되셨어요?”

“이봐요!”

참지 못한 하주가 빽 소리를 질렀다. 맹하게 생겼어도 귀신은 귀신. 분노한 귀신이 돌변해서 어떤 저주를 퍼부을지 겁도 났지만, 소개팅도 아닌데 서로의 경력 따위나 주고받으며 이 상황을 회피할 생각은 털끝만큼도 없었다. 그리고 갑자기 벌어진 상황에 대한 스트레스 때문인지 하주의 배가 몹시 아파 왔다. 얼른 화장실에 가고 싶은데 방 한가운데 떡하니 슬지가 버티고 있으니, 이 집이 순식간에 불편해졌다.

‘어떻게 얻은 나만의 변… 아니, 공간인데 이렇게 뺏길 순 없어!’

“저희가 지금 이런 얘기를 나눌 때가 아니잖아요!”

하주의 태도 변화에 놀란 슬지가 눈을 동그랗게 떴다. 그 모습이 꽤 섬뜩해서, 하주는 황급히 목소리를 낮추며 중얼거리듯이 말을 이었다.

“저희 집엔 대체 어떻게 오신 거예요? 아니, 지금 귀신인 건 맞아요? 대체 뭡니까! 꼭 내가 미친 것 같다고요.”

“…저도 어떻게 된 일인지 잘 모르겠어요.”

“슬지 씨가 모르면 어떡해요? 나도 참, 언제 봤다고 슬지 씨래. 어쨌든 이 집까지 오신 건 맞잖아요! 슬지 씨 사는 곳이랑 거리가 꽤 되는데요! 버스라도 타고 온 거예요? 예? 저승 버스, 뭐 그런 거?”

어느새 귀신에게 ‘슬지 씨’라고 부르고 있는 이 모든 상황이 황당한 꿈처럼 느껴졌다. 악몽도 될 수 없고 술자리 안주로도 말할 수 없는, 어처구니없는 해프닝. 딱 그 정도 사이즈의 일이었다.

슬지는 눈을 계속 끔뻑거리다 잠시 생각에 잠긴 듯 고개를 숙였다. 슬지의 몸 너머로 보이는 싸구려 벽지가 그녀의 모습을 더욱 비참하게 포장하는 듯했다.

“누군 죽어본 적 있어서 이래요? 저도 죽은 건 처음이라고요. 사실 진짜 죽었는지도 잘 모르겠고. 영화에서 많이 나오잖아요? 혼수상태에 빠진 사람의 영혼이 돌아다닌다거나….”

“혼수상태는 아니에요. 슬지 씨는 분명히 돌아가셨어요. 지금 안치실에….”

하주는 여기까지 말하다가 입을 다물었다. 더 이상 급똥을 참을 수 없었기 때문이었다.

“아악! 잠시만요!”

하주는 변기로 뛰어가면서 민첩한 손놀림으로 근덕에게 늘 들려주던 음악을 크게 재생했다. 붕바박 붕따닥딱! 남의 집 화장실에서만 틀던 노래를 내 집에서 틀려니 영 어색했지만, 지금은 최대한 볼륨을 키우고 속을 비우는 데 집중했다. 설사는 왜 할 때마다 눈물이 찔끔 맺히는 걸까. 지금도 버티기 힘든데 나이 들어서 괄약근의 힘이 빠지면 5분은커녕 잠시라도 버틸 수나 있으려나. 그런 비극이 닥치기 전에 내근직으로 부서를 옮겨야 하나. 어쩌면 경찰관을 그만둬야 할지도…. 밖에서 슬지가 무어라 얘기하는 것 같았지만, 비트에 묻혀 제대로 들리지 않았다. 볼일을 마친 하주가 음악을 끄자 그제야 어떤 말인지 또렷하게 들렸다.

"맞아! 이 냄새라고요!"

"뭐야! 왜 화장실 앞에 계시는 거예요!"

화장실 문 앞에서 꼭 주인을 발견한 개처럼 활짝 웃던 슬지가 하주를 향해 다시 한번 외쳤다.

"이 냄새를 따라왔어요!"

"이 냄새가 뭔 냄샌데요?"

"경찰관님 똥 냄새요!"

"놀리지 마세요! 사람이 똥도 안 싸고 삽니까? 예?"

슬지가 자신을 놀린다고 생각한 하주가 부끄러움에 벌컥 화를 냈으나, 슬지는 오히려 더욱 또박또박한 발음으로 다시 말했다.

"똥. 냄. 새요!"

"똥이 그럼, 냄새가 나지 향기가 나셨어요? 저라고, 예? 대화 중간에 뛰쳐나와 똥이나 누고 싶겠냐고요!"

하주가 씩씩거리며 걸어가자 슬지가 쪼르르 달려오며 황급히 설명을 덧붙였다.

"경찰관님 똥 냄새에 정신이 들었어요. 그랬던 게 분명해요!"

“이봐요!”

“그래서 경찰관님을 따라온 거예요.”

“그만하시라니까 진짜!”

“유일한 냄새예요! 경찰관님 똥 냄새요. 전 지금 경찰관님 똥 냄새 말고는 아무런 냄새도 맡을 수가 없어요.”

“냄새가 심하다는 걸 그렇게 표현하는 겁니까? 슬지 씨 똥 냄새는 뭐, 얼마나 향긋한데요!”

슬지가 “그게 아니라고요!” 하며 답답하다는 듯 빽 소리를 질렀다.

“하필 똥 냄새라서 놀리는 것처럼 들리시나 본데, 그게 아니라 진짜로! 똥 냄새… 말고는 아무것도 안 느껴진다고요.”

“그럼 이 집에서 무슨 냄새가 나겠어요! 제가 요리를 한 것도 아니고요.”

“경찰관님 집까지 따라오는 동안 많은 사람과 공간을 거쳤어요. 사무실, 버스, 지하철… 그리고 퇴근하시기 전에 그 뚱뚱한 아저씨가 창고에서 몰래 컵라면 먹는 것도 봤어요.”

팀장이 야식용으로 숨겨둔 컵라면을 하나씩 빼먹는 건

근덕의 오랜 취미였다. 슬지가 그걸 봤단 말이야? 아니 잠깐. 그 아저씨 나한테는 공범이라고 해놓고, 몰래 혼자 먹었겠다?

"지금까진 이상하다는 생각을 못 했는데, 지금 똥 냄새를 맡고 알았어요. 컵라면 냄새도 안 났었다는 걸요! 이상하지 않아요?"

"네! 이상해요! 사실 지금 똥 냄새만 이상한 게 아니라, 제정신인 게 하나도 없어요!"

"좀! 진지하게 들어보세요!"

제 분을 못 이겨 퍼덕거리던 하주가 움직임을 멈추고 슬지를 똑바로 응시했다. 아무리 봐도 슬지의 '뜬 눈'은 적응하기 어려웠다. 죽은 슬지의 몸 곳곳을 촬영한 사람이 바로 자신이었는데. 기계적으로 셔터를 누르며 담았던 얼굴이 이렇게 살아 움직이나니. 죽은 게 확실한데 눈앞에서 큰 소리로 자신의 주장을 펼치는 이 여자를 어떻게 받아들여야 할까.

"경찰관님도 당황스러우시겠지만… 지금 제일 당황스러운 건 저예요. 전 어제까지만 해도 살아 있었다고요. 죽은 지 하루도 안 됐는데 귀신의 매뉴얼 같은 걸 제가 어떻게 알겠어요. 경찰관님은 뭐, 경찰관이 된 첫날부터 완벽하게 일하셨어요? 전 지금 귀신 사원증에 잉크도 안 마른 상태라고요!"

떨리는 목소리와 달리 슬지의 표정은 단호했다. 하긴, 당사자가 제일 당황스럽겠지. 충분히 납득되는 말이었기에 하주는 잠자코 있기로 했다.

"이 상태로… 그러니까 귀신으로… 하, 입에 영 안 붙네요. 아무튼 많은 사람을 만난 건 아니지만, 아직까진 경찰관님이 유일해요. 분명 경찰관님 똥 냄새에 단서가 있을 거예요."

"…슬지 씨가 다른 사람 똥 냄새는 안 맡아봐서 그런 게 아닐까요?"

하주의 말을 가볍게 무시한 슬지는 훨씬 더 진지하게 말을 이었다.

"경찰관님은 제 목소리를 듣고 대화를 나눌 수 있는 유일한 사람이에요. 지금까지는요."

"…."

"그러니까 조금만 도와주세요."

"언제까지요?"

"제가 진짜로 죽을 때까지."

하주의 대답을 기다리겠다는 듯 슬지가 다시 조용히 바닥에 앉았다. 무릎을 감싸안은, 언제 부서져도 이상하지 않을 만큼 가녀린 슬지의 팔이 조금씩 떨렸다.

변사자가 발견되면 우선 과학수사팀이 출동해 현장 감식을 진행한다. '변사자'란 사망 원인을 알 수 없어 범죄의 개입 여부를 배제할 수 없는 사망자를 뜻한다. 그러니 국가기관인 경찰이 개입해 이 사람의 죽음에 범죄와의 연관성이 있는지 살피는데, 그 일련의 과정을 '현장 감식'이라 부른다. 슬지가 죽은 채 발견된 원룸은 곧 변사 현장이 되었고, 하주와 근덕이 법적 절차라는 이름하에 슬지의 모든 것이 담긴 좁은 집을 뒤적거리며 단서를 찾았다.

12일 뒤. 월세 입금.
18일 뒤. 광주 촬영. 여의도역에서 7시 출발.
2,917일 전. 엄마가 떠난 날.
언젠가. 걔가 돌아올 날.

날짜와 함께 짧은 코멘트가 달린 메모가 잔뜩 붙어 있

던 슬지의 냉장고가 떠올랐다. 저 가느다란 팔에 붙은 손가락으로 그런 메모를 적었구나. '유일한 사람'이라는 말이 생선 가시처럼 입안을 거슬리게 했다. 가시가 목구멍을 찌르며 하주가 뱉고 싶은 말을 자꾸만 삼키게 만들었다. 심지어 가시가 배도 찌르는지 방금 볼일을 봤는데도 항문이 또 들썩거리는 느낌이었다. 위아래에서 동시다발로 발생하는 통증이 당신(믿기 힘든 귀신이라는 존재)과 단 1초도 같이 있고 싶지 않다는 말을 막았다.

봤으니까. 겉핥기식이긴 해도 당신의 삶을.

보이니까. 갈 곳 잃은 당신의 모습이.

정해진 이별과 기약 없는 재회를 기록하다 혼자 화장실에서 죽은 채 발견된 의문의 동갑내기 여자. 귀신의 몸이 되어 내 똥 냄새에 단서가 있을 거라고 주장하는 무형의 존재. 사람이 옆에서 죽은 줄도 모르고 똥이나 누던 경찰관. 이 오합지졸이 7평짜리 원룸에 함께 있어도 되는 걸까?

하주는 무겁게 고개를 끄덕였다. 슬지가 활짝 웃었다. 이제 하주는 혼자 있으려면, 그러니까 마음 놓고 변기를 차지하려면 슬지가 진짜로 죽을 방법을 함께 모색해야

하는 처지가 되었다. 황당한 꿈은 생각보다 제법 오래 이

어질 모양이었다.

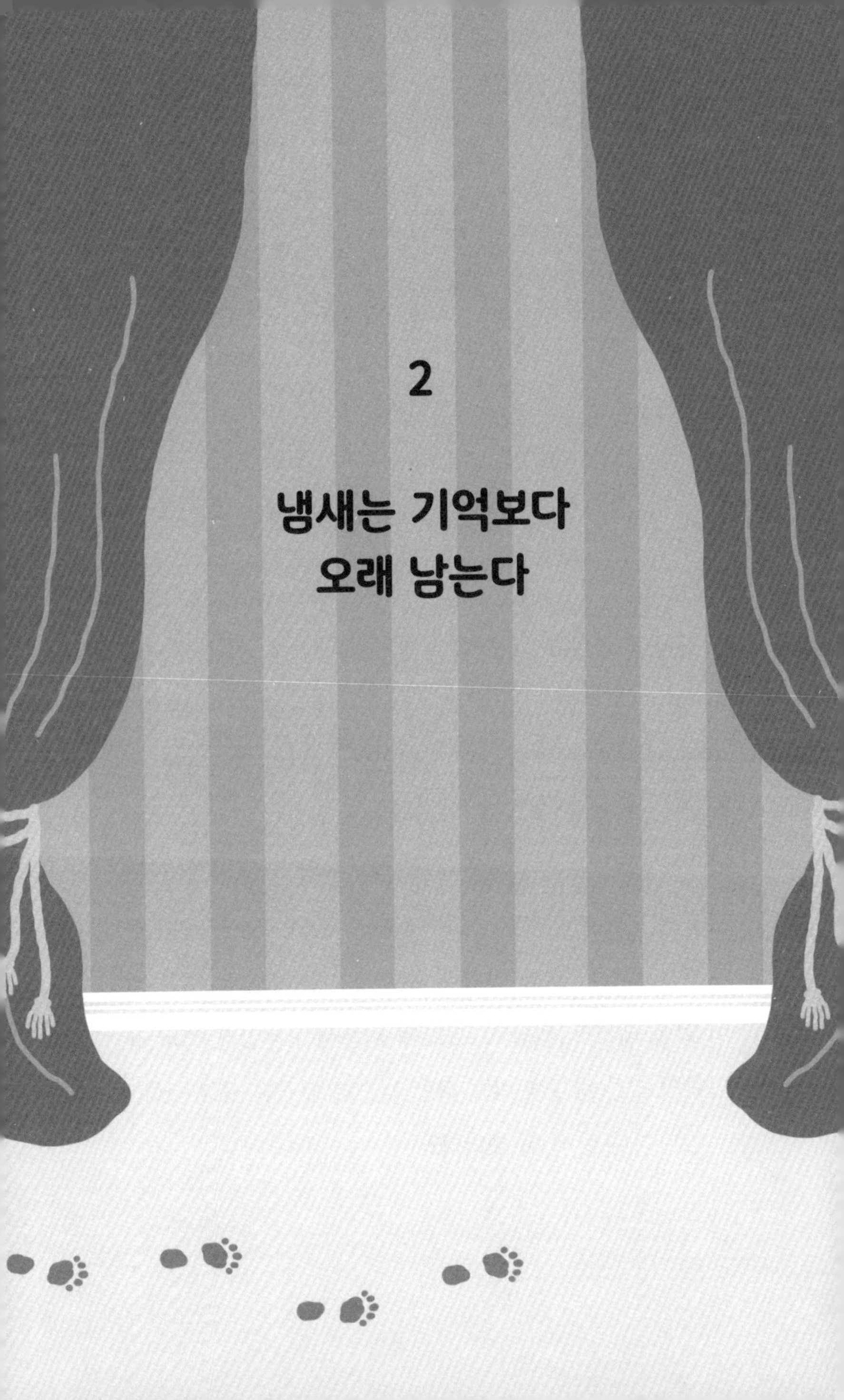
2

냄새는 기억보다
오래 남는다

"으어!"

외마디 비명을 지르며 잠에서 깬 하주는 잠시 멍해졌다. 좁은 원룸을 알차게 쓰고자 구입한 벙커형 침대에서 자는 일은 몇 년이 지나도 낯설었다. 정확히 말하자면, 일어났을 때 코가 닿을 듯 가까워지는 천장에 도무지 익숙해지지 않았다. 천장이란 무엇인가. 무려 '지붕의 안쪽'을 뜻하는 단어다. '천장'의 '천'은 하늘 천(天) 자다. 우리 선조들은 하늘에 코를 가깝게 두고 잔다는 발상을 해본 적이 없을 테지만, 하늘 모르고 치솟는 서울 집값은 결국 세입자의 코를 하늘에 박게 하는 것으로 귀결된 것 같았다.

그나저나 어제 뭐 했더라?

뭘 먹었는지, 언제 침대 사다리를 타고 올라 자리에
누웠는지, 씻기는 했는지 전혀 기억나지 않았다. 과학수
사팀은 24시간 당직 이후 휴무와 비번을 하루씩 거치는
3교대 방식으로 운영된다. 24시간 일하고 48시간 쉬는
셈이다. 숫자로만 보면 쉬는 시간이 많아 보이지만, 출퇴
근 시간까지 포함해 꼬박 하루 넘게 밤새워 일하고 나면
그 뒤 48시간은 내내 물 먹은 이불처럼 축 늘어질 수밖에
없는 힘든 스케줄이었다.

'어제 당직 퇴근 후에 갑자기 귀신이 나타나서 깼다가
다시 잠들었고… 오늘은 비번이네. 내일 또 출근이라니.
뭘 했는지도 모르게 휴무를 날려 먹었네….'

순식간에 사라진 휴무를 애도하며 다시 베개 위로 풀
써 쓰러지려던 하주는 등에 압정이라도 박힌 듯 깜짝 놀
라 벌떡 일어났다.

'귀신!…이 되어버린 소슬지! 어딨지?'

주위를 둘러보았지만, 천장의 희끗한 거미줄만 보일
뿐 슬지의 모습은 보이지 않았다. 하룻밤 사이에 승천이
라도 한 건가 싶던 순간, 묘하게 거슬리는 소음이 들렸다.
연달아 들리는 쏴아아 소리. 정체는 변기 물이 내려가는

소리였다. 변기 소리 때문에 평소보다 일찍 깼나?

"…귀신 들린 변기가 따로 없네."

하주는 변기 레버를 내리는 유치한 행위를 진심으로 즐기고 있는 슬지를 발견하고 중얼거렸다. 인기척을 느낀 슬지가 더없이 행복한 얼굴로 하주를 돌아보았다. 중국 당면처럼 불쾌하게 투명한 피부가 어제보다 붉게 상기된 듯해 보였다.

"변기가 막혔어요?"

"아, 그게 아니고요! 이것 좀 보세요!"

슬지는 한 번 더 변기 레버를 내리며 외쳤다.

"저, 변기 물 내려요! 우와…!"

"그러니까! 왜 자꾸 내리냐고요! 변기 막혔어요?"

"거참 딱딱하시네요. 경찰들은 다 이래요?"

슬지는 즐거움이 팍 식었다는 듯 작게 콧김을 내뿜으며 말했다.

"제 질문에 답부터 하시는 게 순서 아닌가요?"

"좋아요. 대답할게요. 경찰관님이 주무시는 동안, 저 엄청 돌아다녔어요."

"어딜요? 이 방 안을요?"

"…한번 보세요."

슬지는 화장실로 들어갔다가 다시 거실로 나왔다. 정확히 얘기하면, 문을 사용하지 않고 벽과 벽을 '통과'해서. 더 놀랄 일은 없을 거라 오판했던 하주의 손이 덜덜 떨렸다.

"보셨죠?"

"이, 이게…."

"이렇게 돌아다녔어요. 윗집에 다리가 불편한 남자분이 산다는 사실, 아셨어요?"

"예?"

"휠체어 타고 다니시더라고요."

"어쩐지 바퀴 소리가 무지하게 나더니만."

"이웃에게 관심을 좀 가져보는 게 어때요?"

"그렇게 이웃한테 관심 많은 분이 혼자 죽었이요?"

툴툴거리며 뱉어버린 말에 하주는 곧바로 아차 싶었다. 너무 모욕적인 말이었기 때문이다. 하지만 슬지의 표정에는 아무런 변화가 없었다. 이런 모욕은 일상인 양 넘기는 슬지의 태도에 더 당황한 건 하주였다.

"아… 죄송해요. 그런 뜻은 아니었는데…."

"뭐… 생각해 보니 틀린 말은 아니라서."

"예?"

어쩔 줄 몰라 하는 하주를 보며 슬지가 킥킥 웃었다. 정말 종잡을 수 없는 여자였다.

"아무튼 이렇게 돌아다녔어요. 벽을 통과할 수 있다면 어디까지 가능한지, 움직일 수 있는 물건이 있는지, 경찰관님처럼 대화가 가능한 사람이 있는지도 알아보려고 소리도 질러봤어요."

슬지는 숨을 크게 들이쉬더니 "파!" 하고 소리 내며 기지개를 켰다.

"어찌나 속이 뻥 뚫리던지! 이럴 줄 알았으면 진작 소리 좀 지르고 다닐걸!"

"그랬다간 고성방가로 경찰에…."

하주의 덧붙임을 무시한 슬지가 계속 말을 이었다.

"벽 통과하는 건 좋은데, 만져지는 물건이 없더라고요. 물건도 다 통과해 버리니까. 그러다 다시 경찰관님 화장실로 돌아와서 변기에 앉았죠. 앉아서 계속 고민했어요."

왜 많고 많은 장소 중에서 굳이 변기에 앉아서 고민하는지 묻고 싶었지만, 하주는 조금 전에 저지른 실수가 있으므로 입을 다물었다.

"고민 좀 하다가 일어나면서 저도 모르게 습관적으로 변기 레버를 내린 거예요. 근데 레버가 내려가는 거 있죠! 이게 우연일까요?"

"음…."

슬지가 하주에게 조금 더 가까이 붙었다. 여전히 회색빛으로 반투명한 피부였지만, 눈동자만큼은 빛났다.

"똥 냄새를 맡고 여기에 온 것도 그렇고, 경찰관님이 저와 대화할 수 있는 거랑 변기 레버까지!"

"…그래서요?"

"제가 어쩌면…."

슬지의 표정이 급격히 침울해졌다.

"화장실 귀신으로 전락한 건 아닌지…."

"…그럴 리 없어요."

하주가 두 주먹을 불끈 쥐었다. 죽고 난 뒤 최초의 똥 냄새를 맡게 했다는 사실을 속죄하기 위해서라도 무언가를 해야만 했다.

"어쩌면 슬지 씨 일을 물어볼 곳이 있을지도 몰라요."

하주는 침대 위에 있는 휴대전화를 챙기기 위해 다시

사다리를 타고 올랐다. 슬지의 팔보다 가느다란 사다리가 자신의 체중을 언제까지 버텨줄지 의문이었다.

휴대전화를 들고 내려온 하주는 연락처 목록을 훑다 '아름 씨'를 찾아 꾹 눌렀다. 신호 끝에 상냥한 목소리가 흘러나왔다.

"하주 씨? 어쩐 일이세요?"

하주는 멀뚱히 서 있는 슬지를 힐끔거리며 말했다.

"어, 아름 씨! 하하하. 잘 지내셨어요? …죄송해요, 너무 급한 일이라 본론부터 말씀드릴게요. 혹시 지금 당장 찾아봬도 될까요? 아름 씨랑 의논할 일이 있어서요."

어색한 웃음을 몇 번 더 흘린 뒤 통화가 마무리됐다. 휴대전화 시계는 이제 막 오전 10시를 넘긴 상태였다.

"오후 4시까지 가기로 했으니까 한 시간 잡고 나가면… 그러면 되겠다. 시간 맞춰서 같이 나가요."

"저도요?"

"슬지 씨도 무조건 가야죠. 집에서 손 놓고 있을 수만은 없잖아요."

"어디 가는데요?"

"가보시면 알아요."

혼자만의 셈을 마친 하주가 조금 피곤한 목소리로 말했다.

"아직 시간 많이 남았으니까 잠이라도 좀 주무세요. 밤새 뭐 알아보시느라 못 주무신 것 같은데."

"귀신은 잠을 못 자요."

슬지가 방에 꽉 차게 깔린 요가 매트에 털썩 앉으며 말했다. 이 요가 매트는 나름 도톰한 편이어서 집에 손님이 올 때마다 하주가 펼쳐두는 물건이었다.

"처음엔 누워 있는데도 잠이 안 오길래 그냥 밤잠 설치는 건가 싶었는데… 사실 설칠 만하잖아요. 내가 죽었다는 사실이 믿기지도 않고 황당하기만 한데…."

하주는 충분히 그럴 수 있다는 듯 고개를 끄덕였다.

"계속 있어 보니 잠을 잔다는 감각 자체를 잃어버린 느낌이에요. 잔다는 게 뭔지 벌써 가물가물해요. 부족한 김은 죽어서 잔다는 건 다 거짓말이었어. 경찰관님은 더 주무세요. 저 때문에 아침 일찍 깨셨잖아요. 살아 있을 때 많이 주무세요."

슬지가 쓸쓸하게 덧붙였다.

"귀신이 외로운 이유가 뭔지 알았어요. 잠을 못 자니

까… 밤이 너무 길더라고요.”

“진짜 점심 안 먹어도 괜찮아요?”

“외출할 일 있으면 거의 안 먹어요. 화장실 찾아 다급하게 돌아다니는 거, 진짜 지긋지긋하거든요. 차라리 굶고 말지.”

거칠게 운동화를 구겨 신는 하주의 등에 대고 슬지가 계속 쫑알거렸다. 그 흔한 신발장 하나 없는 하주의 집 현관에는 딱 봐도 면접용으로 마련했을 것 같은 구두 한 켤레와 지금 하주가 열심히 구겨 신고 있는 낡은 운동화 한 켤레, 바닥면이 닳고 닳아 지면의 경사가 고스란히 느껴질 것 같은 슬리퍼 한 켤레뿐이었다.

“식사를 잘 안 챙기시니까 계속 배탈이 나는 거예요. 건강하게 드시면 도움이 된다니까요.”

“굶는 게 제일 싸요.”

하주가 슬지를 돌아보며 어깨를 으쓱였다.

“나갈 준비 됐어요?”

하주는 대답을 기다리지 않고 현관문을 열었다. 문이 반쯤 열리다 턱 소리를 내며 무언가에 부딪히는 소리가 들렸다.

"아오, 하필 지금이야."

잠든 사이 배달이 온 건지 거대한 생수 꾸러미가 현관 문을 가로막고 있었다. 하주는 낑낑거리며 현관 안쪽으로 생수를 밀어 넣고는 뒤꿈치를 들고 최대한 조용히 계단을 내려갔다.

7월의 해는 뜨거웠고, 아스팔트 위로는 아지랑이가 피어올랐다. 땀을 훔친 손수건을 주머니에 쑤셔 넣으며 하주가 걱정스레 물었다.

"괜찮아요? 날이 너무 더운데. 우리 한 시간은 걸어가야 해요."

슬지는 조금 놀란 표정이었다.

"지금 날이 더워요?"

"봐요. 35도라고 되어 있는데? 정말 기후 위기인가 봐요."

하주의 애플 워치 화면 속 온도를 보고도 슬지는 믿을 수 없다는 표정이었다.

"진짜 이상하네. 저 지금 덥지도 않고 춥지도 않아요. 사실 걷고 있다는 느낌도 잘 안 들고⋯ 으악! 하나씩 짚어보니 진짜 이상해요!"

별안간 슬지가 소리를 꽥 질렀다.

"헉! 어쩌면 저는 후각 말고 다른 감각이 다 사라진 게 아닐까요? 지금도 봐요! 경찰관님 똥 냄새를 맡은 이후로 다른 냄새는 일절 안 느껴진다고요!"

"…시각이랑 청각은 멀쩡하잖아요."

하주의 대답에 급속도로 맥이 빠진 슬지가 눈을 흘기며 말했다.

"하여튼 경찰관들은… 재미라곤 하나도 없네요."

"사실에 근거해 접근했을 뿐입니다."

하주가 일부러 딱딱한 톤으로 드라마 대사처럼 말을 읊조리자 슬지의 표정이 금세 풀렸다.

"하나는 알았어요. 귀신들은 기온에 구애받지 않는다는 거."

추가된 정보를 '소슬지 수첩'에 기록하는 하주를 보며 슬지가 다시 물었다.

"근데 한 시간이나 걸어야 해요? 버스나 지하철은요?"

"아니 그게…."

순식간에 확 몰려온 부끄러움에 하주의 얼굴이 달아올랐지만, 더운 날씨 덕에 크게 눈에 띄지 않았다.

"슬지 씨가 지금 상태로 대중교통을 타본 적이 거의 없으니까… 벽을 통과할 수 있으면 바닥도 통과하지 않을까 싶고… 저랑 타고 가다가 갑자기 떨어지거나 하면 어떡해요. 슬지 씨 잃어버리면 찾을 길도 없어요."

"제 걱정 때문에 이 땡볕에 한 시간을 걸어간다고요?"

"아, 뭐… 진짜 제 똥 냄새 때문에 슬지 씨가 제때 승천을 못 했나 싶고… 아, 몰라요!"

걱정된다, 미안하다. 혀 몇 번 굴리면 포장할 수 있는 좋은 단어들이 있었지만, 하주는 씩씩거리며 앞만 보고 걸었다. 형식적인 말 몇 마디 하는 게 한 시간을 내리 걷는 것보다 훨씬 쉬울 텐데.

"근데요, 경찰관님. 길거리에서는 대화를 자제하는 게 좋겠어요."

"왜요?"

"다른 사람 눈에는 제가 안 보이는 거죠?"

"그렇죠."

"그러니까요. 지금 경찰관님은 열심히 혼잣말하며 걷는 사람처럼 보일 거예요."

하주는 그제야 주위를 둘러보며 지나가는 몇몇 사람들

이 자신을 수상한 눈으로 힐끔거리다 황급히 걸음을 재촉하고 있다는 걸 알아챘다.

"…미친 사람처럼 보이겠네."

"할 말 있으면 휴대전화 문자로 보여주세요."

"그게 더 미친 사람처럼 보이지 않을까요?"

"타자 칠 땐 잠깐 서면 되죠. 미친 사람보다는 휴대전화 중독자가 나을 거예요."

도착한 곳은 겉모습이 멀끔한 아파트였다. 하주는 걷는 내내 슬지가 잘 따라오고 있는지 확인하기 위해 옆을 돌아봤고, 슬지는 눈이 마주칠 때마다 웃어주었다. 1층 공동 현관에서 호출 버튼을 누르자, 오전에 수화기 너머로 들렸던 상냥한 목소리가 다시 흘러나왔다.

"진짜 오셨네."

출입문이 치맛단 미끄러지듯 스르륵 열렸다. 열릴 때와 같은 속도로 닫히는 문을 보면서 하주가 불만스레 쯧쯧거렸다.

"각박하다, 각박해. 냉큼 닫히는 꼴이…."

"그냥 지금 배고파서 예민하신 것 같은데…."

슬지의 말을 무시하고 엘리베이터에 탄 하주가 슬그머니 속내를 털어놓았다.

"슬지 씨, 놀라지 마세요. 사실 여긴 무당집이에요."

"네? 아파트에 무당집이 있어요?"

"불법인지 합법인지는 몰라요. 가내수공업… 같은 느낌인데."

"아는 분이에요?"

"예전에 어떤 사건에서 만난 분이에요."

슬지는 궁금한 것이 많았지만, 7층에서 멈춘 엘리베이터의 문이 열리자 입을 닫았다. 무당을 만나면 그 영험한 힘이나 신묘한 능력으로 인해 자신이 일순간 소멸해 버리는 건 아닐지 덜컥 겁이 났다. 이미 죽은 마당에 사라지는 걸 두려워하는 꼴이라니, 스스로도 해석하기 어려운 감정이었다.

"새 아파트라 그런가, 엘리베이터도 엄청 빠르네. 우리 빌라엔 엘리베이터도 없는데. 상담 비용은 현금으로 받겠지? 돈 많이 벌겠다."

하주는 긴장을 풀어보려 아무 말이나 쏟아냈지만, 그녀의 얼굴에도 슬지와 다르지 않게 긴장한 기색이 역력했다.

"오해하진 마세요. 뭐라도 도움이 될까 싶어서 온 거지, 슬지 씨를 어떻게 하려고 무당을 찾은 건 아니니까."

말끝에 하주의 진심이 느껴져 슬지는 조금 울컥했지만, 애써 밝게 웃어 보였다.

"생각해 보면 지금 상황에서 무당 말고 누굴 찾아가겠어요. 잘하셨어요."

침을 꼴깍 삼킨 하주가 초인종을 눌렀다. 곧 명랑한 목소리와 함께 문이 열렸다. 그 흔한 신점 한번 본 적 없는 슬지는 처음으로 무속인을 마주할 생각에 잔뜩 긴장했지만, 막상 문을 열고 나타난 사람은 가녀린 체구의 여자였다. 화사한 얼굴과 화려한 치장이 칙칙한 하주의 차림새와 대비되며 더욱 빛났다.

"어서 들어오세요. 갑자기 연락 와서 엄청 놀랐네!"

하주는 잠시 주위를 둘러보는 척하며 슬지에게 알아서 잘 따라오라는 신호를 보냈다. 살짝 눈이 마주친 슬지는 다행히 하주의 의도를 잘 파악한 듯했다. 연기에는 영 소질이 없는 하주의 수상한 몸짓을 보고도 무당은 별다른 반응을 보이지 않았다.

하주가 하는 말을 통해 슬지는 무당의 이름이 조아름이라는 사실을 알게 되었다. 방이 세 개인 아파트 내부는 정말 손님이 와도 되는 건가 싶을 정도로 아름의 사생활이 적나라하게 드러나 있었다. 솔직한 말로 청소를 잘 하지 않는다는 뜻이었다. 허물처럼 벗어놓은 옷이 여기저기 널브러져 있었고, 싱크대 안에는 설거지를 기다리는 컵이 한가득 쌓여 있었다. 컵마다 일정량의 커피가 남아 있는 것으로 보아, 아름은 하루에도 무수히 많은 커피를 마시는 모양이었다.

하주는 아름의 안내에 따라 현관에서 가장 가까운 방으로 들어갔다. 벽면에 신당이 차려진 것을 보고서야 여기가 무당집임을 알 수 있었으나, 거실과 너무도 다른 풍경에 적응되지 않는 건 매한가지였다. 문 하나를 통과했을 뿐인데 또 다른 세상이 펼쳐진 듯한 느낌. 하수는 문턱을 넘으며 아름이 몸담은 진짜 세계는 어디일지 짐작해 보았다.

아름이 내어준 커피를 한 모금도 마시지 않고 한참이나 컵을 쓰다듬는 하주의 표정이 복잡했다. 어디서부터 어디까지 말해야 할까. 아름이 자신의 비밀을 지켜줄까.

수많은 변수가 떠올라 어지러운 듯한 얼굴이었다.

“머리가 아주 무거워 보이시네요, 형사님. 설마 그 인간이 또 문제 일으킨 건 아니죠?”

“그런 건 아니고요. 오로지 제 문제 때문에 온 겁니다.”

“형사님 문제라….”

아름이 호로록거리며 커피를 한 입 마시더니 희미하게 웃었다.

“경찰관도 해결하지 못하는 문제가 있나요?”

“경찰관이 뭐 별건가요.”

“너무 많은 걸 맡으려 하지 마세요.”

그 말을 듣고서야 하주는 이 방에 들어온 뒤 처음으로 고개를 들었다.

“형사님처럼 사건이 끝난 뒤에도 피해자를 챙기는 경찰이 어딨어요. 물론 형사님 오지랖 덕에 제가 살아 있긴 하지만요.”

“누구라도 그랬을 거예요.”

“아뇨. 누구도 그러지 않았어요. 형사님을 만나기 전까지는. 제 신고 이력 보셨잖아요.”

아름이 단호한 목소리로 말했다. 지금껏 하주에게 친

절히 대하기 위해 애써 목소리를 부드럽게 낸 것 같았다. 슬지는 하주가 자신에게 신경을 쓰지 않길 바라며 신당을 천천히 둘러보았다. 제단 위에는 금색으로 칠해진 부처상부터 사탕이 한가득 담긴 바구니, 담배와 라이터, 심지어 전자 담배까지 올려져 있었다. 하긴, 진짜 신이 있다고 한들 언제까지 옛날 옛적 곰방대만 피우란 법이 있나. 문명의 이기도 맛보시는 게 좋지.

"제가 너무 궁금한 게 있는데, 떠오르는 게 아름 씨밖에 없었어요. 황당한 이야기지만… 안 웃을 거라고 약속해 주세요."

"약속할게요."

"비밀 지켜준다는 약속도 같이 해줘요. 약속보다는 맹세가 더 좋고요."

아름이 웃으며 새끼손가락을 내밀었다. 하주도 희미하게 웃으며 손가락을 걸었지만, 얼마나 주먹을 꽉 쥐고 있었는지 핏기가 하나도 없었다. 잠시 동안 얽혀 있던 손가락을 풀며 하주가 입을 열었다.

"아름 씨는 어쨌든 무속인이잖아요. 그럼… 음… 저 같은 사람은 못 보는 걸 보시겠죠?"

"그렇죠."

아름이 건조한 표정으로 고개를 끄덕였다. 제단을 구경하던 슬지도 진지해진 기류를 감지하고 의자에 앉았다. 일부러 거칠게 움직여 보았지만, 아름은 눈동자도 움직이지 않았다. 슬지가 못 미더운 표정으로 하주에게 속닥거렸다.

"근데 저 사람… 진짜 무당 맞아요? 제가 안 보이는 것 같은데."

하주는 하마터면 슬지의 귓속말에 대답할 뻔했지만, 재빨리 정신을 차렸다.

"꼭 눈으로 봐야만 보이는 건 아니에요."

마치 슬지의 말이 들리기라도 하는 듯 아름이 말했다. 깜짝 놀란 하주와 슬지는 황급히 자세를 고쳐 앉았다.

"마음으로 보고 듣는 것도 다 같은 겁니다."

"그렇구나…."

"평소 안 보이던 게 보이시나요? 냄새라도 맡았어요?"

"네? 무슨 냄새요?"

아름이 '똥 냄새'라는 말을 할 리 없다는 걸 알면서도 하주는 잔뜩 긴장했다. 아름은 별말도 아닌데 왜 그러냐는 듯 의아한 표정이었다.

"뭐긴요. 사건의 냄새죠. 드라마에 자주 나오는 대사잖아요?"

"아, 아하하하…."

"웃지 않고, 비밀도 지킬게요. 맹세해요. 편하게 털어놓으세요. 여기까지 오신 데에는 그만한 이유가 있을 테니까 가볍게 여기지 않을게요."

말을 고르는 하주의 숨이 깊어졌다. 슬지는 일부러 아름의 눈앞에 손바닥을 휘휘 저으며 바람을 불어보았는데, 마침 그 순간 아름이 재채기하는 바람에 화들짝 놀라고 말았다.

"귀신이 승천하려면 어떻게 해야 하나요?"

하주의 말에 아름은 흥미롭다는 듯 입술을 오므렸다.

"왜 꼭 귀신이 승천해야 한다고 생각해요?"

"그야… 그냥… 죽으면 하늘나라든 지옥이든 간다고 배우잖아요."

"절 돌봐주시는 할머니도 따지고 보면 구천을 떠도는 한낱 유령이죠."

아름이 커피를 한 모금 더 마셨다. 모락모락 나던 김이 그새 많이 사그라들었다.

"술만 마시면 저를 죽도록 때리던 남자를 사랑하게 될 줄 누가 알았겠어요. 이게 너무 쪽팔려서 처음 형사님을 만났을 때 제 직업을 말씀드리지 않은 거예요. 자기 일도 모르는 게 무슨 무당을 하냐, 이렇게 비아냥거리실 게 뻔했거든요."

"제가 왜 비아냥거립니까? 아름 씨가 뭘 잘못했다고요."

"내가 만나는 사람의 본성도 모르면서 신의 이치를 논한다는 게 참 웃긴 얘기죠. 하지만 제가 이 일을 하면서 나름대로 정립한 개념이 있어요. 우선, 모든 생명은 목숨이 끊어지는 순간 끝이라는 거. 물론 그 '끝'으로 가는 길을 잃은 영혼은 있을 수 있어요."

"그 영혼을 진짜 죽게… 아니, 그러니까 제 말은… 음… 어떻게 달랠 수 있죠?"

갑자기 아름이 눈동자를 과할 정도로 크게 뜨고 하주를 노려보았다.

"그건 불가능해요."

"하지만… 천도재나 위령제 같은 것도 지내잖아요."

"그런 행사들은 죽은 사람을 위한 게 아니에요. 살아남은 이들을 달래기 위한 것뿐이지."

아름이 제단 위에 있는 전자 담배를 집어 들고 앉아 피우기 시작했다. 방 안은 곧 달콤한 포도 향이 감도는 연기로 자욱해졌다.

"산 사람과 죽은 사람이 연결돼 봐야 좋을 게 없어요. 어떤 식으로든 영향을 미칠 거예요."

"…."

"제 사건을 끝으로 형사님은 과학수사대로 가셨죠."

"꼭 그 사건이 끝이었다기보다는…."

하주가 말을 얼버무리자, 아름이 다 안다는 듯 킬킬거렸다.

"제가 정확히 아는 건 아니지만, 뉴스나 드라마로 보기에 과학수사대는 감식을 많이 하시더라고요. 방에 남겨진 단서를 찾고 뭐, 그런 일들요."

"맞아요."

"그래서 형사님이 그 부서로 간다고 하셨을 때 엄청 걱정됐어요."

그렇게 말하며 담배를 피우던 아름이 하주의 옆쪽을 응시했다. 슬지가 앉아 있는 곳이다. 하주는 최대한 티 나

지 않게 조심하며 슬지와 아름을 번갈아 보았지만, 미묘
하게 시선이 어긋나는 것으로 보아 여전히 아름의 눈에
는 슬지가 보이지 않는 듯했다.

"왜요?"

"형사님이라면 영원히 저 방에 남아 계시겠구나, 하는
생각이 들었거든요."

"…."

"형사님이 맡은 사건은 언젠가 끝나요. 끝나면 그 방에
서 얼른 나오세요. 영영 방문을 붙잡고 계시지 마시고. 남
은 것에 미련을 두지도 말고요."

아름은 깊게 숨을 내쉬고는 담배 하나를 더 꺼냈다. 하
주가 아름의 말에 대한 답을 고르는 사이 슬지가 조용히
입을 열었다.

"전 어떡해야 하죠?"

아름이 눈을 감았고, 그와 동시에 슬지의 입술이 미약
하게 떨렸다.

"알려주세요. 전 어떡하면 되나요? 어떻게 해야 진짜
로 죽을 수 있어요?"

"…."

하주는 아름이 얼른 대답하기만을 기다리며 초조하게 바라보았지만, 아름은 오늘 안에 눈을 뜰 생각이 없다는 듯 굳은 자세로 앉아 있기만 할 뿐이었다. 답답한 마음에 슬지의 목소리가 더 높아졌다.

"제발 도와주세요. 저를 좀⋯."

"삶과 죽음은 다른 게 아니야."

"⋯."

"언제는 네가 진짜 살아 있던 적이 있었어?"

슬지의 눈에 눈물이 맺혔으나, 아래로 떨어지진 않았다. 악착같이 이를 악물고 참는 듯했다. 그사이 눈을 뜬 아름이 하주를 보며 호령하듯 외쳤다.

"형사님, 이제 돌아가세요. 그리고 다시는 이곳에 발도 들이지 마세요!"

침을 크게 삼킨 하주는 지갑을 뒤져 만 원짜리 다섯 장을 책상 위에 올렸다.

"이건 복비예요. 만약 이것보다 비싸다면 지인 할인해 줬다고 생각해요."

여전히 무서운 표정을 유지한 채 아름이 살짝 입꼬리를 들어 올렸다.

“복비가 아니라 점사 비용이라고 불러요.”

“월셋방이나 귀신이나 이것저것 알아봐 주는 건 똑같 잖아요. 고마워요, 아름 씨.”

하주가 방을 나서려는 순간, 하주의 등 뒤로 아름의 말 이 꽂혔다.

“잊지 마요. 그 방에서 얼른 나가요.”

“방 밖으로 나가서 뭘 해요?”

의문이 하나도 해소되지 않은 게 억울한 듯 슬지가 여 전히 그렁그렁한 눈빛으로 아름에게 쏘아붙였다. 아름은 슬지의 말이 들리는 양 느리게 대답했다.

“널 살게 만드는 곳을 찾아.”

눈물을 들키기 싫은지 갑자기 방을 뛰쳐나가는 슬지를 따라잡기 위해 하주는 서둘러 신발을 구겨 신었다. 벽을 통과해 진즉 엘리베이터 앞에 도달해 있던 슬지는 다시 하주의 집으로 돌아갈 때까지 한마디도 하지 않았다.

“변 경사! 왜 자꾸 꾸벅꾸벅 졸아?”

근덕의 호통에 화들짝 놀란 하주가 몸을 일으켰다. 분 명 책상에 팔꿈치를 대고 턱을 괸 자세였는데… 입가가

촉촉한 걸 보니 침까지 흘리며 기절하듯 졸았나 보다.

"며칠 전부터 영 피곤해 보이네. 집에 무슨 일 있어?"

큰 목소리와 달리 잔뜩 염려스러운 표정을 짓는 근덕에게 하주는 억지웃음을 지어 보였다.

"아… 요즘 잠을 좀 설쳐서요. 별일 아니에요."

"휴대전화를 너무 많이 보는 거 아니야? 우리 딸도 하루 종일 폰만 보다가 밤에 누우려니 잠이 안 온다고 찡찡거려."

근덕은 하주의 대답은 듣지도 않은 채 고개를 휴대전화 화면으로 돌렸다. 같은 팀원 중 근덕만큼 휴대전화에 중독된 사람을 본 적 없는 하주는 고개를 절레절레 흔들었다.

며칠 전부터 집에 귀신이 들었다는 말을 누구에게 힐 수 있을까. 그 귀신이 하루 종일 변기 물만 내리고 있다는 것과 자기 옆에 꼭 붙어서 도통 혼자 있을 생각을 하지 않는다는 사실까지.

아름을 만나고 온 날, 슬지는 혼자 화를 냈다가 울었다가 변기 레버를 내렸다가 다시 꿍얼거리는 일을 끝없이 반복했다.

"무당이 아니라 완전 선무당이에요. 그 사람 사기 전과 있는 거 아니에요? 방에서 나와서 뭐 어쩌라는 거야. 내가 갈 데가 어딨다고. 티머니 충전이나 해주든가."

열불을 토하며 화를 냈다가 갑자기 기가 죽어 중얼거렸다.

"하긴. 무당은 신을 보는 사람이잖아요. 나 같은 일개 귀신이 안 보이는 게 당연하지…. 나 이러다 영영 경찰관님한테 신세나 지고 있으면 어떡하죠? 경찰관님 똥 냄새만 맡고 변기 레버나 내리고 있으면… 진짜 물귀신 되는 거 아닐까요?"

위로를 해줘야 할지 다른 방법을 찾아보자고 팔을 걷어붙여야 할지 모르겠고, 체력까지 바닥난 하주는 그냥 그 옆에 앉아 있을 뿐이었다.

'그 방에서 얼른 나가요.'

짧은 한 문장이 머릿속에서 계속 반복 재생되었다.

'아름 씨가 그냥 한 말처럼 느껴지진 않았는데. 대놓고 알려주면 안 되나? 무슨 수수께끼라도 푸는 것처럼 이렇게 두루뭉술하게 말하면 어떡하냐고. 난 셜록 홈스가 아니라 대한민국 8급 공무원이란 말야.'

말도 안 되는 동거가 이어지면서 하주의 복통도 지긋지긋하게 이어졌다. 혼자만의 공간이 생긴 이후 처음으로 숙면과 쾌변이란 걸 성공했는데, 사람이든 귀신이든 누군가가 자기 공간에 함께 있다는 사실만으로 하주는 모든 일상생활에 감시자가 따라붙은 느낌이었다. 퇴근하기 무섭게 브래지어를 휙휙 벗어 던지던 시절도 이젠 안녕이다. 아니다. 같은 여자니까 이런 것쯤은 이해해 주지 않을까? 불편하기 짝이 없는 큰아빠와 겸상하는 것처럼 가슴이 턱턱 막히는 일상이라니.

'안 돼! 내 자유 시간이 망가지는 걸 절대 보고만 있을 순 없어!'

하주는 바탕화면에 깔린 '변사자' 폴더를 열고 그 안에서 '소슬지' 폴더를 찾았다. 죽은 슬지의 몸을 검안하며 찍은 수십 장의 사진은 슬지가 진짜로 죽은 사람이라는 사실을 명명백백히 보여주었다. 핏기 없는 얼굴, 입술 근처에서 관찰되는 포말, 다툰 흔적이 보이지 않는 가녀린 팔, 깔끔하게 관리된 체모들까지. 잔뜩 풀 죽은 얼굴로 요가 매트 위에 쭈그려 앉아 있는 슬지와 동일 인물이라고는 도저히 생각되지 않았다.

하주는 책상 위에 올려둔 '소슬지 수첩'을 펼치고 새로 적어둔 문장을 다시 읽어보았다. 며칠 사이 많이 들여다본 탓에 표지는 벌써 빳빳함을 잃은 상태였다.

특징: 변기 레버 내리는 일을 좋아함.

도저히 답이 나오지 않아 휴대전화로 퇴마, 구마, 귀신 떨쳐내는 법, 귀신 퇴치 굿 등을 검색했다. 닭의 피를 사용해라, 소금을 뿌려라, 귀신에게 노래와 춤을 대접해라…. 닭 피를 온 집 안에 뿌리는 것만 제외하고 마음만 먹으면 실천할 수 있는 방법이 수두룩했다.

'대한민국에 멋대로 침입한 귀신 때문에 고통받는 사람이 이렇게 많았나? 가장 만만한 건 역시 소금을 뿌리는 일인가. 팥죽을 끓여볼까? 편의점에 즉석 팥죽을 파는 것 같기도 하고… 알고 보면 내가 너무 안일하게 대처해서 슬지가 방을 못 나가는 걸지도 모르잖아!'

이면지에 퇴근 즉시 실천할 방법을 써 내려가던 하주는 갑자기 근덕이 큰 소리를 내는 바람에 잠시 필기를 중단했다.

“아! 맞다. 하주야. 오늘 팀장님이 지시한 거 들었어?”

“네? 아뇨. 오늘 사격 훈련 가신다고 일찍 나가서서 얼굴 못 봤어요.”

“하여간 그 양반. 사격장 딸린 경찰서에서 초과근무 찍고 퇴근하려고 바쁘게도 움직이더라. 우리가 사건 때문에 늦게 퇴근하는 건 초과 올리지도 못하게 하면서! 이거 완전 갑질 아니야?”

콧방귀 뀌는 것까지 잊지 않은 근덕은 여전히 휴대전화 화면에 시선을 고정한 채 말을 이었다.

“소슬지 사건 기억나지? 화장실에서 나체로 발견된 여성 변사자 말야.”

“예? 누구요? 소, 소슬지라고라?”

하주는 근덕의 입에서 슬지의 이름이 나오자 몹시 놀랐지만, 최대한 티를 내지 않으려 애쓰다 혀가 꼬이고 말았다. 근덕은 하주의 말이 우스운지 입을 가로로 죽 찢으며 심술궂게 말을 따라 했다.

“뭐라고라?”

“아, 아니! 잠깐 다른 생각을 좀…. 그, 그래서 소슬지 사건은 왜 물으세요?”

'그러고 보니 지금 슬지는 뭘 하고 있을까? 내가 출근하면 슬지는 뭘 하며 시간을 보내지?'

하주는 자신이 이걸 한 번도 궁금해하지 않았다는 사실이 더 놀라웠다. 퇴근하면 잊지 말고 슬지에게 물어봐야겠다고 생각하며 그 계획을 수첩에 적어두었다.

"명확한 사인은 아직 미상이고, 담당 형사 말로는 연락되는 유족도 없대. 집주인도 변사자 집에 누가 드나드는 걸 못 봤다고 말하고⋯."

"어차피 부검하기로 한 거 아니었나요? 아직도 안 했어요?"

혼자 사는 여성이 사망한 채 발견될 경우 부검은 거의 필수였기에 하주는 오히려 근덕이 왜 이런 이야기를 하는지가 더 의문이었다. 슬지가 사망한 지 일주일이 다 되어가는데 아직 부검도 하지 않았다는 사실이 훨씬 충격이었다.

"그치. 원래 진작 했어야 하는데, 지금 경기남부청 쪽에 알지? 연쇄살인 터진 거. 그것 때문에 형사들 인력이 죄다 빠진 데다가 부검 일정도 밀렸다나 봐."

"그래요? 세상에⋯ 부검 일정이 밀릴 수가 있나? 그것도 일주일씩이나요? 부검 기다리다가 다 부패되겠는데….”

“나도 몰라. 다른 병원에서도 뭔 문제가 있는지, 어쨌거나 부검까지 시간이 좀 뜨니까 팀장이 우리한테 변사자 집에 한 번 더 가서 수색해 보래.”

슬지의 죽음에 대한 실마리는 하주에게도 필요한 것이지만, 근덕에게 전해 들은 팀장의 지시는 통상적인 업무가 아니었다. 직장 생활 두 번째 법칙. 밑도 끝도 없는 요구는 듣는 즉시 반박해라.

“뭘 수색해요? 정확한 사인은 모른다 쳐도 타살 혐의점이 없는 사건이잖아요. 남이 죽인 게 아니면 무슨 이유로 죽었다고 한들 별일도 아닌 건데….”

그렇게 말하면서 하주는 집에서 울적한 표정으로 변기 레버를 내리고 있을 슬지가 떠올랐고, 덩달아 우울해졌다. 슬지가 죽은 게 별일이 아니라면 대체 뭐가 별일이란 말인가.

“몰라. 면밀히 수색해 보라는데 나도 뭔 소린지 모르겠어. 혹시 나중에 유족이 나타나면 전해줄 물건도 미리 챙겨놓으라는데, 어떤 물건이 중요한지 우리가 봐서 알겠어? 내 눈엔 그냥 평범한 자취생 방이더만.”

“팀장님이 언제부터 변사자 유품까지 신경 썼다고….”

이해되지 않는 표정으로 하주가 고개를 갸웃거리자, 근덕이 덧붙였다. 사실은 이게 본론이었다.

“…그 빌라 집주인 말이야. 담당 형사한테 매일 전화해서 들들 볶고 난리인가 봐. 시체가 있던 집이라 얼른 청소하고 싶다면서 물건을 다 빼달라고 했대. 근데 우리가 유품을 함부로 치울 수 있냐? 홍길동처럼 유족이 뿅 나타나면 다 인계해 줘야 하는데, 담당 형사도 미칠 노릇인가 봐. 형사가 사정 설명을 했더니 생전에 변사자가 월세도 몇 달 치 밀린 상황이라고, 유족과 연락되면 꼭 전해달라고 했다네? 밀린 돈 받아야 한다고. 가만, 생각해 보니 보증금에서 까면 되는 거 아닌가?”

“예? 정말요?”

하주는 맹숭맹숭한 슬지의 얼굴을 떠올렸다. 인상만으로 사람을 판단할 수는 없고, 그건 귀신이라고 다를 것도 없겠지만, 하주 나름의 기준으로 보자면 슬지는 아무리 봐도 월세까지 밀리며 살 관상은 아니었다. 수년간 경찰관 생활을 하면서 나름 사람 보는 눈은 정확하다고 자부했는데, 이게 무슨 일인가. 근덕의 말을 곱씹던 하주는 곧

바로 문제의 해답을 찾아냈다.

'직접 물어보면 되잖아!'

자연스럽게 휴대전화를 꺼내던 하주는 곧바로 손을 멈췄다. 귀신이 된 슬지에게 휴대전화가 있을 리 없지. 있다고 한들 웃긴 얘기다. 죽은 사람이랑 이어지는 전화라니. 잠시만… 휴대전화?

"아 참… 반장님. 혹시 현장에 변사자 휴대전화가 있었던가요?"

"그러게. 못 본 것 같은데? 우리 그때도 왜 집에 휴대전화가 없냐고 하지 않았나?"

"맞아요. 휴대전화만 있으면 유족이든 친구든 누구 하나와는 연락되지 않겠어요?"

하주의 제안에 만족스럽게 웃던 근덕이 삽시간에 표정을 거두었다.

"아서라. 젊은 아가씨 휴대전화에 잠금 하나 없겠냐? 어딨는지 찾는 것도 일이고."

"그건 걱정 마세요."

하주가 근덕을 향해 보란 듯 자신만만하게 웃었다.

"제가 책임지고 알아낼게요."

근덕이 의문스럽다는 표정으로 입을 열려던 찰나, 누군가 사무실 문을 두드리는 소리가 들렸다. 조심스러우면서도 둔탁한 소리였다.

"누구세요?"

'또 형사팀이나 마약수사팀에서 감정물을 맡기러 왔나. 도무지 쉬지를 못하게 하네. 집에서는 소슬지한테, 회사에서는 일에 시달리는 쓸쓸한 내 인생이여.'

비뚤어진 속마음과 함께 낡은 철문을 확 열어젖힌 하주는 문 앞에서 어쩔 줄 몰라 하는 키 큰 여자를 발견하고 살짝 놀랐다. 자신이 아는 한 형사팀이나 마약수사팀에 소속된 직원은 아니었다. 초면의 여자도 하주를 발견하고 놀라긴 마찬가지였다. 자신의 예상보다 문이 빨리 열린 눈치였다.

"어떻게 오셨어요?"

"저기….."

하주 앞에서 우물쭈물하며 입술을 씹던 여자는 덜덜거리는 목소리로 말했다.

"저… 저는 서울경찰청 여자기동대 소속 강다연 순경이라고 합니다."

“여자기동대에서 과수팀엔 어쩐 일로요?”

자신을 강다연이라고 소개한 여자의 이마에서 한 줄기 땀이 흘러내렸다.

“그… 하… 이게 진짜….”

다연은 한숨을 푹푹 내쉬더니 앞머리를 크게 쓸어올렸다. 땀에 젖은 앞머리는 다연의 손바닥이 떨어지자마자 다시 아래로 축 늘어졌다. 잔뜩 일그러진 눈썹이 앞머리 뒤로 숨는 게 보였다.

“소슬지 때문에… 여쭤보려고 왔어요.”

“예? 소슬지 씨요? 내가 아는 그 소슬지?”

하주는 슬지의 이름을 듣고 놀라 소리를 빽 지르고 말았다. 그 소리에 다연이 더 놀란 듯했지만, 일그러진 눈썹이 포물선을 그리지는 않았다. 오늘 타인의 입에서 소슬지라는 이름을 들은 게 벌써 두 번째다. 근덕까지는 그러려니 한다지만, 난생처음 보는 이 여경은 슬지를 어떻게 아는 걸까? 설마 슬지에게 시달리는 또 다른 경찰관인가? 알고 보니 소슬지 이 여자, 경찰관 전문 악귀인 거 아니야?

“어, 어떻게 아세요? 소슬지 씨를?”

아군인지 아닌지를 확인하기 위해 반짝거리는 하주의 눈이 무색하게, 다연은 울기 직전의 얼굴이었다.

"제… 제 친구예요. 슬지는…."

울기 직전이라는 말은 취소다. 말의 마침표도 찍지 못한 채 다연이 엉엉 울기 시작했다.

"슬지가… 슬지가 진짜로 죽었나요?"

키가 큰 여자가 흘리는 눈물은 땅에 떨어지기까지 제법 시간이 걸렸다.

'거참 딱딱하시네요. 경찰들은 다 이래요?'

하주는 그제야 슬지가 했던 말에 뼈가 있음을 알았다. 강다연이라는 여자에게, 슬지의 죽음에 대한 단서가 있을지도 모른다.

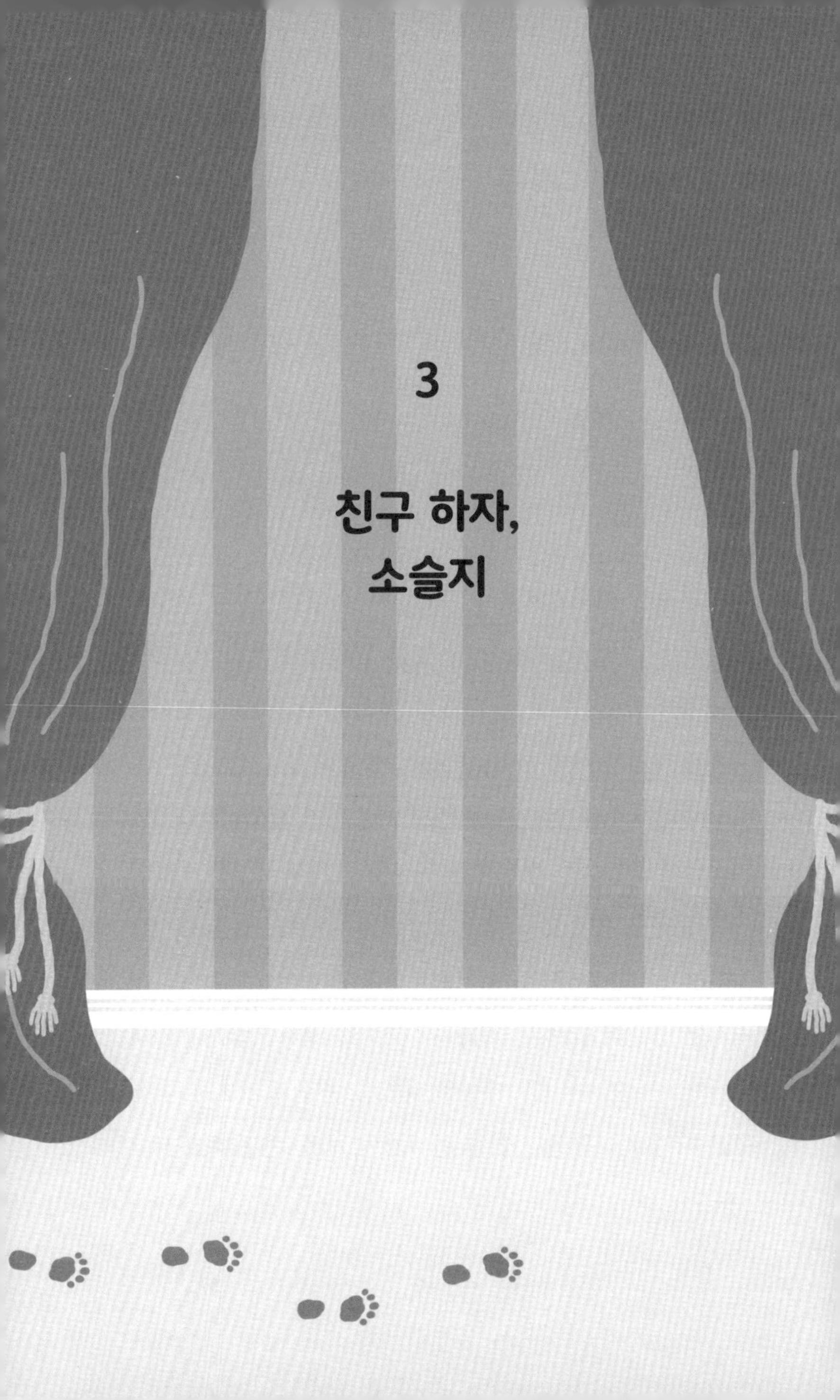

3

친구 하자,
소슬지

현관문 비밀번호를 누르는 찰나의 시간 동안 하주는 한 가지 의문을 떠올렸다. 문을 열었을 때 슬지가 있는 게 좋을까, 없는 게 기쁠까. 여기서 없다는 건, 슬지라는 존재 자체가 아예 사라졌다는 뜻이었다.

다연에게서 얻은 정보는 유의미하지 않았다. 슬지가 정말로 죽었다는 행정적인 사실을 확인한 다연은 하염없이 눈물을 쏟았고, 근덕은 시끄러운 다연을 얼른 해치우라는 눈빛으로 하주를 노려보았을 뿐이었다. 다연을 어르고 달래며 알게 된 거라곤 그저 슬지와 다연이 친구 사이였다는 맥 빠지는 사실 하나였다. 다연이 슬지보다 두 살 어린데 시종일관 친한 언니가 아니라 '친구'라고 부르는 게 의문이라면 의문이었으나, 중요한 건 아니었다. 시신을 인수하겠다고 나타나는 유족도 없고, 집주인은 월세가 밀렸다며 호통치고, 친구라고 주장하는 사람은 두 살 어린 데다가 울기만 하질 않나. 소슬지는 대체 어떤 인생을 살아온 걸까?

'언제는 네가 진짜 살아 있던 적이 있었어?'

슬지는 아름을 선무당이니 사기꾼이니 하며 힐난하기 바빴지만, 하주는 무언가 께름직했다. 아름이 그냥 때려 맞히기식으로 아무 말이나 뱉었을 것 같지는 않았다. 이미 죽은 사람을 진짜 죽이려면 살게 만드는 곳을 찾아가라니. 앞뒤가 맞지 않는 문맥이지만, 그 흐름을 따라가다 보면 의외로 정답이 도출될지 모른다.

'내가 왜 이렇게까지 해야 하지?'

이 또한 머릿속을 떠나지 않는 못된 심보였다. 슬지는 잘 지내고 있던 하주의 삶에 갑자기 나타나 평범한 일상, 마음 놓고 똥을 싸던 평화를 깨뜨린 불청객이자 귀신이다.

'퇴마를 해도 진작 했어야 했는데, 구천을 떠도는 게 불쌍해서 봐줬더니만…'

한편으로는 이런 생각을 속으로 삼키는 자신의 모습이

꼴불견이었다. 만약 우리 집이 투룸이었다면, 화장실이 두 개였다면, 엉덩이로 비트박스를 한다고 한들 슬지에게는 들리지도 않을 만큼 넓은 거실이 있었다면, 귀신과의 동거를 색다른 이벤트로 즐길 수도 있지 않았을까? 진심으로 슬지의 승천을 위해 이것저것 알아봐 주지 않았을까? 얇은 지갑은 얇은 입술이 풍기는 인상만큼이나 사람을 옹졸하게 만들었다. 나아지지 않는 살림살이가 사무치게 지겨웠다. 같은 원룸이지만 5평에서 7평으로 이사 왔을 땐 정말 세상을 다 가진 것 같았는데. 내 세상이 2평 커진다고 인생이 유의미하게 달라지진 않았다. 사는 건 참 만만치 않은데, 지금 슬지의 처지를 보면 죽는 것도 여간 복잡한 일이 아니었다.

"소슬지 씨!"

외침과 함께 문을 벌컥 열어젖혔지만, 돌아오는 답은 없었다. 변기 물이 내려가는 소리도 들리지 않았다.

"슬지 씨! 어딨어요? 대답해요!"

두리번거릴 것도 없이 한눈에 다 들어오는 7평짜리 원룸이지만, 하주는 열심히 고개를 좌우로 돌리며 슬지를 찾았다. 그러다 슬지가 귀신이라는 사실을 떠올려 천장부터 바닥까지 바쁘게 살폈음에도 슬지는 코빼기도 보이지 않았다.

"…설마 승천했나?"

아름이 어떤 주문을 외워서 슬지를 쫓아내 준 게 아닐까? 아니면 또 벽을 통과해 이 집 저 집을 헤집고 돌아다니는 중인가? 그러다 영영 돌아오지 않는다면? 당신을 위해 울어주는 사람을 보았다는 얘기는 꼭 전해주고 싶었는데. 주위에 아무도 없다는 생각에 상심한 채로 슬지가 미지의 세계로 떠나버린다면…. 하주의 발걸음이 원룸 정중앙에 우두커니 멈췄다. 목적지가 사라지자 순식간에 멍청해진 기분이었다.

"뭘 아쉬워해? 미쳤어? 차라리 잘됐지. 존나 잘됐지! 언제부터 같이 살았다고. 애초에 귀신이랑 같이 산다는 게 미친 소리야!"

창밖에는 햇살이 내리쬐고 있었다. 아침 8시에 출근해서 다음 날 아침 8시에 퇴근하는 생활. 모두가 출근할 때 메마른 눈동자로 퇴근하다 보니 자꾸만 자연의 흐름을 역행하며 꾸역꾸역 사는 것 같은 이질감이 드는 이십 대의 마지막 해. 다소 우울한 기분에 하주의 어깨가 푹 꺼졌다.

"꼴에 귀신이라고 햇빛 때문에 도망간 거 아냐?"

이글거리는 태양 아래 한 시간을 넘게 걸어 아름의 집으로 갔던 건 기억도 나지 않는다는 듯 하주가 중얼거렸다. 닭 피도 노래와 춤도 팥죽도 필요 없었나. 황당한 꿈에서 이제라도 깨어난 건가 싶었지만, 하주는 이상하게도 전혀 기쁘지 않았다. 침해받았던 자유를 며칠 만에 다시 찾았는데, 이 더러운 기분은 뭐지? 마치 똥을 싸고 제대로 닦지 않은 채 팬티를 입은 것처럼? 처음 만난 것도 똥 때문이었으니 헤어질 때도 똥 같은 기분을 남기고 간다는 거야 뭐야?

"아, 그래! 나가라 그래! 다시는 너 들여보내나 봐라! 변기 물 겁나게 내리더니, 다음 달 수도세가 걱정이네!"

하주는 혹여 슬지가 어딘가에 숨어 있을 세라 일부러 혼잣말을 크게 떠들어 보았지만, 아무런 반응이 없었다. 수도세가 걱정된다는 건 사실이었다. '변기 물 내릴 때마다 수도세' 따위를 검색해 보기도 했으니까. 한 번 내릴 때마다 통상적으로 10원 남짓한 비용이 든다는 검색 결과를 보고 조금 안도하기도 했다.

그러다 이내 거칠게 고개를 흔든 하주는 다시 현관문으로 뛰어가 도어록의 비밀번호를 바꾸었다. 그러고는 감정을 추스르려 여전히 슬지를 위해 거실에 펼쳐놓은 요가 매트 위에 눕고서야 깨우쳤다.

소슬지는 귀신이다. 도어록 따위 열 필요도 없는, 그냥 벽을 통과해 들어오는 귀신.

"하… 며칠 만에 되게 멍청해진 것 같아. 귀신이랑 살면 멍청해지나? 아니다. 그냥 미친 건가… 씨, 나도 모르게 내 정기를 다 빨아 간 건 아니겠지?"

하주는 여전히 평소 하지 않던 혼잣말을 꿈결처럼 중얼거리다 잠에 들었다. 실로 오랜만의 숙면이었다. 그렇게 하주는 손님이 올 때마다 내어주는 요가 매트 위에서 처음으로 잠들었다. 이것도 따지자면 슬지 덕분이었다.

"그냥 하는 말이 아니라니까. 진짜 이상하대도! 꼭 귀신이라도 들린 것 같다고."

빌라 입구에서 담배를 입에 문 여자가 발을 동동거리며 통화 중이었다. 경찰이라는 직업과 원체 예민한 기질이 더해져 귀가 밝은 하주는 제법 먼 거리에서도 여자의 말을 알아들을 수 있었다. 아주 달게 잠을 자고 일어났더니 벌써 해가 중천이었고, 요리하기 귀찮아 집 근처 분식점에서 떡볶이를 사 오는 길이었다. 눈을 떴을 때 습관적으로 주위를 둘러봤지만, 슬지는 돌아오지 않았다. '돌아오지 않았다'는 말도 생각해 보면 웃긴 얘기다. 언제부터 이 집이 슬지가 돌아오는 게 당연한 공간이 됐다고. 이래저래 복잡해진 속엣말을 삼키며 하주는 부러 슬리퍼를 바닥에 짓누르듯 세게 끌었다. 남 얘기를 듣고 싶지 않지만 의도치 않게 계속 귀에 꽂히는 게 싫을 때마다 종종 쓰는 방식이었다. 특히 '귀신'이라는 단어가 하주의 청력을 더욱 날카롭게 만들었다.

"변기 물이 저절로 내려간다니까! 하루 종일! 나도 미치겠어. …윗집? 아닐걸? 누가 사는지는 모르는데…."

하주는 그 자리에서 걸음을 멈췄다. 변기 물이 내려간다고? 길을 걷다 우뚝 서서 자신을 이상한 눈빛으로 노려보는 하주의 시선이 심상치 않았는지, 여자가 통화 목소리를 한껏 낮추었다.

"일단 사람을 부를까? 응. 변기 배관 업자나 뭐…."

하주가 다가가자 여자는 손바닥으로 입을 가린 채 소

곤거리다 이내 전화를 끊었다. 하주는 여자가 손에 든 담배를 탁탁 터는 순간을 놓치지 않았다.

"저기, 잠시만요!"

"예? 저요?"

하주가 다급히 부르자, 여자는 담배꽁초로 하주를 겨눈 채 공격적으로 되물었다. 이상한 사람이면 꽁초로 공격이라도 할 속셈인 듯했다. 꽁초 끝이 총구처럼 자신을 향하자 하주는 침을 꿀꺽 삼켰다.

"혹시 여기 드림빌라에 거주하시나요?"

"왜 물으세요?"

걸을 땐 몰랐는데, 가만히 서서 이야기하려니 하주의 손에 든 봉지에서 풍기는 떡볶이 냄새가 장난 아니게 코를 찔렀다. 얼른 먹고 싶은 마음이 굴뚝같았지만, 먼저 확인해야 할 게 있었다.

"아… 세가 여기 살거든요. 302호요."

"근데요?"

여자는 자신이 사는 호수를 말하지 않았다. 경계심이 많은 편인 듯했다. 하긴. 경계해서 나쁠 거 없는 세상이지.

"지나가다가 본의 아니게 선생님 통화 내용을 들었어

요. 변기 물이 계속 내려간다고….”

“…그 집도 그래요?”

“계속 그랬었죠.”

하주가 엉거주춤 대답하자 여자의 눈빛에서 경계가 조금 걷히는 게 느껴졌다.

“어떻게 수리했어요? 집주인한테 연락하면 돼요?”

“아… 저희 집은 제가 고쳤습니다. 혹시 제가 화장실 좀 봐도 괜찮을까요? 고치는 방법이 의외로 간단해서요.”

“그럼 알려주세요. 제가 직접 해볼 테니까.”

다시금 여자의 얼굴에 의심이 스며들자, 하주는 다급히 지갑을 뒤적여 공무원증을 내밀었다. 영화관에서 경찰관 할인받을 때를 제외하곤 내밀어본 적 없는 물건이었다.

“저 이상한 사람 아닙니다. 경찰관이고요. 댁에 한번 가볼 수 있을까요? 변기만 보고 나오겠습니다.”

여자는 하주의 증명사진이 박힌 공무원증과 하주의 얼굴을 번갈아 보았다. 못 알아보는 게 당연했다. 공무원증에 들어간 사진을 찍은 지 거의 10년이 다 되어간다. 왜 이렇게까지 하는 거냐는 여자의 속마음이 들리는 듯해,

하주는 급히 덧붙였다.

"저도 맛 간 변기 때문에 꽤 고생했거든요. 제가 해결할 수 있으면 도와드리고 싶어서요. 이웃…이니까."

"…요즘 경찰들은 변기도 살피고 다녀요? 신고하면 제때 오지도 않던데."

그 말에 딱히 대꾸할 말이 없는 하주는 멋쩍게 웃을 수밖에 없었다.

여자는 하주가 보지 못하도록 몸으로 도어록을 가린 채 비밀번호를 눌렀다. 열 자리가 넘는 상당히 긴 번호였다. 현관에 들어서기 무섭게 콰가가가, 변기 물이 내려가는 소리가 들렸다. 화장실 문이 닫혀 있다는 사실이 믿기지 않을 정도로 방음이 되지 않았다.

"얼른 변기만 보고 나올게요."

하주는 화장실 앞에 떡볶이 봉지를 내려놓고 후다닥 화장실 문을 열었다. 슬지의 짓이 아니면 무슨 말을 둘러대고 나와야 하나 고민하던 찰나, 변기 앞에서 울먹거리며 레버를 내리고 있는 슬지를 발견하고는 모든 생각을 멈췄다. 문 열리는 소리에 고개를 돌린 슬지는 하주를 보고 울음을 터뜨렸으나, 표정만 그럴 뿐 눈물이 흐르진 않았다. 어쩌면 계속 울다가 어느 순간 눈물이 말라버렸는지도 모를 상황이었다. 그리고 기분 탓인지 슬지의 몸이 전보다 더 투명해진 것처럼 보였다. 처음 봤을 땐 빳빳한 중국 당면이었다면, 지금은 물에 충분히 불린 중국 당면 색. 회색빛이 도는 불쾌한 투명함만큼은 그대로였다. 사람이 크게 앓으면 핏기가 사라지는 것처럼 귀신도 피곤하면 더 투명해지는 건가.

"여기서 도대체 뭐 하는…."

하주는 슬지에게 당장이라도 쏘아붙이고 싶었지만, 문밖에서 듣고 있을 성명불상의 이웃이 자신을 미친 사람으로 오해할까 봐 애써 입술을 오므렸다. 슬지는 큰 사고를 친 고양이 같은 얼굴로 하주의 눈치를 살폈다.

'이게 도대체 무슨 일이지? 나는 왜 같은 빌라에 사는지도 몰랐던 여자의 집, 그것도 화장실까지 들어와 슬지를 찾고 있지? 소슬지가 뭔데? 언제부터 친했다고 떡볶이도 미뤄두고 걱정하는 건데? 게다가 산 사람도 아니잖아. 얘 귀신이라고, 귀신! 살아 있을 땐 커피 한잔 같이 마신 적 없는 생면부지의 귀신!'

하주는 자신이 왜 슬지를 찾으러 왔는지, 한심한 짓이
나 하고 있는 슬지를 발견하자마자 왜 벌컥 화가 났는지
이해되지 않았다. 진짜 반려 귀신이라도 된 건가? 너무도
생소한 감정 앞에서 도리어 낯설어진 하주가 할 수 있는
일이라고는 표정을 관리하며 화장실 밖으로 나가는 것
뿐. 슬지가 자신의 뒤를 따라 나오는 게 느껴졌다. 발소리
는 들리지 않지만, 왠지 그럴 것 같았다.

"우와… 벌써 고치셨어요? 장비도 없이?"

물 내려가는 소리가 멎자 여자는 믿을 수 없다는 듯 변
기와 하주의 얼굴을 번갈아 보며 외쳤다. 하주는 진이 빠
진 몸짓으로 고개만 끄덕이고는 바닥에 널브러진 떡볶이
봉지를 주워 들었다. 허기를 채우기 위해 나섰던 외출이
예상보다 훨씬 길어졌다. 저편에 미뤄두었던 허기가 으
르렁거리며 급격히 달려왔다.

"와! 이제 변기에 문제 있으면 경찰을 부르면 되는 건
가요? 제 윗집에 경찰분이 사시는지도 몰랐네요. 괜히 안
심되고 막 그러네."

"하하하… 아무튼… 실례 많았습니다."

여자의 눈에는 보일 리 없지만, 슬지는 하주의 말에 맞

취 여자에게 깊이 고개를 숙였다. 진심으로 실례를 많이 범했다는 듯, 내려간 고개는 한참 뒤에야 서서히 올라왔다. 결례를 범하긴 했지. 수도세 천 원 정도는 까먹었을 거다.

"감사합니다. 들어가세요!"

눈에 띄게 해맑아진 목소리로 하주를 배웅하던 여자는 마지막으로 팔을 크게 흔들었다. 올라간 팔 때문에 소매가 내려가면서 손목 부근의 커다란 흉터가 보였으나, 하주는 모른 척 화답하고는 집으로 돌아갔다. 물론 슬지와 함께.

하주와 슬지는 가운데 떡볶이 그릇이 놓인 접이식 식탁을 두고 마주 앉았다. 하주는 양반다리, 슬지는 처음 봤을 때처럼 무릎을 감싸안은 자세로 마주 보고 있노라니 꼭 일탈 후 붙잡혀 온 딸을 다그치는 아빠가 된 것 같아 괜히 뻘쭘했다. 슬지를 알게 된 이후 가족에게 느낄 수 있는 복합적인 감정을 순서대로 겪고 있는 것만 같았다. 고작 며칠 사이에. 시간을 훌쩍 앞서버리는 이 비상식적인 친밀감이 무서울 정도였다. 하주는 슬지의 부탁과 자신의 목표를 잊지 않기 위해 주먹을 꽉 쥐어보았다.

'나는 이 사람이 진짜로 죽을 방법을 찾도록 도와주기로 했을 뿐이지, 영원히 같이 살 수는 없다. 절대로. 잊지 말자. 소슬지는 귀신이다.'

"순식간이었어요."

하주의 속도 모르고 슬지는 보이지 않는 눈물을 닦기라도 하는 듯 눈가를 주먹으로 벅벅 문지르며 애처롭게 말을 이었다. 아직 아랫집 화장실에 갇힌 공포가 생생한 듯 몸까지 부르르 떠는 모습이 황당하고 웃겼다.

"경찰관님 집 변기를 내리다가… 어쩌다가 그 물살에 빨려 들어갔어요. 정신 차려보니 배관을 통해서 아랫집 화장실로 떨어졌더라고요."

"아랫집인지는 어떻게 알았어요?"

"대충 내려가는 느낌이 들었으니까 아랫집이겠구나 싶었죠. 보통 빌라나 아파트는 배관이 연결돼 있으니까요."

"왜 못 나왔어요? 우리 집에선 벽도 잘 통과해서 다니잖아요."

"그게 진짜 문제였어요!"

슬지는 눈물이 그렁그렁한 눈으로 하주를 바라보다가,

볼 낯이 없다고 생각했는지 다시 고개를 푹 숙였다.

"그 집에서는 변기 레버를 내리는 것밖에 할 수 없었어요. 물건을 집을 수도 없었고, 벽을 통과하지도 못했어요. 그리고 아랫집에 사는 분은 화장실 문을 항상 닫고 계시더라고요. 들어올 때도, 나갈 때도 문부터 닫아서 나올 틈이 없었어요."

하주는 문이 굳게 닫혀 있던 아랫집 여자의 화장실을 떠올리며 고개를 끄덕였다.

"…그래서 구조 신호로 계속 물을 내렸다고요?"

"네. 작은 빌라니까… 변기를 계속 내리다 보면 경찰관님한테까지 소문이 닿지 않을까 하고요."

엉성하기 짝이 없는 계획에 하주가 큰 소리로 콧방귀를 뀌었다.

"내가 안 가면 어쩌려고 그랬어요? 그 여자가 입이 무거워서 변기가 맛이 가든 말든 얘기를 안 했다면요? 그러다 영영 변기 옆에 사는 물귀신이라도 되면 어쩔 뻔했냐고요!"

"그런 것까지 각오했어요. 저는 기다리는 거 하나는 자신 있거든요."

슬지가 슬픈 얼굴로 떡볶이를 바라보며 중얼거렸다.

"오실 때까지 기다릴 생각이었어요."

"그걸 말이라고…."

하주는 따끔하게 한마디 하려다, 슬지의 냉장고에 붙어 있던 메모가 떠올라 말문이 막혔다.

'언젠가. 걔가 돌아올 날.'

"앞으로는 대책이란 걸 좀 세우고 행동해요! 예? 슬지 씨가 길을 잃어버리면 난 찾을 수도 없어! 귀신이 계속 이승에 머무르는 게 좋은 일이 아니라고요!"

하주는 씩씩거리며 휴대전화 화면을 보여주었다. 하주의 유튜브 알고리즘은 다양한 무속인이 출연하는 영상으로 가득했는데, '이승을 떠도는 귀신의 말로', '한 많은 귀신의 승천 길' 따위의 자극적인 제목이 대문짝만하게 붙어 있었다.

"이걸 다 믿는다는 건 아니지만!"

"맹신하는 것 같은데…."

슬지의 반응을 살펴던 하주가 약간은 민망스럽게 덧붙였다.

"어쨌든 이분들이 공통으로 하는 말이 있어요. 이승에

오래 있으면 구천을 떠도는 악귀가 된대요! 다들 같은 소리 하는 걸 보면 영 없는 얘기는 아닐 거예요."

"오래 있다는 게 며칠을 말하는 거예요?"

"그, 그건…."

기습 질문에 말문이 막힌 하주가 얼굴을 떡볶이처럼 붉게 물들였다.

"나도 모르죠! 상식적으로 생각해 봐도 좋은 일은 아닐 거라고요. 어쩌면 49일 아닐까요? 사십구재라는 것도 지내잖아요."

"으음…."

"혹시 주머니에 뭐 든 거 없어요?"

"주머니는 왜요?"

"아니, 이렇게 대책 없이 돌아다니는 게 말이 안 돼서 그래요! 귀신 매뉴얼 같은 게 배송되지 않았을까요?"

하주의 등쌀에 못 이긴 슬지가 주머니를 뒤져보았지만, 아무것도 나오지 않았다. 맥이 빠진 하주 앞에서 슬지의 고개가 푹 떨어졌다. 불쌍하기 짝이 없는 실루엣이었다.

"…배는 안 고파요?"

"그런 건 느껴지지도 않아요, 이젠. 음식 냄새를 못 맡으니까 식욕이 없는 건가 싶기도 하고요. 후각이 이렇게 중요한 거였다니….”

슬지는 정말 떡볶이를 한 입도 먹지 못했다. 하긴, 변기 레버 말고는 다른 물건을 잡을 수 없으니 당연했다. 하는 수 없이 혼자 떡볶이를 먹던 하주는 괜히 민망해서 먹는 내내 슬지를 힐끔거렸지만, 슬지는 하주가 깔아둔 요가 매트 위에 누워 눈을 감고 있을 뿐이었다.

“떡 씹는 소리가 장난 아니네요.”

“여긴 직접 뽑은 가래떡으로 만드셔요.”

“우와… 살아 있을 때 그 분식집에 가볼 걸 그랬어요.”

“평소엔 뭐 하고 지냈어요?”

“그러게요. 뭐 하며 살았더라. 뭐든 기다리기만 했던 것 같아요. 사람도, 언젠가 기쁠 날도….”

“기쁜 날이 없었어요?”

“방금은 되게 기뻤어요. 오랜만에.”

“왜요? 변기를 실컷 내려서요?”

“경찰관님이 저 찾으러 와주셔서요.”

슬지가 천천히 눈을 떴다. 그리고 눈을 뜬 속도보다 더 천천히 하주 쪽으로 고개를 돌리고는 맑게 웃어 보였다.

하주는 지금 자신의 마음을 뒤흔드는 감정의 이름을 영영 알아낼 수 없으리라는 사실을 알았다. 그래서 일부러 박수를 크게 치며 분위기를 뒤집으려 애썼다. 박수 소리에 깜짝 놀란 슬지가 몸을 일으켰다.

"슬지 씨, 여기 앉아보세요. 우리 이렇게 합시다!"

하주가 식탁을 탕탕 두드리자 어느새 얼마 남지 않은 떡볶이가 식탁의 진동에 이리저리 흔들렸다.

"슬지 씨! 언제까지 그렇게 계실 생각이에요? 예? 무섭지도 않아요? 평생 귀신으로 살 생각이에요? 아니, 나만 불안해? 귀신이 된 건 슬지 씨인데 내 속만 새카맣게 타는 것 같아요!"

갑자기 쏘아붙이는 하주를 보며 슬지는 얼떨떨한 표정을 지었다.

"내가 다 답답하구만! 대책이나 지금 상황을 벗어날 해결책 같은 건 고민 안 해봤냐고요!"

하주가 오버스럽게 식탁을 쾅쾅 두드린 순간, 부실한 접이식 식탁의 다리 한쪽이 접히며 떡볶이 그릇이 바닥에 와르르 쏟아졌다. 짜증스럽게 미간을 구기는 하주를 보며 슬지가 피식 웃었다.

"혼자 만담 쇼라도 하는 거예요?"

하주는 '소슬지는 생전에 어떤 사람이었냐'는 질문에 대한 다연의 대답을 떠올렸다.

'소슬지는… 외로운 사람이죠. 동행이라는 걸 모르는 친구였어요.'

같이 걷는 법을 모르고 앞장서는 누군가를 졸졸 따라다니기만 하는 사람. 당신은 어떤 삶을 살았었나? 하주는 그 답을 최대한 빨리 찾아야만 했다. 일단은 슬지 말대로 떡볶이가 굳기 전에 바닥부터 닦는 게 먼저였지만.

"…외로운 사람이었다고 하던데. 맞아요?"

물티슈로 거칠게 떡볶이 양념을 닦아내며 하주가 물었다. 슬지가 무슨 뜻이냐는 듯 눈썹을 조금 들어 올렸다. 어쩌면 다연이 '언젠가 돌아올 개'일지도 모른다. 하주는 슬지의 삶을 추적할 만한 단서를 찾았다는 기쁨이 티 나지 않도록 최대한 담백하게 말했다.

"어제 당직 때 사무실에 강다연이라는 사람이 찾아왔어요. 기동대 소속 여경이요. 슬지 씨랑 친구라고, 슬지 씨 소식 듣고 진짜인지 확인하러 왔다고 하더라고요."

"강다연이 찾아왔다고요?"

슬지는 믿을 수 없다는 듯 되물었다.

“정말 강다연이요?”

“네. 키 크고 마른 분요.”

“걔가 스스로 찾아왔다고요?”

“네. 슬지 씨랑 친구였대요. 슬지 씨 소식 듣고 엄청 울던데요.”

“허!”

슬지는 지금껏 봤던 것 중 가장 거친 톤으로 세 글자를 내뱉었다. 마치 씹던 껌을 뱉는 것처럼.

“미친년.”

침묵을 깬 건 슬지의 한숨 가득 섞인 외침이었다.

“커피 향 맡고 싶어!”

“아 깜짝이야!”

다연이 찾아왔다는 얘기를 들은 뒤로 침묵시위를 하던 슬지가 처음으로 킬킬거렸다.

“하하하!”

“놀랐잖아요!”

가슴팍을 쓸어내리며 하주가 툴툴댔다. 수습할 수 없

을 것 같던 분위기가 반전되자 안도감이 들었다.

"커피 마시고 싶어요?"

"말도 마요! 향만 맡아도 좋겠어! 지금 맡을 수 있는
건 경찰관님 똥 냄새뿐이라니!"

슬지가 대화의 의지가 없다는 듯 굴길래 못 참고 화장
실을 다녀온 하주였다. 이번에는 설사도 아니고 조금 묽
은 변이었을 뿐인데, 그 냄새가 거실까지 난다고? 환장할
노릇이었다.

"루왁 커피라고 생각해요! 내가 원두 씹어서 똥 싸면
그것도 루왁 커피 되는 거 아니에요?"

상상만 해도 아찔하다는 듯 슬지가 있는 힘껏 얼굴을
찡그렸다. 하주는 책상 위에 올려둔 소슬지 수첩과 펜을
가져왔다. 아주 살짝 건드렸을 뿐인데도, 단단해야 할 책
상이 미약하게 흔들리는 것 같았다.

"책상이 흔들리는데… 제가 잘못 본 건가요?"

대수롭지 않다는 듯 하주가 손사래를 쳤다.

"처음부터 저랬어요. 제가 조립을 잘못했는지 영 부실
하더라고요. 그래도 지금까지 문제없이 잘 쓰고 있으니
됐죠. 우선…."

하주가 펜으로 수첩을 소리 나게 탁탁 쳤다.

"슬지 씨에 대해 제가 좀 더 알아야겠어요. 그래야 내일 슬지 씨 댁에 가서 뭐라도 챙겨오죠."

하주는 떡볶이를 닦으며 슬지에게 팀장의 지시로 다연과 함께 슬지의 집을 한 번 더 가게 되었다고 털어놓았다. 그 말을 듣자마자 슬지는 단박에 집주인 박미자의 횡포 때문임을 알아챘다.

"슬지 씨는….."

누군가를 알기 위해 꼭 물어야 할 질문에는 무엇이 있을까. 지금껏 하주가 초면인 사람에게 던진 질문이라곤 이런 것들뿐이었다. 왜 그런 범행을 저질렀나요. 범행을 저지르기 전 만난 사람이 있나요. 더 할 말이 있나요. 여기서 '초면인 사람'은 대부분 범죄를 저지른 피의자였다.

"왜 죽었다고 생각해요? 평소 건강이 나빴어요?"

"…딱히 좋았던 것 같진 않아요."

"혹시 지병이 있었나요?"

"아뇨. 그냥 일이 너무 많아서 늘 피곤했거든요. 요즘 과로하기도 했고. 근데 그게 죽을 이유가 되나요?"

슬지는 정말 이해되지 않는다는 얼굴로 되물었다.

"모두 이 정도로 일하면서 살지 않나요? 남의 돈 벌어먹는 게 어디 쉽나."

"평소 왕래하던 사람은 있었어요? 슬지 씨 상황을 잘 알 만한 분이 있다면 제가 만나보려고요."

"경찰관님도 아시잖아요."

무슨 뜻이냐는 듯 하주가 눈썹을 치켜올리자 슬지가 조금은 슬픈 목소리로 말을 이었다.

"저 경찰관님 통화 다 들었어요. 제 장례 치러줄 유족이 없다면서요? 뭐라더라. 시신 인수할 사람이 없댔나?"

"아…."

"들으려고 들은 건 아닌데… 내용이 들리더라고요. 죄송해요."

하주는 그제야 깨달았다. 이 집이 원룸이라 자신이 슬지를 피할 공간이 없다고만 여겼는데, 슬지도 하주와 같은 처지였다는 걸. 빌어먹을 원룸에서는 슬지 역시 하주를 피할 곳이 없었던 것이다. 벽을 통과해 돌아다닌다고 한들 방음이 제대로 되지 않는 원룸에서는 슬픔조차 감출 수가 없었다. 방은 단순한 공간이 아니라 인생에서 맞닥뜨리는 장애물이나 부정적인 감정을 막아주는 가림막

인지도 몰랐다. 나를 막아줄 가족도 공간도 없이 사회에 내쳐져 살다 죽은 동갑내기 귀신을 보며, 하주의 입술이 조금씩 떨렸다.

'나도 곧 저렇게 되는 건 아닐까. 나와 소슬지의 차이점이 뭐지?'

다시 한번 아름의 목소리가 귓속을 울렸다.

'언제는 네가 진짜 살아 있던 적이 있었어?'

'잊지 마요. 그 방에서 얼른 나가요.'

아름이 말한 '그 방'은 자신이 사는 원룸을 말하는 건지도 모른다는 생각이 스쳤다.

'슬지에게 하는 말이라고 믿었던 말이 알고 보니 나에게 하는 말이었던가. 내가 진짜 살아야만 소슬지를 승천시킬 수 있나?'

"슬지 씨, 우리 말 놓을까요?"

"네?"

"계속 슬지 씨, 하면서 길게 부르는 것도 피곤하고요. 우리 동갑이잖아요."

야심 차게 건넨 제안이었는데, 돌아온 슬지의 대답은 제법 황당했다.

“난 경찰관하고는 친구 안 하고 싶어요.”

“왜요? 강다연 때문이에요?”

“묵비권 행사할게요. 그래도 되죠? 드라마 보니까 뭐, 진술을 거부할 권리 어쩌고가 있다던데.”

“강다연이랑 무슨 사이예요? 걔가 뭔 짓을 했길래 경찰에 대한 편견이 가득한 거예요?”

“이 짓 저 짓 많이 했죠. 생각해 보니까 진짜 별짓을 다 했네.”

“뭐야, 진짜!”

뜻대로 흘러가지 않는 대화에 기분이 상한 하주가 재밌다는 듯 슬지가 진심으로 낄낄거리며 웃었다.

“그렇게 감정을 못 숨겨서 수사는 어떻게 해요?”

“체포한 놈이랑 싸우다가 형사팀에서 쫓겨났어요! 됐어요?”

“진짜예요?”

“내 잘못은 하나도 없습니다!”

두 손바닥을 들어 보이며 당당하게 외치는 하주의 모습에 슬지가 더욱 크게 웃었다.

“왜 자꾸 웃어요!”

“아이고 배야… 아오… 아하하하….”

요가 매트 위에 누워 배까지 잡고 깔깔거리는 슬지를
보던 하주도 결국 웃음이 터지고 말았다. 한참을 웃다 보
니 하주와 슬지는 요가 매트에 나란히 누운 모양이 됐다.

“정말 저랑 친구가 되고 싶어요?”

“네. 이왕 같이 살게 된 거, 반말하면 서로 편하잖아요.”

“내년 되면 경찰관님 나이가 저보다 많아질 거예요. 전
죽었으니까, 나이가 안 들잖아요.”

“괜찮아요.”

하주가 누운 상태로 고개를 돌려 슬지를 바라보았다.

“한번 친구는 영원한 친구니까.”

“그거 알아요?”

슬지도 고개를 돌려 하주를 바라보았다. 누워서 마주
보는 서로의 얼굴이 괜히 낯설어 간질간질한 기분이었지
만, 시선을 거두고 싶지는 않았다.

“난 여태껏 계속 죽고 싶었어요. 막 적극적으로 죽고
싶었다기보다는, 그냥 이대로 살아서 뭐 하나 싶은 생각
뿐이었어요. 뭘 해도 인생이 달라질 것 같지 않았거든요.
그런데 정작 죽고 나니까 그 어느 때보다 강렬하게 이런

생각이 들어요."

"어떤 생각요?"

"미친 듯이 살고 싶다는 생각."

"살아 있으면 제일 하고 싶은 일이 뭐예요?"

"글쎄요. 일단 유명한 바리스타가 있는 카페에 가서 에스프레소를 마실 거예요. 향도 깊이 들이마시고요."

"그런 다음은요?"

"천천히 걸을 거예요. 아주 천천히."

"뒤에 따라오는 사람이 싫어하겠네. 슬지 씨… 아니, 널 밀칠지도 몰라."

슬지가 하주를 보며 살짝 웃었다. 조금 전보다 훨씬 다정한 눈빛이었다..

"그래도 좋아. 한번 넘어져 보는 거지."

"다치면 어떡해?"

"다치면 어때. 살아 있잖아. 살다 보면 회복하겠지."

"회복할 수 없는 상처를 입을지도 몰라."

"그럼, 네가 구해주면 되지. 경찰관이잖아."

슬지의 손이 하주의 손 위로 올라왔다. 투명한 슬지의 손이 하주의 손을 통과해, 글자 그대로 '완벽히 포개진'

상태가 됐다. 부끄럽고 민망한 기분에 얼굴이 홧홧해진 하주가 황급히 말했다.

"구… 구해주긴. 그건 소방에서 하는 일이야."

"그럼 친구만이 할 수 있는 일을 해줘. …위로해 주면 되겠다."

하주는 손등에서 왠지 모르게 슬지의 온기가 느껴지는 듯한 착각이 들었다. 저승에 가지 않고 머무르는 귀신도 있으니, 온기를 가진 귀신이 있다고 해서 이상할 것도 없었다.

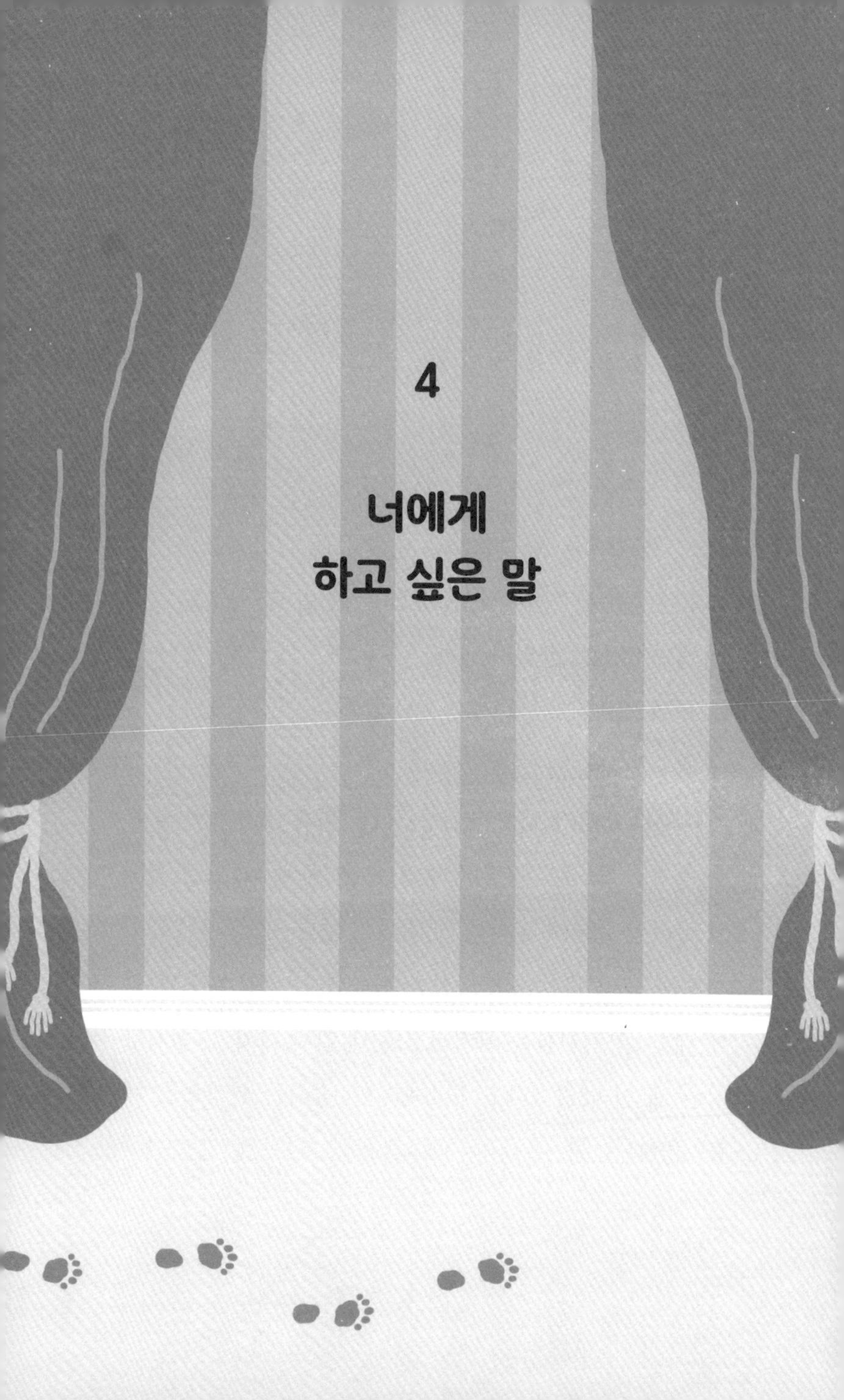

4

너에게
하고 싶은 말

현관에서 뒤축이 무너진 신발을 한 번 더 짓누르듯 구겨 신던 하주가 물었다.

"진짜 안 가?"

"응. 다녀와."

하주가 뒤를 돌아보자, 요가 매트 위에 돌아누운 채 몸을 웅크린 슬지의 등짝이 보였다. 한 품에 다 안길 것처럼 가녀린 등짝이 떨리는 것 같기도 했다.

하주는 어젯밤 내내 슬지를 설득했다. 내일 다연과 함께 네가 살던 원룸을 살피러 가는데 같이 가자고, 챙기고 싶은 게 있지 않겠냐고 읍소했지만, 슬지는 완강히 고개를 저었다.

"아름 씨 말 기억 안 나? 그 방에서 얼른 나오라잖아. 뭐라도 해보는 게 좋지 않겠어?"

마지막이 될지도 모르고, 나중에 아쉬워질지도 모른다며 하주가 끈질기게 매달리자 슬지가 쐐기를 박듯 "너 같으면 네가 죽은 곳에 가고 싶겠어?" 하고 말했다.

돌릴 방법이 없어 보이는 등짝에서 시선을 거둔 하주는 신발장을 뒤졌다. 케케묵은 우산을 꺼내고 마지막으로 뒤를 돌아본 순간까지 슬지는 미동도 없었다. 정말로 죽은 사람처럼.

비가 추적추적 내렸다. 연신 30도를 웃도는 더위에 비구름의 습도까지 더해지니, 총체적으로 숨 막히는 어항 속을 거니는 느낌이었다. 하필 지금 서 있는 곳이 약냉방 칸이라니. 하주는 손수건으로 땀을 닦으며 옆 칸으로 이동했다. 앉을 자리는 없지만, 조금 더 강한 에어컨 바람 세기가 그나마 숨통을 틔워주었다.

소슬지는 귀신이다.

소슬지는 이미 죽었다.

이 상태가 계속되면 어떻게 되는 걸까. 슬지가 저승으

로 갈 방법을 끝내 찾지 못한다면? 49일이 지나도 원룸을 떠날 방법이 없다면. 뚜렷한 대책이 떠오르지 않았다. 49일이라는 기간 역시 사십구재 때문에 잡은 기간일 뿐 정확한 근거가 있는 정보는 아니었다. 깊게 숨을 내쉰 하주는 어느 순간부터 늘 지니고 다니는 소슬지 수첩을 다시 꺼냈다. 틈틈이 적어 놓은 메모가 꽤 쌓였지만, 하나같이 시답잖은 내용뿐이었다.

특징: 변기 레버 내리는 일을 좋아함.
이승에 미련 없는 듯?
냄새 못 맡음(똥 냄새 제외).
가족 없나?
강다연(27세)이랑 무슨 사이?

어젯밤 나름의 인터뷰를 진행하려던 하주였으나, 친구가 되자고 선언한 이후 가타부타할 말이 없어졌다. 가족도 없고, 친구도 없고, 승천하는 방법도 없어 보이는 슬지가 그저 불쌍할 뿐이었다.

'아름 씨가 말한 '그 방'은 슬지가 죽은 집을 말하는 건

가? 나에게 슬지를 도울 방법이 있기는 한가?'

속이 복잡해진 하주가 밖을 바라보았다. 지하철 바닥은 사람들의 우산에서 떨어진 빗방울로 흥건했고, 창밖은 내리는 빗물로 인해 얼룩덜룩했다. 뭐 하나 말끔한 구석이 없는 삭막한 도시에서 하주는 죽은 친구의 방을 수습하러 간다는 사실이 도무지 실감 나지 않았다. 그러거나 말거나 지하철은 정해진 선로 위를 끝없이 전진했다. 하주는 팀장에게 강다연 순경과 함께 변사자 소슬지의 집을 방문하는 길이라는 문자 보고를 마치고는 휴대전화를 가방 깊숙이 쑤셔 넣었다. 슬지의 집에 도착하는 시간만큼이라도 철저히 혼자이고 싶었다.

점점 거세지는 빗줄기 탓에 슬지가 살던 집으로 가는 길이 평소보다 곱절은 더 힘들었다. 스타렉스를 타고 왔을 때도 가파르다고 느꼈던 골목길의 경사면은 물을 쏟아내는 워터 슬라이드로 변해 있었다. 흡사 연어의 심정으로 작은 폭포를 거스른 끝에, 선영빌라 입구에 축 처진 몰골로 서 있는 다연을 발견할 수 있었다. 머리부터 발끝까지 검은색으로 두른 다연은 사람이라기보다는 그림자에 가까운 모습이었다.

"오셨어요?"

"응. 다연 씨도 일찍 왔네요."

다연은 대답 대신 마른 입술만 달싹거렸다. 울지 않으려 악착같이 애를 쓰는 기색이 역력했다. 하주는 말없이 다연을 데리고 빌라로 들어갔다. 소슬지가 살던 곳은 2층 203호였는데, 뭔가 이상했다.

"여기 쳐둔 폴리스 라인이 어디 갔지?"

슬지의 집 앞에 선 하주가 당황스러운 기색으로 중얼거렸다. 1차 현장 수색을 마친 곳이라 해도 여전히 조사 진행 중인 변사 현장이므로 테이프로 된 폴리스 라인을 문 앞에 치고 나왔었다. 사건이 완전히 종결되기 전까지는 언제든 추가 조사를 할 수 있으니까. 그러나 하주가 직접 쳐두었던 폴리스 라인은 온데간데없었다.

"집주인 아주머니가 뗀 것 같아요."

검은 모자와 검은 마스크까지 쓴 채 하주 뒤에 붙은 다연이 말했다.

"경찰이 수사 차원에서 두르고 간 걸 멋대로 뗀다고요?"

"그러고도 남을 분이라서요."

“본 적 있으세요?”

“본 적도 있고, 슬지한테 들은 것도 많아요.”

선영빌라 주인인 박미자는 도대체 어떤 사람일까? 여전히 찝찝함을 감추지 못한 하주가 도어록 비밀번호를 누르자 다연이 놀라며 물었다.

“비밀번호는 어떻게 아셨어요?”

“슬지한테 들었어요.”

“예?”

다연이 어찌나 세게 되물었는지 “예?” 소리가 복도에 울려 퍼졌다. 하주는 황급히 얼버무렸다.

“아, 아니… 파출소 직원이 알려줬어요.”

슬지 집에 처음 임장했던 당시 비밀번호를 몰라 집주인에게 건네받은 마스터키로 들어왔지만, 하주는 그 사실을 숨기고 얼른 현관문을 열었다. 생각해 보면 숨기고 말고 할 것도 없는 문제다. 슬지에게 들었다고 말한들 믿을 리가 있냐고. 귀신이 알려줬다는 말을 누가 믿어?

“며칠 비웠다고 그새 분위기가 쓸쓸하네….”

처음 들어왔을 땐 급똥 때문에 정신없이 들이닥치느라 제대로 보지 못했는데, 전보다 차분한 마음으로 둘러본 슬지의 집은 그녀의 외형만큼 정갈한 분위기였다. 하주가 살고 있는 원룸과 비슷한 면적에 구조도 똑같아 보였는데, 자신과 달리 정리정돈과 청소를 부지런히 했는지 훨씬 깔끔해 보였다. 작은 냉장고에는 얼마나 시간을 투자해서 완성한 루틴인지 가늠이 되지 않을 만큼 황홀한 작품이 빼곡했다. 이를테면 똑같이 생긴 투명 용기에 정확한 용량으로 나뉜 밀프랩이나, 종이 포일로 정갈하게 소분해 둔 버터 같은 것들.

정신없이 냉장고를 살피며 감탄하던 하주는 어느 순간부터 조용해진 다연을 살펴보았다. 다연은 반쯤 넋이 나간 얼굴로 슬지의 책상을 우두커니 응시했다. 다연의 키가 커서 벽지만 보일 뿐이라, 하주는 살금살금 다연의 옆으로 다가갔다. 깔끔하고 넓어 보여도 결국 본질은 원룸이어서 다연의 옆까지 가는 데 채 다섯 발짝도 걸리지 않았다. 다연의 시선은 책상 위에 올려진 원목 액자에 고정되어 있었다. 나란히 앉은 두 사람이 웃고 있는 얼굴이 그려진 캐리커처였다.

"이거 슬지 씨랑 다연 씨예요?"

"으악!"

다연은 이 방에 혼자 있었던 사람인 양 기겁하며 돌아보았다. 특징만 뽑아내는 캐리커처인지라 맹숭맹숭한 슬지의 얼굴은 상당히 불리할 것 같았는데, 완성작을 보니 그럭저럭 슬지와 닮아 보였다. 그려지길 기다리는 동안 슬지가 이렇게 환하게 웃었다고? 활짝 웃어 이가 다 드러난 슬지의 얼굴은 묘하게 이질적이었다. 희미하게 입술을 씰룩거리는 모습은 봤어도 이토록 크게 웃는 모습은… 아, 아니다. 친구가 되자는 말로 물꼬를 텄다가 멋대로 씩씩거리는 하주의 모습을 보고 포복절도했었지. 이상했다. 머릿속으로 그려보려고 하니 슬지의 얼굴이 제대로 떠오르지 않았다. 아련한 느낌만 들고 얼굴선 하나 확실히 그을 수 없다니. 안 지 얼마 되지 않아서 그렇다고 하기엔 잠자리를 맞대고 지낸 지 일주일이 넘은 상황이었다. 물론 슬지는 잠을 잘 수 없는 귀신이고… 여기까지 생각이 이르렀을 때 하주는 거세게 고개를 저으며 생각을 멈췄다.

"…슬지 씨는 평소에 잘 웃는 편이었어요?"

질문 하나에도 심장이 철렁한 표정을 짓는 다연이 애처롭다 못해 불쌍하기까지 했다. 다연이 쓰고 있는 마스크가 곧 물기로 눅눅해질 것만 같았다.

"네… 별거 아닌 일에도 좋아했어요."

"되게 친했나 보네요. 같이 캐리커처도 받으러 가고. 난 한 번도 해본 적 없는데."

다연이 슬지가 적어 놓았던 메모의 주인공일까? '언젠가 돌아올 게', 그게 너냐고 당장이라도 따져 묻고 싶었다. 살금살금 뒷조사나 하는 탐정 노릇은 도저히 체질에 맞지 않았다. 하지만 과학수사팀 사무실을 찾아왔을 때처럼 당장이라도 눈물을 떨어트릴 듯 아슬아슬한 표정의 다연을 보니 자꾸 말을 삼키게 됐다. 이것 참, 소슬지나 강다연이나 쌍으로 사람 입 다물게 하는 재주가 있었다. 닮은 구석이 있어서 친해진 건가.

"…혹시 슬지 씨한테 궁금한 거 있어요?"

"네?"

"음… 뭐… 하고 싶은 말이라거나… 혹시 알아요? 다연 씨 말이 슬지 씨한테 닿을지."

하주는 주머니에서 소슬지 수첩을 꺼낸 뒤 차분히 대답을 기다렸다. 다연이 하는 말을 모조리 받아 적은 다음 슬지에게 전해줄 작정이었다.

“됐어요. 그만할래요. 이제 와서 무슨 말을 하겠어요. 이미 죽고 없는데.”

“아니, 전할 방법이 있는….”

잠시 휘청거리던 다연의 시선이 냉장고에 붙은 메모로 향했다.

12일 뒤. 월세 입금.

18일 뒤. 광주 촬영. 여의도역에서 7시 출발.

2,917일 전. 엄마가 떠난 날.

언젠가. 걔가 돌아올 날.

메모 속 ‘개’로 추정되는 다연이 메모지를 쓰다듬으며 기어코 펑펑 울더니 꺽꺽거리며 힘겹게 말했다.

“과수팀에 계시면 변사 사건 많이 보시죠?”

“그죠. 업무의 반 이상이 변사 사건이에요.”

“그럼 좀 알려주세요. 지금 제가 뭘 해야 하는지.”

슬지의 유품을 챙기는 데 도움이 될까 싶어 데려온 다연이 우는 걸 보고 있자니, 이 집에 온 목적이 생각나지 않았다. 숱한 변사 사건을 처리하면서 몸에 밴 습관이 하나 있다. 우는 사람이 제풀에 지쳐 눈물을 그칠 동안 묵묵히 기다려주는 것. 유가족이 없어 장례도 치르지 못하고 안치실에 누워 있는 슬지를 위한 다연의 곡소리가 비좁은 원룸에 흘러넘쳤다. 작은 집은 슬픔도 금방 차버리는구나. 벽지며 장판이며 몰딩까지 푹 적시는 다연의 울음을 피할 길이 없어 하주는 재빨리 싱크대로 달려갔다. 어젯밤 슬지가 부탁한 일이 있었기 때문이었다.

'다연이한테 드립백 커피 하나만 내려줘. 걔 그거 좋아했어.'

근덕이 당직 때마다 뱉는 개드립만 알았지, 드립백은 내려본 적 없는 하주가 난감한 얼굴로 기억을 더듬었다.

'그러니까 컵을 꺼내서 드립백을 고정한 다음… 윗면을 뜯으라고 했던가? 그 속에 뜨거운 물을 부으라고?'

울고 있던 다연이 주방에서 나는 달그락 소리에 훌쩍임을 멈췄다. 울면서도 궁금한 모양이었다.

"뭐 하시는 거예요?"

"오는 길에 비 맞아서 으슬으슬하길래요."

순 거짓말이었다. 에어컨을 켜지 않은 원룸 내부는 비로 인한 습기로 가득 찬 만두 찜기 그 자체였다.

"…근데 여기 에어컨 리모컨은 어디 있어요?"

물끄러미 하주를 바라보던 다연이 익숙한 손짓으로 리모컨을 찾아 에어컨을 켜주었다. 슬픔으로 가득했던 다연의 얼굴에 황당함이 드리운 걸 보니 어느 정도는 다행이었다.

"아무리 주인이 없다지만…."

다연이 말을 잇지 못했으나, 하주는 무슨 뜻으로 하는 말인지 다 안다는 투로 대꾸했다.

"저랑 같이 현장 다니는 검안의는 변사자 지갑도 뒤지고 그래요."

"네에에?"

"물론 돈을 훔치는 건 아니고요."

"그럼 왜요?"

하주가 어깨를 으쓱이며 말했다.

"저도 모르죠. 로또가 나오면 번호를 꼭 맞춰보던데."

소슬지 수첩에 적힌 메모보다 시답잖은 소리를 하다 보니 커피포트의 물이 끓기 시작했다. 하주는 서툰 솜씨로 슬지의 지시를 착실히 이행했다. 함께 공범이 되기로 작정한 듯 다연은 조그마한 좌식 테이블을 펼쳐 놓았다.

상부장에 딱 두 개 남아 있던 드립커피가 완성되는 순간이었다.

"흐음… 만드는 과정에 비해 맛이 좋은데?"

하주가 감탄한 듯 말했으나, 다연은 두 손으로 커피잔을 움켜쥐고만 있을 뿐 마시지는 않았다.

"안 마셔요? 다연 씨가 좋아하던 커피라고 슬지가…."

"네?"

하주는 얼른 둘러댔다.

"아, 아니 식기 전에 드시라고요."

"…슬지 냄새가 나요."

아뿔싸. 또 다연의 눈물이 터졌다. 커피잔에 들어간 눈물로 인해 커피 맛이 더 맹숭맹숭해질 것이었다. 꼭 슬지의 생김새처럼.

"슬지가 커피를 좋아해서 이 집에도 늘 커피 향이 가득했거든요. 슬지가 없는데 슬지 냄새가 나니까 미칠 것 같아요."

그토록 좋아하던 커피 냄새는 맡지 못하고, 죽은 채 경찰관 똥 냄새나 맡고 다니는 슬지가 생각나 결국 하주도 눈물을 터뜨리고 말았다. 주먹으로 벅벅 닦아도 그치지 않는 눈물이 스스로 낯설었다. 언제 봤다고 이렇게 울어주나 싶다가도 모르는 사람을 위해서도 곡을 해준다는데 이 정도는 해도 되는 거 아닌가 싶어 마음 놓고 울어버렸다. 죽은 이가 남긴 커피를 염치없이 빼먹으며 죄책감과 동정이 얼마간 섞인 눈물이나 흘리는 게 옳은 일인지는 알 수 없었다.

누군가의 흔적을 더듬는 건 지독히도 아픈 일이었다. 낯선 고통 앞에서 하주와 다연은 빗물로 충분히 눅눅한 공기에 눈물을 계속 보탰다. 커피가 완전히 식을 때까지.

"거기 누구요?"

등 뒤에서 날카로운 목소리가 화살처럼 날아들었다. 하주는 최대한 빨리 뒤를 돌아보려 했지만, 손에 들린 짐의 무게 때문에 마음처럼 민첩하게 움직이진 못했다.

"집주인이에요. 조심하세요."

다연이 하주에게 귓속말로 일러주었다. 같이 얼싸안고 울고 난 뒤라 그런지, 처음 만났을 때보다 훨씬 살가운 태도였다. 만족스러운 대답이 돌아오지 않자 건물주는 발뒤꿈치로 망치질하듯 위협적인 발걸음으로 다가왔다. 잠잠했던 복도가 순식간에 요란스러워졌다.

"누군데 이 집에 들락거려요?"

"경찰관입니다. 서울청에서 나왔어요. 박미자 씨 되시나요?"

경찰관이라는 말에 잠깐 움찔하는 듯 보였으나, 어떤 공포를 느꼈다기보다는 경찰관이 다시 방문했다는 사실을 믿기 어렵다는 반응에 가까웠다.

"내 허락도 없이 여긴 왜 들어와요?"

"저희는 절차에 따라 수사하는 겁니다. 누구 허락받고 움직이는 사람은 아닌데요."

직장 생활 세 번째 법칙. 민원인에게 굽히고 들어갈 이유는 전혀 없다. 미자는 가슴을 쫙 펴고 하주보다 훨씬 더 기세등등한 목소리로 되물었다.

"조사인지 뭔지 다 끝난 거 아니었어요? 아니, 내가 여기 집주인인데, 그래도 들어오기 전에 연락은 해줄 수 있는 거 아니에요?"

"제가 저번에 분명히 폴리스 라인을 쳐놨는데 오늘 와보니 없더라고요. 혹시 아시는 거 있나요?"

"내가 뗐습니다. 왜요?"

"아직 수사가 끝나지도 않았는데 마음대로 떼시면 어떡합니까?"

"내 집에 들어오는 건 당신들 마음대로 하면서, 내가 내 집을 맘대로 하는 건 안 돼?"

미자의 목소리가 점점 억세지더니 금방이라도 하주의 멱살을 잡을 기세로 바짝 다가왔다. 그러다 온통 검은색으로 무장한 다연을 의식하고는 걸음을 멈추었다.

"아니, 이 집에서 사람 죽었다고 광고할 일 있어요? 다음 세입자 안 구해지면 경찰이 월세라도 내줄 거야? 내 집이니까 내 마음대로 치우는 거지! 뭐 잘못됐어요? 예?"

"아직 종결도 안 된 사건인데 그렇게 함부로…."

"사건은 무슨 사건! 그냥 혼자 살다 혼자 죽은 건데 무슨 사건이야? 그런 거 피해칠 시간에 이 집에 살던 아가씨 유족이나 좀 알아보라니까! 밀린 월세가 얼만데!"

월세가 밀렸다는 말에 다연이 몸을 부르르 떨었다. 하주가 돌아봤을 때, 다연은 이미 미자의 앞까지 다가간 뒤였다.

"진짭니까? 슬지가 월세를 밀렸다고요?"

"그럼! 석 달 치나 밀렸어. 석 달이면 얼마야, 180만 원이지!”

“다시 여쭤볼게요. 정말이에요?”

“내가 거짓말하는 것 같아?”

“그럴 리가 없어서 여쭤보는 거예요.”

다연이 다시 한번 또박또박 말했다.

“슬지가 월세를 밀릴 리 없잖아요.”

당황하는 미자의 얼굴을 보고 다연의 확신이 맞다고 느낀 하주도 얼른 거들었다.

“박미자 씨, 주장하시는 게 사실이라면 저희가 슬지 씨 계좌 내역 확보해서 확인해 보겠습니다.”

경찰관은 민사 문제에 개입할 수 없으므로, 지금과 같은 이유로 계좌 내역을 확보하는 일은 불가능했다. 그럼에도 하주는 일단 내질렀다. 기에 눌린 미자가 잠깐 주춤거렸다.

“아, 아니! 그… 관리비를 밀렸다니까! 내 통장 말고 다른 데로 보냈나? 아무튼 못 받은 돈이 좀 된다고요! 이 아가씨는 직업도 옳게 없었어서….”

“옳은 직업이 없었다뇨?”

“무슨 일을 하는지는 모르겠지만, 제시간에 출근하는

걸 본 적이 없다고요. 응? 혼자 사는 아가씨가 말이야. 밤
일이라도 하는 건지.”

황당했다. 미자의 논리대로라면 야간 근무 때문에 출
퇴근 시간이 뒤죽박죽인 하주도 옳지 않게 사는 사람이
었다.

“아줌마. 제발 그만해요.”

다연의 목소리가 덜덜 떨렸다. 더 이상 말을 이었다간
무슨 일이 일어날지 모른다는 걸 깨달았는지, 미자는 제
화에 못 이겨 소리만 몇 번 더 지르다가 계단으로 올라가
버렸다.

하주는 슬지의 일기장과 책상 위에 있던 오디오 장비,
사소한 메모들, 슬지가 자주 입었다는 옷 몇 벌이 든 짐
꾸러미를 챙겨 들고 계단을 내려갔다. 계단을 다 내려올
때까지 위층에서 발소리가 들리지 않는 것으로 보아, 미
자가 계단참 중간 창문 너머로 그들의 뒤통수를 뚫어지
게 노려보고 있을 것만 같았다.

“씨발, 진짜 해도 해도 너무하네. 완전 미친 아줌마잖아.”

빌라 밖으로 나오자마자 다연이 거친 욕을 내뱉었다.

“소슬지 진짜 멍청한 년. 저걸 어떻게 다 참고 살았대?”

혼자 씩씩거리던 다연은 계속 화를 내다가, 눈물을 훔치다가, 챙겨온 슬지의 유품을 보고 주저앉기를 반복했다. 다연이 혼자 감정의 생쇼를 벌이는 동안, 지나가는 사람들 중 누구도 다연을 돌아보지 않았다.

"…괜찮아요?"

"아뇨. 엿 같아요."

"저 아줌마 말이 거짓말인 걸 용케 알아챘네요."

"당연한 거예요."

다연이 꽉 쥔 주먹으로 눈가를 벅벅 비비며 말했다. 보는 사람이 아플 정도로 세게 문질러대는 통에 눈가가 벌겋게 달아올랐다.

"슬지를 아는 사람이라면 저 말을 믿을 리가 없어요."

"강다여어어언!"

난데없는 목청에 놀란 하주가 돌아보자, 슬지가 온 힘을 다해 달려오고 있었다. 귀신이 전속력으로 달리다니. 슬지는 정말 귀신일까?

'귀신은 편안하게 순간 이동하고 하늘을 날아다니는 거 아니었어? 온몸으로 비를 뚫고 엉망이 된 얼굴로 달려오는 재가 진짜 죽은 귀신이란 말이야?'

슬지는 믿을 수 없는 풍경에 벙찐 하주를 뒤로하고 다연의 등짝만 바라보며 계속 달렸고, 마침내 다연의 뒤쪽에 멈춰 섰다. 지금 이 순간, 하주는 자신이 맡은 임무를 명확히 깨달았다.

"다연 씨!"

다연이 느릿하게 돌아보았다. 하주는 슬지의 뒤로 자리를 옮긴 뒤 다연을 바라보았다. 최대한 다연이 슬지를 바라보는 것처럼 느껴지길 바라면서.

"슬지 씨한테 할 말 없어요?"

"…."

"혹시 슬지 씨가 들을지도 모르잖아요."

"말도 안 돼요."

다연은 맥 빠진 표정으로 웃어 보였지만, 쉽게 발걸음을 떼지 못했다. 슬지가 어떤 표정으로 다연을 바라보고 있는지, 하주는 영영 모를 것이다.

"그냥…."

슬지의 유품을 응시하던 다연이 느리게 하주에게로 고개를 돌렸다.

"다음 생이 있다면…."

“…….”

“그때도 내가 먼저 꼬실 거라고요.”

하주 앞에 서 있던 슬지가 큰 소리로 물었다.

“내가 어디에 있는지 어떻게 알아볼 건데?”

마치 슬지의 외침이 들리기라도 하는 듯, 다연이 낮게 덧붙였다.

“네 향기만 따라가면 네가 어디에 있든 찾을 수 있을 거라고요. 그러니까, 어디서든 편안히 쉬라고…….”

지금 슬지는 웃고 있을까? 만약 그렇다면, 산 사람은 모두 울고 죽은 사람만 웃고 있는 풍경일 것이다. 빗방울마저 통과해 버리는 슬지의 몸은 젖을 수조차 없을 테니까.

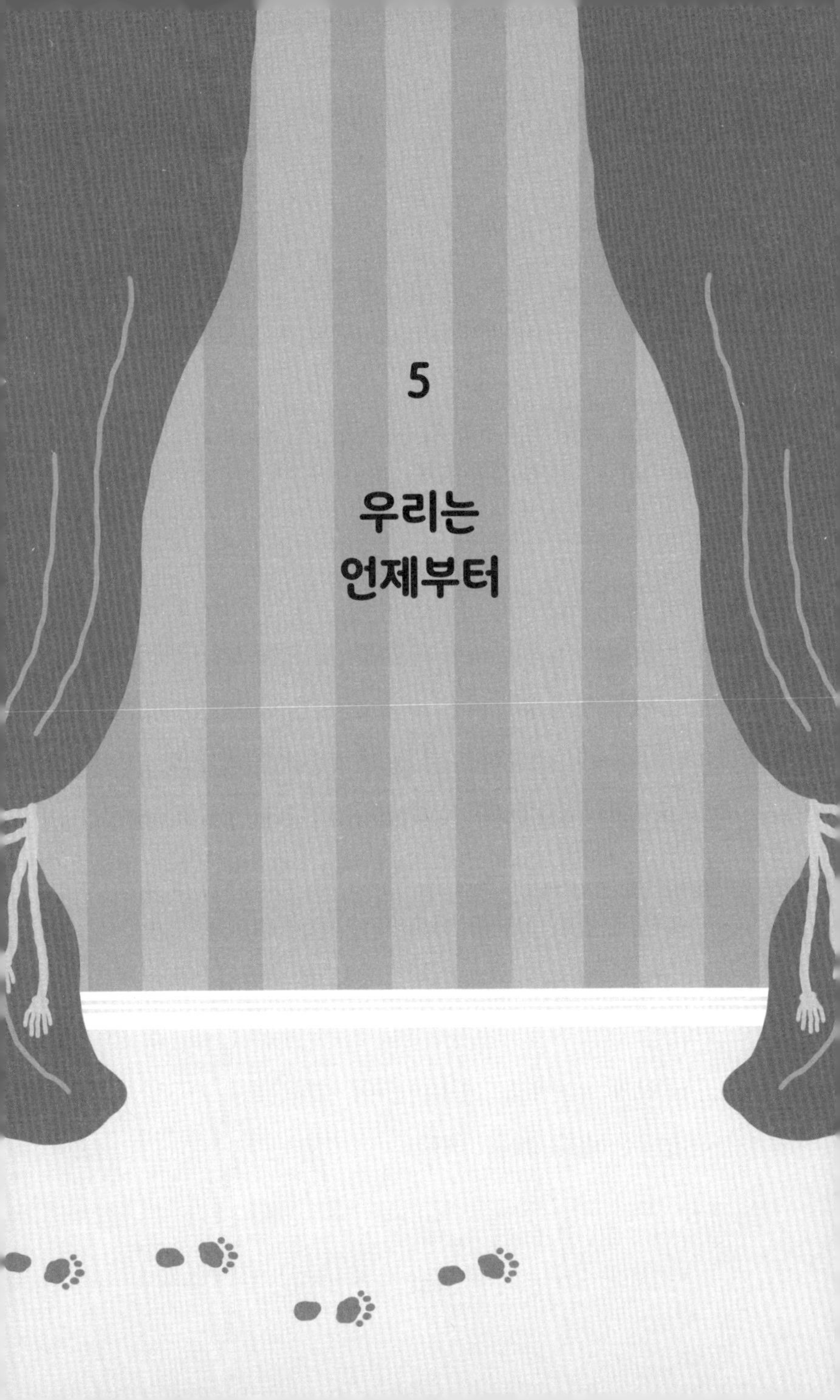

5

우리는
언제부터

　고요해야 할 하주의 원룸이 고성으로 가득 찼다. 슬지는 서로 닮은 얼굴을 하고 마주 선 채 고래고래 악을 쓰는 두 여자 사이에서 어쩔 줄 몰라 발만 동동거렸다. 하주가 감정적인 사람이라는 건 짐작했지만, 이렇게까지 길길이 날뛰는 모습은 처음이었다. 다연과 어떤 이야기를 나눴는지, 다연이 양손 가득 뭔가를 들고 가던데 집에서 뭘 챙겼는지, 상상만 해도 물기 어린 대화를 고요히 나누려고 했던 슬지의 계획은 고성에 부딪혀 산산조각이 났다.

　“너 진짜 어쩌려고 그래! 미쳤어? 제정신이냐고!”

　“내 일은 내가 알아서 해!”

“뭐? 알아서? 네가 알아서 하는 일이 뭔데? 옷이랑 팬티 몇 장 싸 들고 집 뛰쳐나오면 다야? 그게 네가 알아서 한 일이야? 그럼 끝까지 알아서 하든가! 이 집엔 왜 기어 들어 오냐고!”

“언니는 좀 가만히 있어! 가만히만 있어 주면 되는 거 잖아!”

“내 집에 쳐들어와 놓고 나보고 가만히 있으라고? 어디서 배운 싸가지야!”

하주와 슬지가 집으로 돌아왔을 때 현관에 낯선 신발이 놓여 있었다. 멋대로 비밀번호를 누르고 빈집에 침입한 신발의 주인은 변진주로, 하주의 동생이었다. 두 자매가 목청껏 서로를 비난하는 사이, 슬지가 파악한 정보는 꽤 많았다(진주의 이름도 포함해서).

우선 경찰관 변하주에게는 동생이 무려 세 명이나 있다는 거였고, 모두 여동생이라는 것. 대화로 유추해 보건대 진주는 하주의 둘째 동생인 것 같았다. 진주가 하주에게 ‘큰언니’라고 불렀고, 하주도 “막내도 안 그러는 짓을” 하고 대꾸했기 때문이었다.

“비밀번호 바꾼 건 또 어떻게 알고 들어왔어? 너 이거

주거침입이야. 알아?”

“치사하게 번호만 바꾸면 내가 못 들어올 줄 알았어?”

“뭐? 치사? 야! 내 집인데 내가 번호를 바꾸든 도어록을 박살 내든 뭔 상관이야!”

두 번째로, 하주는 진주가 예고 없이 들이닥치는 게 싫어서 비밀번호를 자주 바꾼다는 점이었다. 하지만 자주 바꾼다는 비밀번호의 범위가 거기서 거기인지, 진주는 손쉽게 알아낸 모양이었다. 종합해 보면, 진주가 짐을 싸 들고 본가에서 하주의 집으로 가출 아닌 가출을 감행하는 일은 꽤 잦은 듯했다.

“이 코딱지만 한 집에 왜 자꾸 기어들어 와! 나도 좀 혼자 있자!”

“그러게! 언니는 열심히 살아서 번듯하게 좀 살지. 서울에 올라온 지 몇 년짼데 왜 맨날 원룸에 살아? 동생 힘들 때 방 한 칸 정도 내어줄 수 있는 곳에 살 능력은 있어야지!”

원룸 얘기에 하주의 동공이 더 커졌다. 솔직히 슬지가 들어도 이건 선 넘는 발언이었다. 서울에서 아무런 지원 없이 투룸을 구하는 게 얼마나 어려운 일인데! 철없는 동생 같으니라고!

"허! 그러는 넌 직업도 없는 주제에 뭐가 어쩌고 저째? 공무원 월급을 알고나 하는 소리야? 툭하면 아프다고 파스값 보내달라는 엄마랑! 집구석에 갚을 빚이 수두룩한데 죽어도 야유회는 가야겠으니 도시락값 보태달라는 아빠에! 뭔 새 새끼들도 아니고 뭐만 하면 입을 쩍쩍 벌리는 동생이 셋이나 딸려 있는데! 내가 뭘 더 얼마나 열심히 살아야 돼? 돈 들어오는 구멍은 하난데 나가는 구멍이 도대체 몇 개냐고! 그러는 너는!"

하주가 진주의 어깨를 툭툭 치기 시작했다. 진주도 자존심이 있는지 쉽게 물러서지 않았지만, 어깨를 맞을 때마다 조금씩 뒤로 밀리는 게 보였다. 자매들의 싸움이 생각보다 훨씬 거칠어지자, 슬지는 슬슬 말려야 하는 게 아닐까 고민하기 시작했다.

"중간에 대학도 때려치워(하주는 '치워' 소리에 맞춰 진주의 어깨를 밀쳤다), 알바도 싫다고 해(이쯤 되자 진주의 등이 벽에 붙기 직전까지 밀렸다)! 취직도 안 하고! 너 도대체 뭐해 먹고 살려고 그래? 어? 그렇게 집구석이 싫으면 어떻게든 돈을 모아서 뛰쳐나갈 구멍이라도 마련해야 할 거 아냐!"

"무시하지 마! 내 인생은 내가 알아서 해! 그리고 알바는 계속했거든?"

"돈 떨어지면 잠깐 물류센터 뛰다가 그만두고, 다시 돈 떨어지면 또 가고. 그 짓거리 반복하는 게 알바야? 어?"

"알바가 아니면 뭔데? 내가 정직하게 돈 버는 건데 그게 뭐!"

여기서부터 하주는 정신을 놓은 듯 소리를 지르기 시작했다. 슬지는 황급히 현관문을 통과해 복도로 나가보았다. 문을 열어놓고 싸우는 것도 아닌데, 복도에는 변 자매의 고성이 쩌렁쩌렁 울렸다. 슬지가 경력이 오래된 귀신처럼 자연스럽게 현관문을 통과해 다시 하주의 집으로 돌아왔을 때는 변 자매의 악다구니가 극에 달했다. 처음 소리를 지를 때만 해도 슬지의 눈치를 보던 하주도 이제는 아예 눈에 뵈는 게 없는 것 같았다.

"네가 뭘 알아서 하는데? 뭘! 알아서 할 거면 오늘 잠자리부터 네가 알아서 마련해! 당장 나가! 나가라고!"

"싫어! 못 나가!"

"엄마 아빠처럼 살기 싫다며. 다르게 살고 싶다며. 근데 너 이딴 식으로 굴면 엄마보다 더 못 살아! 요즘 네 나이 때 애들 스펙이 장난인 줄 알아? 이력서에 써먹지도 못할 단기 물류 알바 경력만 쌓아서 어쩔 건데? 중장비 기사라도 따든가!"

진주의 짐을 던지려는 하주와 말리는 진주, 그 사이에서 아무 말도 하지 못하는 슬지까지 뒤엉킨 원룸은 그야말로 아수라장이었다. 몸싸움까지 불사하는 자매 덕에 꽤 오래도록 정갈하게 깔려 있던 요가 매트는 구석으로 날아간 지 오래였다. 슬지는 물체가 다 통과해 버리는 투명한 자신의 몸이 처음으로 다행스럽게 느껴졌다.

"진정하고 동생이랑 대화를 해보는 게…."

"얘랑 대체 뭔 말을 해! 말도 통하는 사람한테나 하는 거지!"

하주의 답은 슬지를 향한 것이었지만, 슬지의 존재가 보이지도 들리지도 않는 진주는 드디어 하주가 미쳐버렸다고 생각했는지 비웃기 시작했다.

"뭐? 언니 방금 그 말은 뭐야? 진짜 미친 거야?"

"넌 알 거 없어!"

"항상 그런 식이지, 언니는!"

하주의 주먹을 뿌리친 진주가 목이 쉬도록 악다구니를 치며 말했다. 누가 더 크게 소리를 지를 수 있는지 대결이라도 하는 모양새였다. 이 정도 고성이면 옆집에서 뛰쳐나올 만도 한데. 다들 출근하고 없는 건가? 슬지는 누군가 달려와 초인종이라도 눌러주길 바라며 현관문을 힐끗거렸지만, 밖은 조용했다.

"씨발! 뭔 말을 해줘야 알 거 아냐!"

진주의 입에서 극악무도한 두 글자가 튀어나오자, 하주는 급기야 고주파에 가까운 비명을 지르기 시작했다.

"뭐? 씨발? 언니한테 씨발이라고 그랬냐?"

"나이는 언니만 먹었어? 나도 먹을 만큼 먹었어! 욕도 할 수 있는 나이라고!"

"그래, 너 말 잘했다! 나이 처먹을 만큼 먹었으면 네 앞가림부터 해! 여기저기 기생하며 돌아다니지 말고!"

진주에게는 '씨발'보다 '기생'이 더 나쁜 단어였던 모양이었다. 진주는 하주의 손에 들려 있던 자신의 짐을 뺏어 들더니 요가 매트 쪽으로 던져버렸다. 짐 가방 안에서 무언가 깨지는 소리가 들렸다. 진주가 또 악을 쓰며 대꾸할 거라고 생각한 슬지는 손바닥으로 귀를 막았지만, 고성 대신 훌쩍이는 소리가 들렸다. 욕설보다 더 크게 터진 진주의 울음이었다.

"씨발. 가족이라고 있으면 뭐 해."

그 한 마디를 쥐어짜듯 내뱉은 진주는 가져온 모든 짐을 두고 한 많은 원룸을 그대로 뛰쳐나갔다.

굉장한 소동이 끝난 이후, 집에는 급격한 적막이 내려앉았다. 하주는 진주와 관련된 스트레스 때문인지 연달아 다섯 번의 설사를 쏟아내고는 맨바닥에 벌러덩 누워버렸다. 온몸에 힘이 빠진 것 같았다. 슬지는 책상 위에 걸터앉아 하주를 바라보았다. 피곤한 기색이 역력한, 요즘 시대의 청년을.

"갑자기 생각나."

진주가 떠난 이후 하주가 처음으로 입을 열었다.

"내가 처음 과학수사팀으로 출근했을 때."

슬지는 맨바닥에 불편하게 누운 하주를 위해 구석에 처박힌 요가 매트를 펴주고 싶었지만, 손에 잡히는 건 여전히 아무것도 없었다.

"솔직히 무슨 일을 하는지 잘 모르고 갔어. 간판만 보고 지원했으니까. 형사팀에 있을 때 어깨너머로 본 건 있지만 직접 해본 건 아니었는데, 건방지게 다 안다고 생각한 거지.”

하주는 오래된 서랍을 뒤지는 것처럼 주섬주섬 이야기를 풀어내기 시작했다. 슬지로서는 처음 듣는 하주의 과거였다.

“발령 난 첫날 사무실에서 어색하게 인사하고 막 짐을 풀려는데 신고가 떨어졌어. 변사래. 사람이 죽었다는 뜻이지. 그날 변사만 일곱 건을 처리했어.”

“하루에 일곱 건이나?”

“하루 만에 일곱 명이 죽었어. 내가 전국을 관할하는 것도 아닌데. 서울청에 있는 과수팀 열 개 중 하나, 거기다가 팀 하나당 세 개조로 쪼개지니까… 그런 아주 조그마한 땅에서만 일곱 명이 죽었다니까.”

하주가 여전히 믿기 어렵다는 듯 헛웃음을 흘리며 말을 이었다.

“그때 반장님은 나한테 아무것도 가르쳐주지 않고 그냥 시체 옆에 가만히 서 있으라고 했어.”

“왜?”

"글쎄."

하주는 누운 채 어깨를 으쓱했다.

"그땐 갑질인 줄 알았지. 반장님이 날 탐탁지 않아 했거든. 형사팀이랑 과학수사팀은 같이 일할 때가 많은데, 내가 형사팀에 있을 때부터 마찰이 좀 있었어."

"그분이 지금 같이 일하는 분이야? 뚱뚱하신 분?"

슬지의 묘사에 하주가 희미하게 입꼬리를 들어 올렸다.

"근덕 반장님은 아냐. 그분 성함은 김한준이었어. 나이 들고 배 나온 아저씨치고는 지나치게 예쁜 이름이지."

"지금은 어디에 계시는데?"

질문을 던진 슬지는 곧바로 후회했다. 어쩐지 하주의 입에서 나올 말이 짐작됐기 때문이다.

"이제 안 계셔. 돌아가셨어."

여전히 천장을 응시하던 하주가 말을 잇지 못하고 입만 뻐끔거리길 반복했다.

"하루 종일 시체를 만지지 못하고 바라보기만 하니까 처음엔 뭔가 싶었는데, 퇴근할 때 되니까 반장님 의도를 알겠더라고."

"그래?"

"조금 엄숙해졌달까. 경찰관이라는 직업의 무게를 알았다고 해야 하나? 사람이 좀 진지해지더라. 반장님은 내가 형사일 때 일을 너무 가볍게 한다고 못마땅해했어. 그 태도를 고치고 싶었던 거지."

"일을 가볍게 한다는 게 무슨 뜻이야?"

"그냥, 그런 거 있잖아. 무슨 일이 생겨도 별로 동요하지 않는 거."

"그게 왜 가벼워? 침착한 거잖아."

"아니. 내가 그렇게 할 수 있었던 건, 눈앞에 벌어지는 모든 일이 진짜처럼 느껴지지 않아서였어. 생각해 봐. 사람을 죽이거나 때리는 사람, 물건을 훔치는 사람… 그들이 나와 동등한 사람으로 보이겠어? 내 눈엔 아니었거든."

하주의 호흡이 거칠어졌다. 필사적으로 울음을 참는 듯했다.

"하지만 반장님은 내가 다루는 사건의 모든 관계자를 '진짜 사람'으로 대해야 한댔어. 단순 변사자가 아니라 한 명의 사람으로, 그 사람만의 역사로 봐야 한댔지. 그래야 진심으로 일할 수 있다고. 진짜 재미없는 아저씨지?"

동의를 구하려는 질문은 아닌 듯해 슬지는 대꾸하지

않았다. 흔들던 양다리를 고정한 채 하주의 이야기에 가만히 귀를 기울일 뿐이었다. 하주의 오래된 서랍에는 아픈 이야기가 가득한 것 같았다. 그러니 저 속이 매번 탈이 나고, 여기저기서 배탈이 나는 게 아닐까 싶었다.

"자주 싸웠어. 그렇게 사건 하나하나에 일희일비하면 내 감정은 누가 책임지냐고 따졌고, 그때마다 반장님은 그게 경찰관의 무게라고 했어. 나는 거기다 대고 당신이 뚱뚱하니까 나보다 무거운 건 당연한 거 아니냐고 받아쳤고."

"대단하네."

"그 뚱뚱한 몸으로 파출소에 나가면 어쩌려고 그러냐고도 했어. 여기서 한가하게 지문 채취용 붓질이나 하니까 사람한테 집착하지, 파출소에 나가서 몸으로 구르다 보면 시체고 범인이고 전부 민원인으로밖에 안 보일거라고. 난 아직도 그 생각엔 변함이 없어."

소리 없이 미소를 짓던 슬지는 문득 하주가 울고 있다는 사실을 알아챘다. 누워 있는 탓에 눈물이 관자놀이를 향해 수직으로 떨어지고 있었다.

"소슬지 너도 마찬가지야. 너도 나한텐 민원인일 뿐이

야. 집도 못 찾고 헤매는 민원인이라고. 알아?”

“네 말이 맞아.”

“맞긴 뭘 맞아. 넌 속도 없냐?”

하주의 눈물 줄기가 세 개로 늘어났다.

“화재 현장 감식하러 갔을 때 반장님이 자꾸 이상한 냄새가 난다고 했거든. 워낙 예민하고 고집 센 아저씨라 귓등으로도 안 들었지. 근데 진짜로 문제가 있었던 거야. 가스공사 직원들이 현장 확인을 제대로 안 해서 가스가 새고 있었거든.”

“…”

“결국 감식 중에 폭발이 일어났는데, 난 하나도 안 다쳤어.”

“어떻게?”

이번에도 슬지는 말해놓고 아차 싶었다. 아까처럼 하주의 답변이 그려졌기 때문이다.

“그 뚱뚱한 아저씨가 몸으로 날 막아줬어. 내가 맨날 욕했던 몸뚱이로 날 살리고 자기는 죽어버린 거야. 속도 없이. 얼마나 살을 찌웠는지, 그 덕에 난 솜털 몇 가닥도 안 탔어.”

더 이상 참을 수 없었는지, 하주는 손바닥으로 얼굴을 가린 채 서럽게 울기 시작했다. 울면서도 더듬거리며 계속 말을 이었다.

"내일 나랑 같이 출근하자."

"…."

"어차피 변사는 무조건 있을 거야. 혹시 알아? 현장에 너처럼 떠도는 귀신이 있을지도 모르잖아. 한준 반장님이 내 주위를 맴돌고 있을지도 몰라. 선배 귀신이니까 뭐든 물어볼 수 있겠지. 너에게는 지금 산 사람이 아니라 죽은 사람이 필요할 것 같아."

"혹시 말이야. …그분께 하고 싶은 말이 있어?"

다연에게 했던 질문을 똑같이 되돌려준 슬지가 가만히 답을 기다렸다. 울다가 콧물 한 번 들이마시다가 다시 끅끅거리길 반복하던 하주는 한참 뒤에야 대답을 꺼냈다.

"그때 왜 그랬냐고 묻고 싶어. 도대체 무슨 생각으로 자기 목숨을 포기해? 그게 사람이야? 날 싫어했잖아."

울다 지친 하주가 설사를 세 번 더 할 때까지, 몸의 수분이 바짝 마른 채 잠들 때까지, 아침이 찾아올 때까지, 무거운 몸을 이끌고 대충 씻은 하주가 슬지와 함께 출근

길에 나설 때까지, 진주는 끝내 집으로 돌아오지 않았다.

평소의 하주라면 에어팟을 꽂은 채 입을 꾹 다물고 지하철에 몸을 욱여넣었을 것이다. 하지만 오늘은 달랐다. 차가 생겨서 출근길이 편해졌다거나 하는 희망적인 변화는 아니었다. 슬지와 동행했고, 슬지와 대화해야 했기에 에어팟을 빼두었다는 게 유일한 차이점이었다.

"사람 진짜 많네."

슬지가 지하철 플랫폼을 둘러보며 감탄한 듯 중얼거리자, 하주가 질린 표정으로 고개를 끄덕였다.

하주는 휴대전화를 꺼냈다가 다시 주머니에 쑤셔 넣길 반복하며 인상을 잔뜩 구겼다. 하주의 의도를 알아챈 슬지가 얄밉게 끼어들었다.

"먼저 연락해 보는 게 어때?"

하주가 무슨 뜻이냐는 듯 노려보자, 슬지가 더욱 밉살스럽게 히죽거렸다.

"동생 걱정하는 거 아냐?"

아니라는 뜻으로 하주가 거칠게 고개를 흔들었다.

"동생이랑 깊게 대화해 본 적 있어?"

"…"

“네가 회사에서 겪은 일을 아는 사람은?”

하주가 두어 번 고개를 가로저었다.

“소통 좀 하고 살아. 벽만 세우지 말고. 네가 그랬잖아. 해보기 전엔 모른다고. 혹시 알아? 너도 진주도 같은 고민을 하고 있을지.”

“…”

“생각보다 쉽게 말해줄지도 몰라. 안 물어봤으니까 모르는 거지.”

“그걸 네가 어떻게 알아?”

참지 못한 하주가 슬지를 보며 쏘아붙였다. 하주의 근처에 서 있던 여자가 자기한테 하는 말인 줄 알고 깜짝 놀라 주위를 둘러보다 얼른 자리를 옮겼다.

“너도 나한테 한준 반장님께 하고 싶은 말이 뭔지 알려줬잖아. 내가 물어봤으니까 말해준 거 아냐?”

“…몰라. 나 피곤해.”

마침 지하철이 도착했고, 두 사람은 재빨리 올라탔다. 오늘도 만석이었다. 어제도 그랬고, 내일도 그럴 것이다. 당최 어디서 모이는 건지, 사람들은 자꾸만 늘어났다. 다들 이렇게 사는 걸까? 가만히 서 있어도 땀이 줄줄 흐르는 여름에 모르는 사람과 피부를 맞대고 사는 게 의미가 있나? 슬지 때문에 에어팟도 끼지 못한 하주의 귀에 불쾌한 소음이 한가득 날아들었다. 거칠게 몰아쉬는 숨소리, 발이 밟힌 누군가의 짜증스러운 탄식, 출근 중에도 회사에서 온 전화를 연신 싹싹한 목소리로 받아내는 청년의 고군분투…. 가사도 잘 모르는 아이돌 음악으로 귓구멍을 틀어막고 싶은 마음이 가득한 찰나, 어디선가 노랫소리가 들렸다.

소리의 주인은 찾을 것도 없이 슬지였다. 슬지가 사람으로 가득한 지하철을 마음껏 뛰어다니며 〈슈퍼스타K〉 초창기 시즌에나 나올 법한 발라드를 목청껏 부르기 시작했다. 하지만 노래 실력은 형편없었고, 목소리에 웃음기가 가득해 발라드와 어울리지 않았다.

"나 이런 거 처음 해봐!"

혼자만의 공연을 끝낸 슬지가 진심으로 즐겁다는 듯 외쳤다. 하주는 슬지의 재롱을 들으며 허탈하게 웃었다.

헛웃음도 웃음이라면, 그렇게 웃으며 가는 출근길은 처음이었다.

하주를 기다리기라도 한 듯, 출근하자마자 변사 신고가 쏟아졌다. 일을 할 때마다 옆에서 이건 뭐고 저건 뭐냐고 참새처럼 쨱쨱거리던 슬지도 쌓이는 현장 출동에 점점 말수가 줄어들었다. 어느새 하주는 슬지가 옆에 있다는 사실도 잊은 채 일에 몰두했다.

하주는 주로 현장을 빠짐없이 촬영하는 업무를 담당했다. 얼굴에 땀이 많은 근덕이 자신의 열기 때문에 카메라 뷰파인더에 계속 김이 서려 짜증 난다며 하주에게 촬영을 일임한 탓이었다. 하주가 현장을 찍는 사이 근덕은 피해자나 유족을 만나 어떤 사건인지 정리하고 감식이 필요한 장소를 선별하며 현장을 지휘했다.

변사 현장에서도 마찬가지였다. 근덕이 변사자의 옷을 가위로 자르고 나면 본격적인 감식이 시작됐다. 하주와 근덕은 2년 넘게 호흡을 맞춘 터라 말하지 않아도 손발이 척척 맞았다. 근덕은 하주가 변사자의 왼쪽 신체부터 촬영한다는 사실을 알기에 의료용 집게로 자연스레 왼쪽 눈꺼풀부터 뒤집었다.

첫 번째 변사는 이미 지병이 많았던 구십 대 노인이 자택에서 사망한 사건으로 비교적 수월하게 끝났으나, 두 번째 변사는 목맴 변사여서 시간이 제법 걸렸다. 슬지는 하주와 근덕이 시체의 목을 감고 있던 끈을 자르고 시신을 바닥에 곧게 눕히는 모습을 묵묵히 지켜보았다. 사람이 죽으면 이렇게 되는구나. 자신도 죽은 상태였지만, 타인의 죽음을 처음 목격한 슬지에게는 충격의 연속이었다. 그걸 아무런 동요 없이 척척 해내는 하주가 소름 끼치게 느껴졌다.

"반장님, 삭상물 사진 안 찍었습니다."

"어?"

"목에 감겨 있던 끈 사진이요. 길이도 재야 하고요. 전에 빼먹었다가 팀장님이 엄청 뭐라고 했잖아요."

"아이고, 맞다."

근덕은 무거운 엉덩이를 바삐 움직여 변사자 발치에 떨어진 물체를 주워 들었다. 변사자의 목을 휘감고 있던 흰색 끈은 자세히 보니 휴대전화 충전선이었다.

"충전선이 사람 체중도 버티네요. 이렇게 끈질긴 줄 몰랐는데."

하주는 마치 백화점에서 물건을 구경하듯 아무렇지도 않은 말투로 말했다. 마찬가지로 근덕도 아무렇지 않게 받아쳤다.

"그러게. 별스럽게 튼튼하네."

하주와 근덕이 감식 중인 방으로 검은색 티셔츠를 입은 남자가 들어왔다. 두 사람과 발맞춰 움직이는 형사였다.

"반장님, 변사 하나 더 들어왔습니다."

"또?"

근덕이 짜증이 묻은 얼굴로 돌아봤다. 이미 이들에겐 바닥에 누운 변사자가 무형의 존재처럼 잊힌 듯했다.

"한강에 떠올랐답니다."

"얼마나 됐대?"

형사가 수첩을 뒤적이며 힘없이 중얼거렸다.

"실종 신고가 접수된 지 최소 이틀은….

목맴 변사를 마무리하고 한강 변사 현장으로 가려는 찰나, 하주의 표정이 급격히 어두워졌다. 이 변화를 눈치 챈 건 슬지만이 아니었다.

"하주야, 왜 그래? 또 배 아파?"

"네…."

생각해 보니 사무실로 복귀하지 못한 지 다섯 시간째 였다. 슬지는 문득, 길 위에서 일하는 사람들이 용변을 어디서 해결하는지 단 한 번도 궁금해하지 않았다는 사실을 깨달았다. 제때 화장실에 가지 못하는 사람이 비단 하주뿐만은 아닐 텐데. 대체 다들 어떻게 살고 있는 걸까?

변사자의 집에서 나온 하주와 근덕이 황급히 엘리베이터에 올라탔다. 이미 타고 있던 아파트 주민들은 낯선 경찰관들의 등장에 호기심 어린 눈을 반짝였다.

"어머, 무슨 일 났어요? 살인사건이에요?"

중년 여성이 묻자, 근덕이 황급히 두툼한 손을 흔들며 말했다.

"그런 거 아닙니다."

주차장에도 구경꾼이 많았다. 유모차를 끌고 걷던 노인들이 느릿한 걸음을 멈추고 하주와 근덕이 차에 장비를 싣는 모습을 유심히 지켜봤다. 슬지는 괜히 자신까지 민망해지는 기분이 들었다. 하주는 한강 변사 현장으로 가는 길 중간에 차를 세우고 커다란 빌딩 안으로 뛰어들었다. 그곳은 1층 화장실을 경찰관에게 상시 개방하는 건물이었다. 하주는 경찰관에게 우호적인 서울 시내 화장실을 모두 꿰뚫고 있었다.

"유산균 같은 건 챙겨 먹고 있어?"

"좋다는 건 다 먹어보고 있어요."

혈색이 좋지 않은 하주를 보며 근덕이 걱정스레 말했다.

"혼자 산다고 이것저것 대충 먹지 말고 끼니 잘 챙겨."

"반장님 덕에 당직 때는 잘 먹잖아요."

하주는 장비를 찾는 척 뒤를 돌아보며 슬지가 무사히 탑승한 걸 확인하고는 한강으로 차를 몰았다. 은근슬쩍 슬지가 또다시 노래를 불러주길 기다렸으나, 슬지는 그럴 기분이 아닌 듯 보였다.

한강 선착장에 가까워질수록 물비린내가 하주의 후각을 때렸다.

"제발, 제발 지갑은 주머니에 넣으셨기를."

근덕이 주문인지 기도인지 알 수 없는 혼잣말을 외며 조심스레 걸음을 내디뎠다. 예전에 부표를 잘못 밟아 그대로 한강에 빠진 적이 있었기 때문이다. 그때 근덕을 구하려고 경찰인 하주가 112에 신고해야 했던 우스꽝스러운 일화가 있었다.

"대교에서 투신하는 장면이 이틀 전 관제 센터 CCTV에 잡혔어요. 사흘 전 실종 신고 접수된 분과 인상착의가 비슷하고요.”

먼저 도착해 있던 형사가 간략하게 상황을 설명했다. 그때, 하주를 따라가던 슬지의 등 뒤에서 낯선 목소리가 들려왔다.

“어휴, 엄청 무거울 텐데… 끄집어 올린다고 개고생했 겠네.”

슬지가 뒤를 돌아보자, 목소리의 주인이 심드렁하게 말했다.

“뭘 봐?”

“아….”

머뭇거리는 슬지를 보던 목소리의 주인은 있는 힘껏 눈을 뜨며 다가오기 시작했다.

“너, 내가 보여?”

슬지는 곁눈질로 하주를 찾았지만, 하주는 인양된 시 체를 촬영하느라 정신이 없었다. 살짝 겁을 먹은 슬지가 천천히 입을 열었다.

“네….”

“이런 미친! 진짜?”

선배 귀신을 찾고 싶으면 한강 주위로 가는 게 어떻겠

냐는 하주의 말은 진짜였다. 귀신이 된 지 일주일이 넘었지만 자신과 같은 존재를 처음 본 슬지와, 마찬가지인 게 분명한 빨간 머리의 여성이 서로 마주 보았다. 귀신과 귀신이 만났지만, 불꽃이 튀거나 천둥번개가 치며 비가 내리지도 않았다. 오히려 아무 일도 일어나지 않아 허탈할 정도였다. 그동안 미디어에서 귀신의 이미지를 얼마나 과장되게 그렸는지 단번에 알 수 있는 대목이었다.

"너 뭐야? 여긴 어떻게 왔어?"

"차 타고 왔는데요…."

"뭐? 하하하! 차를 탔다고!"

슬지보다 나이가 조금 더 많아 보이는 빨간 머리 여자는 복잡한 표정으로 슬지의 어깨를 잡으려 했지만, 역시나 손은 어깨를 그냥 통과할 뿐이었다. 귀신끼리도 서로의 몸을 잡을 수는 없는 듯했다.

"너, 어디서 죽었는데?"

"저희 집 화장실에서요."

"근데 집 밖으로 나와진다고?"

"네. 친구를 따라다니고 있어요."

슬지가 하주를 손가락으로 가리키자 빨간 머리 여자는

더욱 기가 찬 표정을 지었다.

"쟤가 널 챙겨줘?"

"네. 제가 눈에 보인대요. 의사소통도 가능하고요."

답답한 건 슬지도 마찬가지였다. 묻고 싶은 게 많은데 뭐부터 물어야 할지 모르겠고, 여자가 자꾸만 질문을 던져대는 것도 초조했다. 이 사람은 귀신의 매뉴얼을 알고 있을까?

"그게 어떻게 가능해? 그거 큰일이야!"

"제가 경황이 없어서 그러는데, 저승 가려면 어떻게 해야 해요?"

"뭐?"

"언제 진짜 사라질 수 있는 거예요?"

여자는 할 말을 잃은 듯 슬지를 빤히 바라보았다.

"그쪽은 언제 죽었어요? 왜 여기 계신 거예요? 제발 알려주세요!"

"난… 죽은 지 오래됐어. 기억도 안 나."

"왜 아직까지 여기 계시는 거예요? 승천도 안 하시고?"

"그건 나도 몰라."

그때 일을 마친 하주가 걸어오는 게 보였다. 하주는 엉뚱한 곳에서 혼잣말하는 슬지를 보고 놀란 표정을 지었지만, 옆에 근덕이 있어서 티를 내지 못했다.

"어… 반장님! 저 사진 좀 더 찍고 들어갈게요."

슬지 옆에 어정쩡하게 선 하주가 누가 들어도 수상쩍은 목소리로 말했다.

"변사자는 다 찍었잖아? 또 뭘 찍어?"

"그… 한강 표면! 표면을 안 찍은 것 같아요. 변사자 추락 지점이요."

"이틀을 강바닥에서 헤매다가 겨우 떠오른 사람인데 추락 지점을 찍어서 뭐 해? 물방울 붙잡고 왜 안 살렸냐고 시위라도 하게?"

근덕은 툴툴대며 하주에게 차 키를 건네받았다. 얼른 물에서 먼 곳으로 가고 싶은 눈치였다. 근덕이 어느 정도 멀어진 걸 확인한 하주가 사진을 찍는 척하면서 말을 시작했다.

"소슬지! 여기서 뭐 해?"

"와, 진짜야? 네 말이 진짜였어?"

빨간 머리 여자는 하주가 신기한 듯 하주를 만지려 했지만, 슬지와 마찬가지로 하주의 몸을 그대로 통과해 버렸다. 얼굴에 입김도 불어보았지만, 아무런 반응이 없자 금세 흥미를 잃은 얼굴이 되었다. 어쩌면 슬지를 볼 수 있는 사람이 자신은 보지 못한다는 사실에 의욕을 상실한 것 같기도 했다.

"하주야. 너, 이분 보여?"

슬지가 가리킨 쪽으로 시선을 옮겨보았지만, 하주의 눈에 보인 건 빈 공간뿐이었다.

"누구?"

"나 선배 귀신 만났어. 지금 옆에 계셔."

"진짜? 안녕하세요."

빨간 머리 여자가 황당하다는 투로 중얼거렸다.

"얘 지금 나한테 인사하는 거야?"

"혹시 승천하는 방법을 아시나요? 어떻게 해야 슬지가 좋은 곳으로 갈 수 있을까요?"

"저승이 좋은 곳이라고 생각해?"

자신의 목소리가 들리지 않는 걸 알면서도 여자는 하주의 질문에 대답했다.

"죽으면 전부 다 끝이야. 모든 게 끝장인 마당에 좋은 곳 나쁜 곳이 어딨어. 이 자체가 지옥이야. 죽음은 곧 지옥이라고.”

“뭐라서? 선배 귀신 말씀 새겨들어 봐!”

“야, 네 이름이 승지인지 뭔지는 모르겠지만.”

빨간 머리 여자가 슬픈 얼굴로 슬지를 바라보았다.

“너 얼른 재하고 떨어져.”

“….”

“산 사람은 죽은 사람이랑 얽히면 안 돼. 너넨 지금 너무 많이 얽혔어. 분리가 안 될 만큼.”

“계속 이 상태가 지속되면 어떻게 될까요?”

“넌 이미 죽었으니까 더 나빠진다 한들 죽지도 살지도 못하는 정도겠지만, 쟨 다르지.”

하주는 여전히 선배 귀신을 향해 미소를 짓고 있었다.

“쟤까지 저승길 동무로 삼을래? 네 실길은 네가 찾아. 산 사람 정기 빨아먹지 말고. …아니다. 살길이 아니라 죽을 길인가.”

슬지는 여자가 한 말을 하주에게 전하지 못한 채 선배 귀신도 승천 방법은 모른다고 했다는 사실만 알려주었다. 하주는 조금 실망한 얼굴로 허공을 향해 꾸벅 인사한 다음 바쁜 걸음을 재촉했다. 슬지는 하주를 따라가며 뒤를 돌아보았다. 빨간 머리 여자는 한강을 고요하게 응시하고 있었다. 시체가 발견됐든 귀신 두 명이 설왕설래를 하든, 무슨 짓을 벌여도 묵묵히 흐르기만 하는 한강에서 답을 찾으려는 듯이.

형사팀으로 걸어가는 동안, 하주는 아직도 하루가 끝나지 않았다는 사실이 도무지 믿기지 않았다. 한강에 다녀온 뒤로 슬지는 왠지 침울해져서 바람 좀 쐬고 오겠다며 어디론가 떠나버렸다. 야윈 등에 대고 내일 오전 7시 30분 전에는 돌아오라고 외쳤으니 알아서 오겠지.

슬지가 자리를 비워준 게 다행이기도 했다. 슬지 사건을 담당한 형사에게서 사무실로 와달라는 호출이 왔기 때문이다. 업무적인 관점에서 봤을 때 소슬지 사건은 여러모로 이상했다. 집에서 혼자 사망한 경우, 타살 혐의점이 없다면 부검과 동시에 종결되는 게 평균적인 흐름이었다. 하지만 난데없이 타 지역에서 대형 살인사건이 터지는 바람에 부검 일정이 밀렸고, 집주인이 담당 형사를 들들 볶아 추가 수색까지 하게 됐으며, 지금까지 유족을 찾지 못해 무연고 처리를 논하고 있다니. 순간 하주는 이

일과 더불어 사람이 끊임없이 죽어 나가는 오늘 하루가 사무치게 지겨워져 한숨을 푹 쉬었다. 이 사건이 얼른 끝나길 바라는 건 하주뿐만이 아니었다.

"가족이 아무도 없어요?"

하주가 느리게 되묻자, 담당 형사는 머리를 헝클어뜨리며 다시금 서류를 뒤적였다. 얼굴이 거무죽죽해진 것만 봐도 미자에게 얼마나 시달렸는지 짐작할 수 있었다. 같은 종이를 자꾸 들춰본다고 새로운 내용이 나타나는 것도 아니건만, 그는 계속 서류를 만지작거렸다.

"변사자가 초등학생 때 부모님이 이혼하신 걸로 나와요. 주소지가 고모 집으로 옮겨진 걸 보니까 그 뒤로 계속 친척 집을 전전한 것 같아요. 성인이 된 후로는 완전히 혼자 살았던 것 같고."

하주는 형사가 내민 서류를 받아 들었다. 슬지의 모든 주소 변동 이력이 기록된 주민등록등본이었다. 성인이 되자마자 서울의 어느 고시원에서 독립해 살기 시작한 이후 계속 고시원 이력이 이어지다가 반지하로 옮겨 갔다. B01호와 B02호를 거치면서 처음으로 당도한 지상 빌라가 죽은 채 발견된 선영빌라 203호였다.

'소슬지… 부지런히도 살았네.'

슬지의 등본을 쥔 하주의 손아귀에 힘이 들어갔다. 밤 중에 모여 앉아 본인의 이야기를 하는 사람이 많다는 사실을 슬지는 알고 있을지, 이 사실을 말해주면 슬지에게 조금이라도 위로가 될 수 있을지 궁금했다.

"부검 결과는요?"

"익사로 나왔어요."

"익사라고요?"

당황한 하주가 당시 상황을 더듬기 시작했다. 분명 나체의 슬지가 엎드려 있었고, 바닥에 놓인 샤워기에서는 물이 계속 나오고 있었는데….

"설마 샤워기에서 나오는 물로 익사했다는 거예요?"

하주의 반응을 짐작했다는 듯 형사가 고개를 끄덕이며 대답했다.

"충분히 가능하대요. 입 주위에 포말도 관찰되는 게, 전형적인 익사 소견이래요. 몸에서 알코올이나 다른 약물 성분은 안 나왔고요. 타살로 볼 만한 정황은 전혀 없다는 거죠."

"샤워하다 잠든 것도 아닌데, 그렇게 황당하게 죽을 리가 없잖아요. 말이 안 되는데…. 사지 멀쩡한 성인이 샤워기 하나 못 꺼서 죽는다고요?"

"부검의 말로는 확실한 증거는 없지만, 아마 심장질환이 선행됐을 거라고 하더군요. 심장마비든 어떤 이유로 쇼크가 먼저 와서 의식을 잃고 쓰러졌다는 거죠. 그 상태에서 물이 계속 흘러들었고, 저항하지 못한 채 서서히 익사했을 거래요."

슬지의 죽음에 대한 결론이 나왔다. 사인은 익사. 아마도 샤워하는 중이었을 슬지는 알 수 없는 이유로 바닥에 엎드린 채 기절했고, 끝없이 나오는 샤워기 물이 얼굴로 흘러 들어가며 익사한 것이다. 접시 물에 코 박고 죽는다는 게 결코 과장된 표현이 아니었다니. 세상에 이렇게 황당하고 초라한 죽음이 있단 말이야?

"장례는 무연고로 진행되나요?"

형사는 말도 말라는 듯 한숨을 내쉬었다.

"요즘 장례식장에서 무연고 변사자 안 받으려고 완전 난리예요, 난리. 나라에서 비용을 준다지만, 처리될 때까지 몇 달이 걸리니까. 장례식장에서도 자꾸 자기들한테 무연고 변사 떠넘기면 아예 형사 사건 자체를 안 받아줄 거라면서 협박까지 한다니까요. 걔네가 그런 태도로 나오면 우리만 손해니까 눈치 볼 수밖에 없어요."

"그렇다고 계속 안치실에 둘 수도 없는 노릇인데…."

안치실에서 실시간으로 부패되고 있을 슬지의 몸을 떠올리자 하주는 미칠 지경이었다.

"이번 주까지만 유족한테 연락 돌려보고… 정 연락 오는 곳이 없으면 무연고 처리해야죠. 변사자 집주인 등쌀도 장난 아니니까. 변 경사님, 이게 말이 됩니까? 형사가 집주인 눈치 보면서 수사해야 된다는 게!"

하주는 그 옛날 〈투캅스〉 시절의 강력한 형사를 꿈꾸는 어린 양에게 씁쓸한 미소를 지어준 뒤 질문을 이었다.

"소슬지 씨 부모님 연락처는 있나요?"

"주소는 있는데 전화번호가 없어요. 주소지랑 실제 거주지가 일치하면 제일 베스트겠지만 뭐… 딸자식도 안 보고 사는 사람이 서류라고 정직할 리 있겠나 싶어요. 일단 그쪽 관할 경찰서에 소재 파악 요청을 보내긴 할 건데, 언제 답이 올지는 모르겠네요."

하주의 표정이 좋지 않자 형사가 머쓱한 듯 덧붙였다.

"변 경사님도 저희 형사들 사정 잘 아시잖아요. 신입

뽑아봐야 전부 기동대로 싹 빠져버리고… 인력이 없다니까요, 인력이. 변사가 한두 건이어야지.”

사무실로 돌아온 하주는 슬지의 부모님 인적 사항이 적힌 메모를 한참 들여다봤다. 다연에게도 물어보았지만 슬지의 가족을 직접 본 적은 한 번도 없다고 했다. 종종 이야기는 꺼내길래 연을 끊고 지냈다는 걸 전혀 몰랐다고 덧붙이면서.

소슬지 수첩을 꺼낸 하주는 수첩에 메모 내용을 그대로 옮겨 적었다. 엄마는 경남 진주, 아빠는 인천 강화도에 주소를 두고 있었다. 슬지와 함께 찾아가 볼까 하는 생각이 스쳤지만, 이내 내가 왜 그렇게까지 해야 하는 건가 싶어 순간적으로 화가 치밀었다. ‘진주’라는 글자를 보니 앞길 막막한 자신의 동생까지 생각나 더 열불이 터졌다.

집에 귀신이 붙은 데다가 철없는 동생까지 쳐들어온 판국에 누가 누굴 걱정하는 건지. 이미 죽은 사람 유족을 들쑤셔서 뭐 하나 싶은 생각이 든 하주는 소리 나게 수첩을 덮었다. 진주에게서 온 연락은 여전히 없었다.

일순간 하주는 모든 게 끔찍하게 느껴졌다. 삶이 왜 지옥처럼 느껴질까. 어서 지긋지긋하고 구구절절한 것들을 끊어내고 자신만의 둥지를 되찾고 싶었다. 한층 심해진 변비로 장이 꼬일 듯한 통증에 사무실 책상에 엎드린 채 숨을 가다듬었다. 어쩌다 이렇게 얽혀버렸을까. 장이 꼬인 것만큼 인생이 배배 꼬여 속이 꽉 막힌 느낌이었다. 얽힌 실은 잘라내면 그만인데, 다른 것들은…. 아니다. 생각하지 말자. 하주는 한숨을 길게 내쉬었다. 무슨 일 있냐고 묻는 근덕을 돌아볼 기운조차 없어 고개를 더 깊숙이 파묻었다.

멀리서 자신의 이름을 부르는 소리가 아드막하게 들려왔지만, 하주는 한참이나 몸을 움직이지 못했다. 몸의 주인이 바뀌기라도 한 것처럼 내면의 감정과 신체의 반응이 계속 엇박자를 탔다. 하주가 깊이 잠들었다고 생각했는지 근덕이 하주의 어깨를 살짝 흔들며 조금 더 큰 목소리로 말했다.

"하주야. 변사 신고 들어왔어."

"…."

"하주야, 변하주! 어디 아파? 응?"

"으…."

근덕의 손길이 훨씬 거칠어지고 나서야 정신을 차린 하주가 느릿하게 눈을 끔뻑였다. 언제 잠들었지. 쪽잠을 잤다기보다는 잠시 넋이 나간 듯한 느낌이었고, 시야를 채우는 사무실 풍경이 묘하게 낯설었다. 물속에 머리를 박고 있는 것처럼 근덕의 목소리가 웅웅 울리며 하주의 귀에 거대한 진동을 일으켰다.

"괜찮아? 얘가 요즘 왜 이래?"

"아…."

"어디 아파?"

"아녜요. 괜찮아요…."

"변사 신고야. 내용 들어보니까 부패가 꽤 진행된 것 같은데 괜찮아? 갈 수 있겠어?"

"그럼요. 가야죠. 그냥 요새 좀 피곤하네요…."

사무실 밖은 어느새 눅눅한 습기로 가득해 완연한 새벽 느낌을 풍기고 있었다. 얼마나 잠들었는지 가늠되지 않았고, 슬지는 여전히 자취를 감춘 상태였다. 하주는 짧게 한숨을 내쉬며 차 키를 꽂았다. 시동이 걸린 스타렉스가 한동안 덜덜거렸다. 강한 진동에 하주의 엉덩이가 들썩거렸지만, 근덕의 엉덩이는 육중한 무게 덕에 안정적인 모습이었다.

"새벽엔 다들 살아 있으면 안 될까? 죽어도 아침에 죽는 게 좋잖아."

피곤함에 찌든 근덕의 투덜거림과 함께 새벽 공기를 가르며 출동한 곳은 5평도 채 안 되어 보이는 원룸이었다. 사건 현장으로 가는 동안 하주가 가장 많이 반복한 말은 "이런 골목에 집이 있냐"였고, 근덕이 제일 많이 한 대답은 "배고프다"였다.

도저히 차가 들어갈 수 없는 골목이라 멀리 주차한 뒤 무거운 장비를 메고 한참을 걸었다. 근덕은 계속 배고프다는 말을 했고, 하주는 이상하게 걸음마다 몸이 녹아내리는 듯한, 통증은 아닌데 무시할 증상도 아닌 것 같은 묘한 감각에 시달렸다. 변사자가 살았다는 집 앞에서는 먼저 도착한 형사가 중년의 남성과 실랑이를 벌이고 있었다. 이야기를 들어보니 중년 남성은 변사자의 부친이었고, 연락을 끊은 지 9년 만에 들은 딸의 소식이 부고라고 했다. 현관문은 어찌나 좁은지, 뚱뚱한 근덕은 게처럼 옆으로 돌아서야 겨우 들어갈 수 있었다.

평범한 자살 현장이었다. 과학수사팀 근무 4년 차. 애

달프지 않은 죽음이 어디 있겠냐만, 별별 죽음을 업무적으로 처리하다 보니 야외에서 똥을 싸다가 심장마비로 죽은 사람을 보면 실소가 터져 나오기도 했다. 지금도 그랬다. '평범한 자살 현장'이라니. 사람이 스스로 목숨을 끊은 곳에 평범함이 어디 있단 말인가. 황당한 죽음의 예시를 들자면, 샤워하다 물줄기에 익사한 슬지가 압권이겠지만….

"아유, 목을 아주 꽉 맸네."

코트에 달린 허리끈으로 천장에 목을 매 사망한 변사자는 하주보다 어렸다. 이제 갓 이십 대 중반에 도달한 청춘의 종착지가 자살이라니. 이게 평범하게 보일 만큼 많은 죽음이 서울에서 벌어지고 있다니. 곱씹을수록 끔찍한 일이었다. 죽긴 죽었지만, 완전히 죽지 못한 채 변기 레버를 내리고 다니는 슬지를 본 이후엔… 사는 것만큼이나 죽음이 버겁게 느껴졌다.

'널 살게 만드는 곳을 찾아.'

아름이 했던 말이 떠올랐다. 가만히 자신의 발자취를 되짚다 보니, 하주는 자기가 가는 모든 길이 죽음과 맞닿아 있다는 사실을 깨달았다. 죽음과 함께 걷는 삶. 그게 하주가 선택한 길이었을까.

'날 살게 만드는 곳은 어디지?'

자신이 하루아침에 죽는다면 슬지처럼 어디로 가야 할지 몰라 구천을 떠돌 것만 같았다.

"…하주야, 변사자 내려야지."

하주가 평소와 다른 얼굴로 변사자를 멍하니 보고 있자, 근덕이 재촉했다. 생각과 행동이 따로 놀았다. 변사자의 목을 꽉 조이고 있던 코트 끈을 자르기 위해 서둘러 가위를 찾았다. 하지만 싱크대 하부장에서도, 책상에서도 보이지 않았다. 하주가 정신을 차렸을 때, 자신은 이미 밖으로 뛰쳐나가 변사자의 아버지에게 고성을 내지르고 있었다.

"가위가 없다고, 가위가!"

"예에?"

형사를 붙들고 울면서 자기가 얼마나 힘들게 살아왔는지를 절절하게 털어놓던 중년 남성은 놀란 표정으로 하주를 바라보았다. 자신보다 하주가 더 많이 울고 있었기 때문이다.

"어떻게 된 게 집구석에 멀쩡한 가위 하나가 없냐고요.

딸이 이렇게 사는 동안 왜 몰랐어요? 도대체 왜?”

“변 경사님, 왜 그러세요?”

처음 보는 하주의 모습에 당황한 형사가 몸으로 막아 보았지만, 하주의 울분은 더 커졌다.

“가위 하나 없이 사는 게 말이 되냐고요! 가위가 얼마나 자주 필요한데! 가위가 없으니까 목에 있는 끈도 못 자르잖아요! 자취하는 딸 데리고 다이소 한 번을 안 갔어요? 사는 게 그렇게 바빠요? 그렇게 살아서 뭐 해요? 딸은 이미 죽었는데!”

큰 덩치를 이끌고 최대한 날쌘 걸음으로 달려온 근덕까지 합세하고서야 하주를 멈춰 세울 수 있었다.

“변 경사! 대체 왜 이래? 변사 사건 처음 보는 것도 아니잖아.”

“그게 문제라고요, 반장님. 이상하지 않아요?”

확실히 슬지를 만난 이후 점점 미쳐가는 게 분명했다. 고장 난 수도꼭지처럼 눈물이 줄줄 흘러내리는 걸 어쩌지 못한 채 하주가 외쳤다.

“왜 이렇게 초라하게 죽는 사람이 많은 거예요? 나 무서워요. 제 인생의 끝도 이렇게 초라할 거라면 왜 온갖 개고생을 하며 살고 있는 건지 모르겠어요.”

“그럼 너도 불평은 그만하고 열심히 찾아봐!”

근덕의 두툼한 손가락이 하주의 팔뚝을 파고들 것처럼
세게 조여왔다.

“다른 사람 눈에는 안 보이는 거. 그걸 찾으려고 뛰어
다니는 게 경찰 일이잖아! 한준 선배가 너 이렇게 가르쳤
어? 현장에서만큼은 약해지지 말랬지!”

“온 세상이 다 현장인데… 현장 아닌 곳이 어딨어요?
알면 좀 알려주세요.”

정신이 점점 무너져 내리고 있다는 걸 느끼며, 하주는
마음속으로 다짐했다. 한시라도 빨리 슬지가 돌아갈 곳
을 찾아야만 한다고.

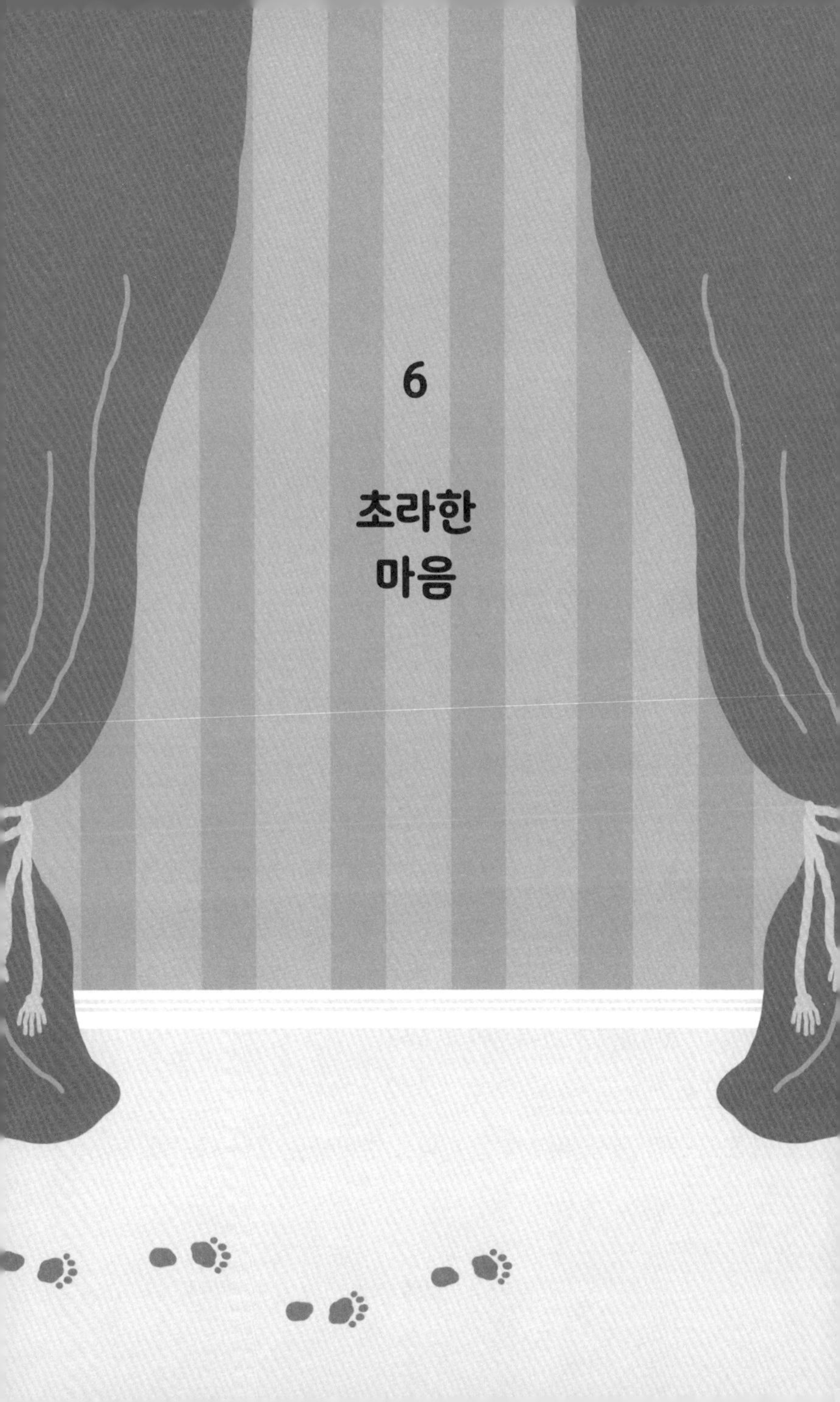
6

초라한
마음

🎙 저는 요즘 고민이 있어요.

하주의 귀에 꽂힌 에어팟에서 슬지의 차분한 목소리가
흘러나왔다.

🎙 인사의 시작을 '안녕하세요'로 해야 할지, '어서 오세
요'로 해야 할지 잘 모르겠더라고요. 어쨌든 제 채널에 들
어오시는 거니까 어서 오시라고 하는 게 맞겠죠? 그래도
'안녕하세요'가 무난하려나요?

슬지 책상 위에 놓인 오디오 장비들을 보며 다연이 슬

지가 살아생전 '초라한 마음'이라는 제목의 팟캐스트 채널을 운영했다는 사실을 알려주었다.

'애도 참, 소리 소문 없이 사부작사부작 부지런히도 살았네. 제목 한번 궁상맞다.'

문득 슬지를 향해 옳지 않게 살았다고 했던 미자의 헛소리가 떠올라 울컥 화가 치밀어 오르는 동시에 자신 역시 진주에게 같은 말을 한 것 같아 머리가 아파왔다. 진주는 하주가 퇴근한 뒤에도 여전히 집으로 돌아오지 않았다. 퇴근 직전 나타난 슬지도 바람 좀 쐬겠다며 다시 나갔다. 이젠 벽을 통과하는 것쯤은 우스운 듯 혼자 뿔뿔 돌아다니는 게 웃기기도 하고, 짠하기도 했다. 내 속도 이렇게 복잡한데 본인 속은 오죽할까. 그나저나 저렇게 잘 돌아다니는 애가 아랫집 화장실엔 왜 갇혔던 건시 이해되지 않았다. 그땐 지금보다 더 초보 귀신이라 숙련도가 부족했나.

하주는 슬지의 팟캐스트를 몰래 듣는다는 사실을 굳이 말하지 않았다. 회차가 100회를 넘었는데도 구독자는 열 명이 채 안 됐고, 그중 한 명은 다연일 게 분명했으며, 바이럴 광고에 관심 있으면 연락 달라는 스팸성 댓글밖에 없는 채널이라 서로 민망할 것 같았기 때문이다. 무엇보다 듣는 내내 슬지의 일기장을 훔쳐보는 듯한 미묘한 감정이 들었는데, 그걸 들키고 싶지 않았다.

'둥지를 만들 거면 좀 그럴싸하게 만들지, 이게 뭐야.'

하주는 눈을 감고 슬지의 목소리에 집중했다.

🎙️ 다음 주엔 오랜만에 촬영이 있어요. 촬영 자체도 오랜만인데, 사극은 더 오랜만이네요.

슬지의 본업이 보조출연자라는 것도 다연이 알려준 새로운 사실이었다. 드라마 업계가 호황이던 코로나 시국에는 일거리가 많았지만 요즘은 한가해졌고, 그 틈에 팟캐스트를 시작하게 됐다고 했다. 하주는 소슬지 수첩을 꺼내 첫 장을 펼쳤다.

소슬지 / 나이 29세 / 직업 귀신 △

직업란에 두 줄을 긋고 새로운 설명을 덧붙였다.

소슬지 / 나이 29세 / ~~직업 귀신~~ △ 직업 다양함. 옳게 살았음.

언제부터 알았다고. 심지어 살아 있을 땐 아예 몰랐다가 죽고 나서야 알게 된 슬지에게 이렇게까지 마음이 쓰여도 되는 걸까?

"널 어떡하냐 진짜…."

"뭘 어떡해?"

하주는 왜 에어팟 밖에서도 같은 목소리가 들리는지 잠시 어리둥절했다.

"뭐야!"

언제 들어왔는지 벙커 침대 사다리에 기대 자신을 빤히 바라보는 슬지를 발견한 하주는 깜짝 놀랐다. 이미 누워 있는 상태가 아니었다면 한 번 더 뒤로 자빠질 뻔했다.

"아까 들어왔지. 뭘 그렇게 열심히 들어?"

"아무것도 아냐."

황급히 에어팟을 빼면서 대꾸하자, 슬지는 곧 건조한 목소리로 화제를 돌렸다.

"점심때 지났는데 밥 안 먹어?"

"별생각 없어."

"아니면 잠을 좀 자든가. 꼬박 하루를 새우며 일했으면서 왜 안 자?"

"자는 거 아까워."

하주의 건강 상태를 염려한 근덕이 팀장에게 말했고, 하주는 병가를 받았다. 두 번의 당직을 쉬게 됐으니 무려 8일간의 휴가였다. 하주에겐 처음으로 주어진 장기 휴가나 다름없었지만, 평소와 다른 무언가를 할 에너지는 없었다.

"나 봐. 죽어서 못 자니까 죽을 노릇이잖아. 잘 수 있을 때 많이 자둬. 아 참, 빌라 주차장에 진주 있더라."

"…뭐? 변진주?"

"응. 계속 주차장에서 왔다 갔다 하던데? 내려가서 집에 들어오라고 해."

"한가하게 거기서 뭐 하는 거야?"

"상미 씨랑 담배 피우고 있어."

슬지의 차분한 대꾸에 하주는 진주가 흡연자라는 사실에 놀라야 할지, 누군지 모를 상미라는 사람과 맞담배를 피운다는 사실에 놀라야 할지 갈피를 잡을 수 없었다.

"상미 씨가 누군데?"

"아랫집에 사는 분이야. 전에 내가 상미 씨네 화장실에 갇혔었잖아."

"이름은 어떻게 알았어?"

"진주가 상미 언니라고 부르던데?"

하주는 곧장 집 밖으로 뛰쳐나갔다. 하주가 사는 빌라는 1층을 주차장으로 쓰는 필로티형 구조였는데, 슬지의 말대로 주차장에서 진주와 아랫집 여자가 깔깔거리며 맞담배를 피우고 있었다.

"야, 변진주!"

서를 부르는 소리에 놀란 진주가 그대로 얼어붙었고, 아랫집 여자는 변 자매를 번갈아 보다 하주를 향해 호의적으로 웃으며 인사를 건넸다.

"어머, 안녕하세요."

담배를 입에 문 채 산뜻하게 인사하는 아랫집 여자를 향해 하주는 필사적으로 입꼬리를 들어 올렸지만, 슬지

가 보기엔 똥이 급한 사람처럼 표정이 뒤틀렸을 뿐이었
다. 아랫집 여자는 진주를 대신해서 계속 하주에게 말을
붙였다.

"경찰관님 동생분이라고 하시더라고요. 동생분께 경찰
관님이 저희 집 변기 고쳐주셨다는 얘기를 하던 참이었
어요."

"…."

"저도 예전엔 저희 언니랑 엄청나게 싸웠어요. 아주 징
글징글했는데."

아랫집 여자가 손가락으로 꽁초를 튕겨냈다. 빌라 주
차장에서 소박한 불꽃놀이라도 하는 듯 작은 불꽃이 공
중으로 흩어졌다. 그러고는 양 손바닥을 소리 나게 털더
니 진주의 등을 하주 쪽으로 떠밀었다. 진주는 억지로 하
주에게 다가가는 꼴이 되었지만, 싫지 않은 표정이었다.

"너무 큰 소리가 나서 강도라도 든 줄 알았는데, 아니
라서 안심했어요. 자주 봬요."

"언니! 들어가요!"

진주가 아랫집 여자를 향해 팔을 붕붕 흔들며 인사했
고, 하주는 그 모습을 어처구니없는 눈빛으로 바라봤다.

슬지와 마주 앉아 떡볶이를 먹은 이후 처음으로 펼친 접이식 식탁이었다. 그 위에는 정갈함과는 거리가 먼 김밥 두 줄이 덩그러니 놓여 있었다. 참치를 얼마나 많이 넣었는지 대부분이 터진 상태였다.

"맛있지? 상미 언니가 만든 거래."

"…."

"상미 언니가 같이 먹으라고 싸줬어."

"이렇게 다 터지게 싸도 되는 거야? 항의 들어올 것 같은데."

"우리 먹으라고 일부러 속을 많이 넣었대. 맛만 있으면 됐지."

하주는 진주에게서 아랫집 여자의 이름이 한상미이고 (이건 슬지에게 먼저 들은 정부였다), 이 동네 김밥집에서 새벽부터 점심시간까지 아르바이트를 한다는 사실을 전해 들었다. 하주가 이 빌라에 2년 가까이 살면서 몰랐던 상미에 대한 정보를 진주는 며칠 만에 파악한 것이다.

"언제부터 모르는 사람이랑 이렇게 자연스럽게 친해졌어? 옛날에는 낯 엄청 가렸잖아."

진주는 다 옛날이야기라는 듯 가볍게 웃었다.

"물류센터에서는 아는 사람 찾는 게 더 어려워. 일하는 사람들이 맨날 바뀌거든. 나 이제 스몰토크 장인 됐잖아. 미국 가도 잘 살 수 있을걸?"

"그래?"

젓가락을 휘두르는 진주의 손등이 하주의 눈에 들어왔다. 못 본 사이 많이 거칠어져 있었다. 이것도 물류센터의 고된 노동 탓일까?

"…화 안 내?"

"어?"

"엄마한테 이를 거야?"

"뭘?"

"그냥… 이것저것 다."

진주가 말할 때마다 입에서 밥풀이 하나씩 튀어나왔다. 도토리를 양껏 모은 다람쥐처럼 우물거리는 진주의 볼을 보며 슬지가 해맑게 말했다.

"동생 진짜 귀엽네."

"귀엽긴 개뿔."

아무 생각 없이 슬지의 말에 대꾸한 하주는 진주가 눈치채기 전에 재빨리 화제를 돌렸다.

“아, 앞으로! 계획이 어떻게 돼? 너도 생각이 없진 않을 거 아냐. 사실 지금까지 엄마, 아빠랑 같이 산 것도 용하긴 해.”

“….”

“밖으로 싸돌아다니지 말고 일단 여기서 지내. 괜히 숙박비 쓰지 말고.”

“…진짜? 나 진짜 그래도 돼?”

하주는 대답 대신 자리에서 일어나 겉옷을 챙겼다. 어디 가냐고 묻는 듯한 진주의 눈빛이 등에 콕콕 박혔다.

“어디 가려고?”

“언니, 어디 가?”

슬지에게 대답 대신 같이 나가자는 눈짓을 보낸 하주가 진주를 보며 대꾸했다.

“쉬고 있어. 담배 너무 많이 피우지 말고.”

“어?”

“그나저나 아랫집 여자… 손으로 음식 만드는 사람이 담배 피워도 되는 거야?”

“김밥집에 생각보다 진상이 많대.”

슬지는 진주의 말에 피식하고 웃었지만, 하주는 웃지

않은 채 신발을 구겨 신었다. 몇 시간 자지 못한 탓인지 머리가 어지러웠고 목덜미가 뻐근했다. 교대 근무 시스템에 몸담은 이후 지속되는 통증이었다. 언제 이 고단한 일상이 끝날까?

김밥으로 가득 찬 입안을 아메리카노로 씻어낸 하주는 천천히 호흡을 골랐다. 동네 구석, 공원이라고 부르기 민망할 정도로 밋밋한 땅에 설치된 벤치에 슬지와 나란히 앉은 하주의 표정은 어두웠다. 한가로운 점심시간이라고는 믿을 수 없는 음침한 분위기에, 커피를 들고 산책하던 직장인들이 하주를 힐끔거리며 지나갔다.

"나한테 할 말 있어?"

양다리를 발랄하게 흔들던 슬지가 물었다. 하주는 여전히 정면을 응시한 채 천천히 말했다.

"그냥. 진주가 오고 나서는 통 얘길 못 했잖아."

"며칠이나 됐다고."

"한강에서 만난 여자는 뭐래?"

"그 사람 말로는 죽은 장소를 벗어날 수 없대. 그래서 자기도 계속 한강에 있는 거고. 나보고 어떻게 여기저기 돌아다니냐고 묻더라.”

“그래?”

하주는 초조하게 플라스틱 컵을 만지작거렸다. 컵에 든 커피는 진작 바닥난 상태였다.

“네가 아랫집 화장실에 갇힌 적이 있었잖아.”

“응. 상미 씨 집이지.”

슬지가 하주의 표현을 정정했다.

“그 귀신 말대로라면 네가 화장실에 갇혔던 게 설명돼.”

“그거 말고 다른 건 다 설명이 안 되는데? 그리고….”

슬지는 잠시 망설였지만, 하주에게 숨겨서는 안 될 이야기였다.

“너랑 오래 지내는 것도 안 좋대.”

“왜?”

“나도 몰라. 나보고 얼른 길을 찾아서 떠나래.”

슬지의 입에서 ‘떠난다’는 말이 나오자, 하주는 가슴이 울렁거렸다. 드디어 혼자가 될 수 있다는 기대감인지, 이제 막 사귄 친구의 막막한 여정이 걱정스러운 건지 스스로도 구분할 수 없는 감정이 밀려왔다. 갑자기 머리를 굴려서 그런지 배도 슬슬 아파오는 느낌이었다.

“결국 돌아갈 곳을 찾아야 끝날 것 같아.”

“…그래서 말인데.”

“응?”

“어머니한테 가볼래?”

“너희 어머니?”

“아니. 슬지 너희 어머니 말이야.”

“….”

“나 다다음 당직까지 휴가야. 어머니 주소가 경남 진주로 되어 있더라고. 같이 가보자. 가면 답이 나올지도 모르잖아.”

“중학교 때 이후로 얼굴도 본 적 없는데 지금 찾아가서 뭐 해?”

슬지의 가족사는 서류를 보며 대충 짐작했기에, 하주는 슬지가 화를 낼 거라고 예상했다. 아니면 잔뜩 상처받은 얼굴이거나. 하지만 지금 하주의 눈앞에 있는 슬지는 어느 쪽도 아니었다. 그저 정말 어이가 없다는 표정으로 되물었다.

“엄마가 나에 대해서 뭘 알아?”

“그건….”

"엄마는 내가 죽었다는 사실도 모르잖아."

"…."

"낳아준 엄마보다 엊혀산 지 얼마 안 된 네가, 지금 나한텐 더 의지가 된다고. 진주라니, 진짜 웃기지도 않아."

하주의 표정이 속상함으로 물들려던 찰나, 슬지가 다급히 덧붙였다.

"네 동생 말고, 경남 진주 얘기하는 거야."

소슬지는 이런 인간이었다.

"오늘은 솔직하게 얘기해 줄 거예요?"

"잘 모르겠어요."

아름이 웃으며 하주를 맞이했다. 하주는 공원에서 슬지와 헤어진 직후 곧장 아름을 찾아갔다. 슬지에게는 오늘 밤 집으로 돌아오기 전까지 확답을 달라고 일러둔 상태였다.

'네가 안 가면 나 혼자라도 갈 거야.'

'왜 그렇게까지 하는 건데?'

슬지의 물음에 대답하지 않고 돌아선 하주에게는 분명한 속내가 있었다. 얼떨결에 얻은 병가 기간 동안 슬지의 문제를 처리하고 말겠다는 확고한 결심. 왠지 그래야만 할 것 같았다. 설명하긴 어렵지만, 촌스러운 표현으로 경찰관의 직감 같은 거라고 해두자. 그러러면 아름에게 다시 찾아갈 수밖에 없었다.

"점심 드시고 계셨어요?"

부엌의 아일랜드 식탁 위에는 방금 배달받은 듯한 횟집 봉투가 놓여 있었다.

"이제 막 먹으려고 했어요."

"아이고… 제가 괜히 방해한 것 같네요."

"같이 먹으려고 시킨 건데요? 경찰관님 연락받고 바로 주문했어요."

아름은 힘차게 봉투를 뜯은 후 음식을 차리기 시작했다. 광어와 우럭으로 보이는 맛깔스러운 회가 중앙에 놓였다. 하주는 생각했다.

'내가 회를 좋아한다는 얘기를 한 적이 있던가?'

"회에는 이게 빠질 수 없죠."

나무젓가락까지 야무지게 분리한 아름이 깡충 걸음으로 냉장고에서 꺼내 온 건 일반 소주보다 도수가 높은 빨간 뚜껑 소주였다.

"한 잔 받으세요."

"집에 빨뚜를 사놔요?"

"저희 할머니가 좋아하세요."

"아름 씨가 모신다는 할머니는 술에, 담배에… 전생에 유흥을 즐기셨나 봐요."

"전생 같은 건 없어요."

아름이 하주의 잔에 소주를 채우며 담담히 말했다.

"인간에겐 현재의 생밖에 없어요."

"왜요?"

"죽으면 모든 게 끝나거든요. 전에도 얘기한 적 있지 않나요?"

목구멍을 타고 흐르는 소주가 하주의 심장을 두드렸다. 이러고 있으니 야간 근무를 마치고 노량신 수산시장으로 달려가서 아침부터 회에 소주를 마시던 형사팀 시절이 떠올랐다.

"오늘 오후엔 예약 없어요?"

"4시부터 밤까지 꽉 차 있어요."

"그런데 술 드셔도 돼요? 게다가 빨간 뚜껑인데요."

"왜 무언가에 취해서 일하면 안 된다고 생각해요? 경

찰관이시라 그런가?"

아름의 비아냥에 살짝 기분이 상한 하주가 자신의 잔을 채웠다.

"아름 씨가 걱정되니까 그렇죠. 집에 사람 들이는 일이 잖아요. 누가 올 줄 알고."

"술 냄새 나는 무당이라니, 인스타에서 제법 먹힐 것 같은 문구잖아요."

"아무리 그래도….'

"어차피 무당 찾아오는 분들이 저한테 평범함을 기대하진 않을 테니까요. 오히려 더 좋아할걸요?"

아름은 광어를, 하주는 반찬으로 제공된 생마늘과 고추를 씹어 먹으며 독한 술을 눌렀다. 시간이 지날수록 아름에게서는 비린내가 났고, 하주에게서는 김장김치 냄새가 나는 듯했다.

"왜 이렇게 안 드세요? 회 좋아하시잖아요."

"좋아하죠. 근데 제가 회 좋아한다는 얘길 했던가요?"

"그건 아닌데 계속 보이더라고요."

"뭐가요?"

"경찰관님 옆에 물고기 한 마리가요. 저번에 오셨을 땐 있었는데, 오늘은 또 안 보이네."

지난번과 오늘의 달라진 점이라곤 슬지의 유무뿐이라고 생각하던 하주는 그제야 아름을 찾아온 목적을 기억해 냈다. 술만 마시다 돌아갈 뻔했다.

"…아름 씨. 죽은 사람은 어디로 가나요?"

"그건 저도 몰라요. 이래 봬도 죽어본 적은 없거든요."

하주가 우물쭈물거리자, 아름이 답답하다는 듯 말을 이었다.

"경찰관님이 저를 끗발 떨어진 무당이라고 생각하는 거 알아요."

"예?"

"처음 만났을 때 그러셨잖아요. 무당이라는 사람이 남자 보는 눈이 그렇게 없냐고. 남의 사주는 잘 봐주면서 왜 자기 앞날은 모르냐고 하셨죠."

아름과 하주는 하주가 형사로 일하던 시절, 데이트 폭력 사건에서 처음 만났다. 아름은 피해자였고 하주는 담당 형사였다. 당시 사귀던 남자에게 하루가 멀다 하고 폭행을 당하던 아름이 점점 심해지는 폭행 수위를 견디지 못하고 신고한 상황이었다.

"앞날을 아는 사람이 어딨겠어요? 음모론이니 예언이니 그런 건 다 헛소리일 뿐이에요."

"조금이라도 알고 싶은 사람들이 고객으로 오는데, 그렇게 속단하면 안 되죠."

아름이 엷게 웃었다. 술기운으로 볼이 발개진 아름의 얼굴에서는 신의 자취가 보이지 않았다.

"경찰관님이 진짜 알고 싶은 게 뭔데요?"

유독 큰 광어 한 점을 으적으적 씹는 아름의 입술이 느릿하게 보였다. 어쩌면 오늘 회가 도무지 먹히지 않는 이유를 알 것 같기도 했다. 하주는 속이 점점 뒤틀리는 고통을 느끼며 인상을 찡그렸다.

"물고기를 집으로 보내는 방법이요."

"물고기의 집이 어딘지는 알아요?"

"잘은 모르는데… 물고기를 아는 사람을 찾아가 보려고 해요."

"그 사람이 물고기에 대해 제대로 알고 있어요?"

대답 대신 소주를 한 잔 더 들이켠 하주가 숨을 길게 내뱉자, 코와 목구멍에서 알코올 기운이 훅 끼쳤다. 안주도 먹지 않고 연거푸 잔을 들이켰더니 금방 취기로 가득

차는 기분에 하주는 필사적으로 지금 현안에 집중하려
애썼다.

"물고기를 잡고 있으면 안 되죠. 그냥 놔줘요."

"그러다 개가 길을 잃어버리면요?"

"그것도 물고기의 길이에요. 망망대해에 길이 하나뿐
일까요? 인간처럼 내비 찍고 돌아다니는 생물이 어디 있
다고. 우린 조금이라도 돌아가면 아주 큰일 나는 것처럼
굴잖아요. 그게 다… 생명력이 약하다는 반증이라니까.
코끼리가 내비를 찍겠어요? 누가 까불면 발바닥으로 찍,
눌러버리면 그만인데."

한 점은 초장에, 한 점은 와사비를 푼 간장에 찍어 회
를 야무지게 먹던 아름이 잠시 침묵했다. 입안의 회를 모
두 삼킨 후 정갈하게 말하고 싶은 모양이었다.

"내가 궁금한 건 이거예요."

아름은 초장으로 물든 나무젓가락으로 광어를 한 점
집어 하주의 눈앞으로 가져갔다.

"물고기도 익사할까요?"

"…"

"할머니가 경찰관님에게 이렇게 말씀하시네요. 뭐, 민

을지 말지는 경찰관님 자유예요.”

하주가 천천히 고개를 들었다. 언제부터 흘렸는지 모를 눈물이 볼을 타고 흘러내리고 있었다.

“그 방에서 얼른 나오라고요.”

“….”

“보이기 전에. 맡기 전에.”

아름의 목소리가 점점 높아졌다. 소리가 커질수록 아름의 목소리와 기괴한 쇳소리가 섞였다.

“죽기 전에. 살기 전에. 얽히기 전에. 돌아가기 전에!”

“이미….”

눈물이 줄줄 흐르는 볼을 무시하며 하주가 간신히 입을 열었다. 지금 이 상황은 모두 정상이 아니었다.

“이미 그렇게 됐다면요?”

“내가 그 방에서 나가라고 했잖아!”

인사도 남기지 못한 채 하주는 헐레벌떡 현관으로 달려갔다. 신발을 거칠게 구겨 신는 하주의 등 뒤로 아름의 무시무시한 목소리가 날아들어 꽂혔다.

“두 번 다신 여기에 오지 마!”

무슨 정신으로 나왔는지도 모른 채 아파트 밖으로 뛰

쳐나온 하주는 다리에 힘이 풀려 넘어지고 말았다. 신발이 벗겨졌지만, 뒤를 돌아보면 안 될 것 같은 위압감에 짓눌려 그대로 달아났다.

눈에 보이는 택시를 잡아탄 하주는 비로소 안심하고 눈물을 쏟았다. 택시 기사는 룸미러로 하주를 몇 번 힐끗거렸을 뿐, 가타부타 말을 걸지 않았다. 위로로 점철된 침묵이었다.

하주가 내린 곳은 홍대 번화가였다. 흙으로 더럽혀진 옷차림, 한 짝만 남은 운동화, 눈물 자국으로 번진 얼굴도 홍대라면 아무도 이상하게 보지 않을 것 같았다. 캐리어를 끄는 외국인 몇몇이 하주가 히피로 보였는지 감탄하며 쳐다봤다. 하주는 절뚝이며 나이키 매장으로 향했다.

매장 한쪽 벽면을 가득 채운 형형색색의 운동화 앞에 서 있던 하주는 휴대전화를 꺼내 들었다. 집 현관에 놓여 있던, 자신의 것보다 더 낡아 보이던 신발 한 켤레가 떠올랐기 때문이었다.

"언니야?"

전화기 너머로 진주의 목소리가 들렸다. 하주는 왜인

지 다시금 눈물이 치밀어 오를 것만 같아 얼른 본론부터 꺼냈다.

"너 발 몇이야?"

"어?"

"신발 사이즈 몇 신어?"

너무 많은 걸 놓치고 산 것 같았다. 하주는 도저히 서 있을 힘이 없어 앞에 놓인 푹신한 소파에 무너지듯 주저 앉았다. 하주의 양옆으로 새 신발을 신어 보는 사람들의 들뜬 기운이 느껴졌다.

"나 운동화는 240 신지."

"240? 언제 그렇게 컸어?"

"고등학교 2학년 때부터 240이었는데."

"…무슨 색 좋아해?"

"언니, 무슨 일 있어?"

"넌 나이도 어린 게, 인스타에서 유행하는 것 좀 두르고 다니고 그래라. 나이에 맞게 굴라고."

하주의 목소리에 가득한 물기를 알아챈 것일까. 진주는 하주를 걱정하면서도 무난한 검은색을 제일 좋아한다는 말을 잽싸게 덧붙였다. 진주의 말에 하주는 오늘 처음으로 웃었다.

"금방 돌아갈게. 조금만 기다려."

멀리서 슬지가 자신을 바라보는 모습이 보였다. 하주는 슬지와 헤어졌던 공원으로 다시 돌아가는 길이었다.

"뭘 그렇게 샀어?"

아까 그 벤치에 여전히 앉은 채로 슬지가 밝게 물었다. 언제 돌아온 건지, 아니면 하주가 돌아올 때까지 벤치에 앉아 기다린 건지 알 수 없는 모습이었다. 하주가 어깨를 으쓱이며 대답했다.

"신발 하나 샀어."

"잘했네. 낡긴 했더라. 두 개나 샀어?"

"하나는 진주 주려고."

"더 잘했네."

하주가 슬지 옆에 풀썩 앉으며 물었다.

"생각은 좀 해봤어?"

"진작에 끝냈지."

"갈 거지?"

"응."

“돌아가야지.”

“그건 아니고.”

하주가 무슨 뜻이냐는 듯 슬지를 돌아보았다.

“내가 돌아갈 곳은 엄마가 아니야.”

“그래도 한 번은 거쳐야 할 곳이야.”

“정답이었으면 좋겠다.”

하주는 미소를 지으며 고개를 끄덕였다. 잠시 뜸을 들이던 슬지가 입을 열었다.

“난 엄마가 떠난 이유를 알아.”

“어?”

“친구 집에 김치 얻으러 간다고 했어.”

“무슨 소리야?”

“김치 나눠 준다던 친구가 진주에 살았나 보다. 그치?”

슬지가 눈썹을 축 늘어뜨렸다.

“제발 그렇다고 해줘. 난 김치 얻어서 돌아올 엄마를…… 계속 기다렸단 말이야.”

“그게 뭔 개소리….”

슬지의 표정을 보며 차마 솔직하게 말할 수 없던 하주는, 결국 위로를 택했다.

"어머니 만나면 물어보자. 그놈의 김치가 얼마나 맛있었는지. 그 답이 궁금해서 네가 지금껏 붙들려 있었는지도 모르잖아."

똥 냄새 이외에는 어떤 것도 맡지 못하는 슬지였기에, 하주가 술을 마셨다는 사실도 알아차리지 못할 것이다.

"넌 신발 몇 신어?"

"나? 난 230 신는데, 좀 편하게 신고 싶을 땐 240으로 신어."

"진주랑 사이즈가 똑같네. 그러니까 넌 진주로 가야 돼."

"웃겨. 그게 무슨 말이야?"

"나도 몰라."

마주 보고 웃고 싶은데, 슬지는 자꾸만 먼 곳을 바라봤다. 고개를 잡고 억지로 돌릴 수도 없는 노릇이니, 하주는 슬지의 정면 쪽으로 가서 쪼그려 앉았다. 벤치에 앉은 슬지가 하주를 내려다보는 모양새가 되었다.

"다 괜찮을 거야."

웃으려고 온 거였는데, 슬지는 그 말에 눈물을 터뜨렸다. 하주는 슬지를 안아줄 수도, 눈물을 닦아줄 수도, 그렇다고 마주 보고 울 수도 없어서 눈을 질끈 감았다.

　한참 후 눈을 뜨고 나서도 풍경은 그대로였고, 달라진
건 아무것도 없었다.

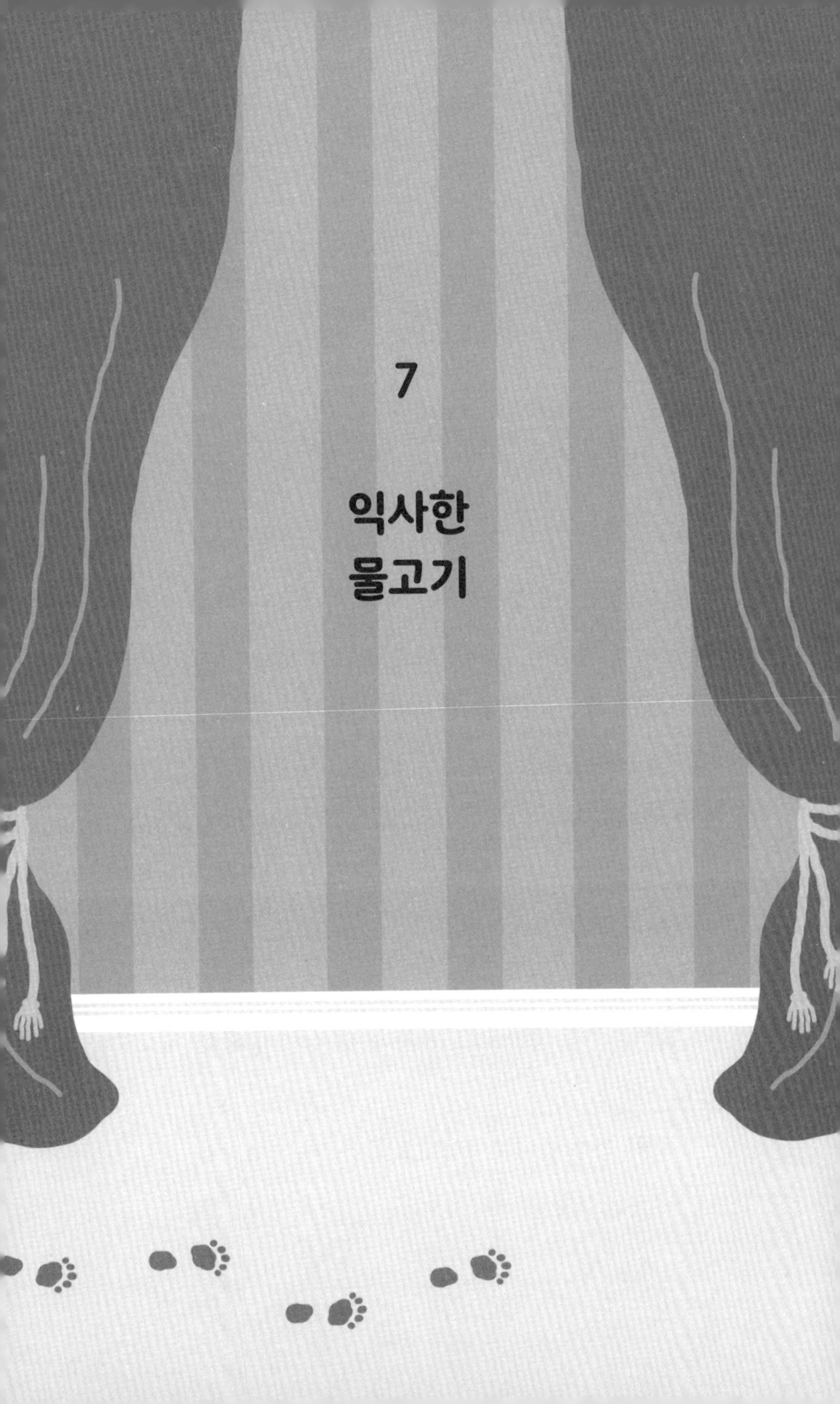

7

익사한
물고기

김밥집의 투명창 너머로 위생 마스크와 위생 모자를
착용한 채 열심히 김밥을 싸는 상미의 모습이 보였다. 며
칠간의 짐이 든 가방을 멘 하주가 힘차게 문을 열고 가게
안으로 들어갔다.

"어서 오세요."

문에 달린 종소리만 듣고 습관적으로 인사하던 상미를
바라보며 하주가 대답했다.

"안녕하세요."

그제야 하주 쪽으로 고개를 돌린 상미가 환한 미소로
응해주었다.

"어머! 진주 언니분이시네요."

“네. 전에 싸주신 김밥이 맛있어서 더 사러 왔어요.”

상미는 신난 손짓으로 하주가 주문한 참치김밥에 참치를 가득 쑤셔 넣었다.

“성함이 상미 씨라고 하던데, 맞나요?”

“네. 한상미예요.”

“제 동생 잘 챙겨주셔서 감사해요.”

“뭘요. 이웃끼리 잘 지내면 좋은 거지.”

“이웃이란 말… 진짜 오랜만에 듣는 것 같아요.”

“앞으로 자주 봐요. 위층에 경찰관님이 살고 계셔서 얼마나 든든한지 몰라요.”

웃으며 김밥을 봉투에 담던 상미가 하주의 가방을 보고 물었다.

“어디 가시는 길이에요?”

“네. 지방에 출장이 잡혀서요. 저 없는 동안 진주 좀 잘 감시해 주세요.”

“하하하. 똑똑하고 예쁜 동생인데 감시할 게 뭐 있어요? 배울 점이 훨씬 많던데요.”

밖으로 나온 하주는 편의점에서 생수와 캔 커피를 산 다음, 집에서 나올 때보다 훨씬 묵직해진 가방을 메고 슬지를 향해 과장된 몸짓을 선보였다. 복잡한 기분을 감추지 못하던 슬지가 억지로 웃어 보였다.

"가볼까? 준비됐어?"

"준비는 안 됐지만… 준비 없이 죽은 마당에 무슨 준비가 필요하겠어."

"내가 했던 말 다시 읊어 봐."

"한눈팔지 말 것."

"다음!"

"무슨 생각 하고 있는지 말로 할 것."

"하나하나 다 말해줘야 해. 대충 요약하지 말고."

터미널로 가는 버스는 잠시 후 도착 예정이었다. 어쩐지 영영 돌아오지 못하는 길을 떠나는 것 같은 느낌이 든 하주는 애써 더 씩씩하게 외쳤다.

"다음!"

"옆에 꼭 붙어 다닐 것."

"그래! 귀신이 길까지 잃으면 어떻게 되겠어?"

"너한텐 좋은 일일 수 있지. 내 말 기억 안 나? 우린 오래 붙어 있으면 안 좋다니까."

하주가 아무것도 염려되지 않는다는 듯 대충 대답하자

슬지는 조금 더 목소리를 높였다.

"넌 아무런 걱정도 안 돼? 귀신도 무당도 하나같이 안 좋은 얘기만 하잖아."

"내가 지금 걱정되는 건 딱 하나야. 서류상 주소지에 너희 어머니가 거주하지 않으면 어떡하지, 진주까지 헛걸음하면 안 되는데, 하는 걱정. 딱 그거 하나."

신호등이 바뀌며 버스가 두 사람 앞으로 달려와 멈춰 섰다. 평일 오전이라 정류장에는 하주와 슬지뿐이었다. 버스 기사의 눈에는 하주만 보이겠지만. 슬지가 버스에 오르는 하주의 등에 대고 말했다.

"요금은 너만 내는 거야. 너도 모르게 두 사람이라고 말하지 말고."

나란히 앉을 줄 알았던 슬지는 하주의 앞줄에 앉았다. 마음이 복잡한지 창밖만 하염없이 바라보는 슬지의 뒤통수를 응시하던 하주는 에어팟을 귀에 꽂았다. 40분 뒤에 도착하는 서울남부터미널에서 고속버스로 갈아타고 네 시간을 더 가면 경남 진주다. 소슬지의 엄마 윤명숙이 살고 있지만 정작 슬지는 전혀 모르는 곳. 어쩌면… 슬지가 돌아갈 곳.

🎙 저는 저를 초라하게 만드는 사람이 싫어요. 초라한 제
마음은 더 싫고요.

하주는 여전히 몰래 슬지의 팟캐스트를 듣고 있었다.
다연이 유품을 챙겨 갔다는 말은 전했지만, 책상 위에 있
던 오디오 기기의 정체를 알고 있다는 사실은 함구했다.
슬지도 주인을 잃은 자신의 채널이 어떻게 되었을지 궁
금해할 것 같지만, 먼저 물어보기 전까진 말하지 않기로
마음먹었다. 슬지에게 알리고 나면 이 팟캐스트를 듣는
게 어려워질 것 같아서다. 참 나. 클릭만 하면 들을 수 있
는 속마음 같은 게 어딨어. 이렇게 쉽게 열릴 비밀이라면,
누구나 들을 수 있는 속내라면, 하주는 조금 더 즐겨볼
작정이었다. 그러다 어제와는 다른 점이 눈에 띄었다.

'다음 회차는 언제 업로드되나요? 기다립니다.'

가장 마지막 회차에 댓글이 하나 달려 있었다. 아무도
듣지 않는 채널이라고 생각했는데, 슬지의 팟캐스트를
기다리는 사람이 있었다니! 자세히 보니 대댓글도 달려
있었다. 슬지를 기다리는 사람이 또 있었던 것이다.

'주인장님 마음이 더는 초라하지 않은가 봐요.'

하주는 잠시 고민하다 대댓글에 답글을 달았다.

'그렇다면 좋은 작별이네요.'

하주는 터미널에 발을 딛는 순간, 이 갑작스러운 여행이 진정 옳은 선택이었는지 의문이 들었다. 슬지의 승천을 돕겠다는 명목이었지만, 중학교 이후 연을 끊고 살았던 엄마가 아닌가. 그간 떨어져 산 세월이 얼마인데, 엄마라는 이유 하나만으로 슬지의 승천에 도움을 줄 수 있을까? 차라리 깊은 사이로 추정되는 다연을 붙잡고 사건의 경위를 속 시원히 고백하면서 해결책을 도모하는 편이 가능성이 높아 보였다. 무엇보다 명숙에게 딸의 죽음을 알리는 게 윤리적으로 옳은 일인지 확신할 수 없었다.

'어차피 끊어진 인연이니 죽었는지 살았는지 모르게, 그냥 무소식이 희소식이다 생각하며 각자 가던 길을 가는 게 낫지 않을까? 이렇게 고민이 된다는 것 자체가 잘못된 선택이라는 방증이 아닐까?'

하주의 머릿속에서 물이 끓는 것처럼 의심이 끓어넘쳤다. 보글보글, 기포가 터질 때마다 새로운 고민이 튀어 올랐다. 슬지도 조용히 굳은 얼굴로 서 있었다. 아마 하주와 같은 고민을 하는 모양이었다. 하주보다는 슬지가 곱절은 더 혼란스러우리라.

"진짜 배 안 고파?"

머리를 많이 굴려서 그런지 급격히 허기가 진 하주는 상미가 싸준 김밥을 으적으적 씹어 먹었다. 씹을 때마다 참치 기름이 흘러나와서 목구멍이 꽉 막혔다. 오늘 아침, 상미는 담배를 피우고 손을 씻었을까?

"아예 그런 감각이 없어. 뭘 먹고 싶다는 생각도 안 들고. 배고픔이 뭔지 이젠 기억도 안 나."

"거참… 다 먹고살자고 하는 짓인데…."

"못 먹어서 죽은 건 아니니까 뭐… 괜찮을 거야."

마침내 '진주'라고 적힌 표지판이 있는 곳으로 거대한 버스가 들어왔다. 이제 정말 떠나야 할 때다. 명숙이 있는 곳으로.

"지금이라도 돌아갈까?"

전에 없이 초조한 투로 하주가 묻자 슬지는 당황스러운 표정으로 되물었다.

"갑자기?"

"내가 실수한 것 같아. 네 일이니까 네 의견에 따를게."

“여기까지 와서? 됐어. 그냥 가.”

하주는 침을 크게 삼켰다. 몇 번을 삼켜도 입에서 참치 조각이 완전히 사라지지 않았다.

“네 말대로 너희 집에 있어 봐야 해결될 건 하나도 없어. 엄마를 만난다고 뭐가 바뀌겠냐만… 안 해보면 모르는 거니까. 그래도 한때는 가족이었으니까.”

말을 마친 슬지의 표정이 굳건해졌다. 하주는 정말로 떠나야 할 때라는 걸 알았다. 슬지의 손을 잡아주고 싶었지만, 그럴 수 없었다. 닿지 못한다는 건 세상에서 가장 비극적인 일이었다.

진주행 프리미엄 고속버스는 이름처럼 내부가 상당히 고급스러웠다. 우등 버스와 달리 의자 각도를 180도 가까이 눕힐 수 있었고, 그게 뒷좌석을 방해하지 않았다. 좌석 간 커튼이 달려 있어 개인적인 공간 확보도 가능했다. 하주는 슬지가 편하게 갈 수 있도록 두 좌석을 예매했다. 아무리 고정된 형태가 없다고 한들 슬지가 생판 모르는 사람 위에서 포개어진 상태로 가는 건 싫었다. 이 사실을 알렸을 때 슬지는 꽤 감동한 눈빛이었다.

“우와, 나도 누워볼래. 버튼 좀 눌러줘.”

하주가 버튼을 한 번 누르자 슬지가 앉은 자리의 등받이가 천천히 뒤로 넘어갔다. 하주도 슬지와 같은 각도로 맞추고 의자에 눕듯 기대었다. 동동거리는 슬지의 다리로 짐작건대 기분이 나아진 것 같았다. 하주는 휴대전화 메모 앱으로 작성한 문장을 슬지에게 보여주었다.

'괜찮아?'

슬지가 휴대전화 화면을 보며 씩 웃었다.

"엄청 편해. 이러다가 긴장 풀려서 버스 밖으로 통과하는 건 아니겠지?"

'절대 그러면 안 돼!'

슬지가 피식 웃으며 말했다.

"농담이야. 걱정 붙들어 매. 너야말로 피곤할 텐데 좀 자면서 가."

하주는 버스가 고속도로 IC를 통과할 때쯤 에어팟을 꼈다. 슬지의 팟캐스트를 들으며 명숙을 만나기 전까지 최대한 더 많은 정보를 수집할 요량이었으나 애석하게도 슬지의 목소리는 평온하기 짝이 없었다. 등받이 각도가 잠들기에 완벽했던 탓도 있을 것이다. 하주는 슬지의 목소리가 늘어지는 걸 느끼며 깊은 잠에 빠져들었다.

버스가 정차하며 덜컹거리기 무섭게 하주가 거의 튕기 듯 뛰어내렸다. 터미널에서 쑤셔 넣은 김밥 때문인지, 김밥의 터진 옆구리처럼 하주의 복통도 터졌기 때문이다. 모처럼 편히 자는가 싶었는데, 지긋지긋한 급똥 신호는 하루도 빠짐없이 하주를 찾아왔다.

"괜찮아?"

화장실 앞에서 하주를 기다리던 슬지가 걱정스레 물었다. 화장실에 들어가기 전과 나온 뒤가 다르다더니, 하주가 꼭 그랬다. 모든 걸 쏟아낸 듯 혈색이 다 빠진 모습이었다. 하주는 입가를 문지르며 민망스럽게 중얼거렸다.

"하… 이제 살 것 같네."

"그러니까! 식사를 제때 해야지. 어느 날은 아예 안 먹었다가, 어느 날은 과식했다가 하니까 배가 자꾸 밀썽인 거야."

"아직 두 시간이나 더 가야 한대. 괜찮겠지?"

하주는 슬지의 잔소리를 엉뚱한 이야기로 회피했다.

"요리를 좀 배워봐. 눈에 띄게 좋아질 거야."

"커피 마시고 싶은데 괜히 또 화장실 가고 싶어질 것 같기도 하고."

“내 말이 들리긴 하는 거지?”

“듣고 있어. 들으면서 다른 생각을 하는 것뿐이야.”

“너 진짜 웃긴다.”

평일이라 한가할 줄 알았던 휴게소는 뜻밖에 북적였다. 어딜 그리 오가는지 주차장은 이미 차로 가득했고, 화장실로 뛰어가는 사람들은 지나가는 차를 살피느라 정신없었다. 아무리 봐도 귀신이 낄 틈이 없어 보이는 풍경이었다.

“슬지야, 있잖아.”

“응?”

“천사랑 귀신은 뭐가 다를까?”

후끈한 날씨가 연일 계속되고 있었다. 언젠가 다시 돌아올 가을처럼, 슬지에게도 아무렇지 않은 척 돌아갈 곳이 있을까.

“그러게. 어감 차이일까? 서양에서는 천사고, 동양에서는 귀신인 것 같기도 해.”

“별 상관 없는 거면 넌 이제 귀신 말고 천사를 맡아. 내가 정했어.”

슬지가 작게 웃었다.

"천사는 뭔가를 지켜줘야 하는 거 아니야? 왠지 이미지가 그래."

"지킬 게 없으면 나라도 지켜줘. 내 동생들이랑."

하주는 슬지의 이마와 어깨를 손날로 톡톡 두드리는 시늉을 했다.

"널 변하주 담당 천사로 임명할게. 줄여서 변천사! 어때?"

"뭐…."

슬지가 눈썹과 어깨를 동시에 들어 올렸다.

"변사자보다는 변천사가 낫네."

진주 터미널에 내리는 순간, 훅 하고 밀려오는 공기가 낯설었다. 자의든 타의든 오랜만에 먼 길을 떠난 만큼 조금은 다른 날씨를 기대했는데, 남부 지방이라고 해서 서울과 특별히 다를 건 없었다. 네 시간 가까이 달려왔는데도 기온이 거기서 거기라니. 새삼 대한민국의 땅덩어리가 좁다는 사실이 실감 났다.

굳이 따지자면 저녁을 지나 밤으로 향하는 시간이었다. 부지런히 출발했는데도 버스가 올 때까지 기다린 시간과 휴게소에서 머물렀던 시간이 모여 예상보다 더 늦어졌다. 이동하는 것만으로도 반나절이 지나 있다니. 더 꾸물거렸다간 오늘 명숙을 만나지 못할지도 모른다는 생각에 불안이 엄습했다. 진주 터미널 입구에서 초조하게 손톱을 뜯으며 휴대전화를 만지작거리는 하주를 슬지가 수상스러운 눈빛으로 바라보았다.

"왜 안 가?"

"누구 만나서 같이 가기로 했어."

"설마….”

슬지의 의도를 읽은 하주가 얼른 답했다.

"어머니는 아니니까 걱정 안 해도 돼."

"그럼 누구야?"

"여기서 근무하는 후배가 마중 나오기로 했어. 걔가 어머니 댁까지 태워준대."

"대학 후배야?"

"아니. 경찰 후배. 이름은 김은형이야. 우리보다 어려."

하주가 알려준 새로운 정보를 입력하느라 슬지의 대답이 느려졌다.

"은형 씨가 자의로 온다고 한 거야, 네가 억지로 집합시킨 거야?"

“반반이야.”

하주는 터미널 입구와 맞닿은 도로에서 미어캣처럼 바쁘게 고개를 돌렸다. 하주의 고개가 백삼십 번쯤 돌아갔을 때, 경광등을 번쩍이며 순찰차 한 대가 전속력으로 달려오는 게 보였다.

“무슨 경찰차가 이렇게 빨리….”

슬지는 말을 끝맺지 못했다. 문제의 순찰차가 하주 앞에 멈춰 섰기 때문이다. 놀란 건 슬지뿐만이 아니었다.

“이런 미친… 야! 차 태워준다면서!”

하주의 외침이 들리지도 않는 듯 운전석에서 내린 은형이 함박웃음을 지어 보였다. 듬직한 체격만큼이나 목소리도 호탕했고, 경찰 근무복을 입고 있었다.

“언니야! 이게 얼마 만이에요!”

은형이 활짝 웃으며 달려와 하주를 껴안았다. 주변 사람들은 하주가 현행범으로 체포되는 줄 알고 수군거리기 시작했다.

“일단 타자! 타!”

주위 상황을 파악한 하주가 얼굴을 시뻘겋게 물들인 채 속삭였지만, 그럴수록 은형의 외침은 더 커져만 갔다.

“얼굴 좀 봅시다! 피부가 와 이리 좋아졌어요? 언니야 한텐 아리수가 영 잘 맞는 갑네!”

“야, 김은형! 너 오늘 야간 근무였어?”

“그라믄요!”

“그럼 말을 하지! 나 택시 타고 가면 되는데! 순찰차를 끌고 오면 어떡하냐고!”

“지금 상황 근무라 괜찮아요!”

하주의 목소리도 은형 못지않게 점점 커졌다.

“뭐? 그럼 파출소에서 민원 보고 있어야지! 차 끌고 나오면 어떡하냐!”

은형이 걱정일랑 하지 말라는 듯 더욱 씩씩하게 대답했다.

“상관없어요! 오늘 서울청에 있는 과수팀 언니야가 온다 카니까 아저씨들이 차 끌고 가라고 키 던져주던데요!”

“아저씨들이 설마 같이 일하는 경찰 아저씨들을 말하는 거야?”

슬지가 저도 모르게 중얼거렸다. 얼굴이 터지기 직전인 하주가 은형을 잡아끌고 급히 차에 올라탔다.

“야! 그럼 네 파출소가 내가 가려는 곳 관할이야?”

“아뇨! 한참 가야 돼요!”

“그럼 경찰서 상황실에서 뭐라고 할 텐데! GPS 보면 관내 이탈한 거 다 뜨잖아! 어쩌려고 그래? 나 지금이라도 내린다. 응? 택시 타고 갈게!”

은형이 선배의 소심함이 한심하다는 듯 고개를 가로저었다.

“쯧. 겁 많은 거 보니 서울 경찰 맞네요, 언니. 요 시골 경찰들한텐 그런 거 없어요. 누가 눈까리 빠지게 모니터로 순찰차 이동 경로나 보고 있겠어요? 유튜브 보느라 바쁘지. 팀장 아저씨는 순찰차 끌고 색소폰 수업도 들으러 가는데요.”

은형의 활력에 눌려 금세 지쳐버린 하주가 슬쩍 뒤를 돌아보았다. 슬지는 무사히 차량 문을 통과해 뒷좌석에 앉은 채 신기한 듯 실내를 구경하고 있었다.

“아니, 근데 순찰차에서 무슨 냄새가 이렇게 나?”

운전석에 앉은 은형이 조금 전보다 두 단계는 더 커진 목소리로 답했다. 은형의 목청의 한계는 어디일지 궁금할 지경이었다.

“어제 뒷자리에 태웠던 주취자가 토를 한 바가지 했어

요! 하루 죙일 창문 열고 물 뿌리고 지랄해도 냄새가 안 빠지더라고요. 좀 참으세요, 언니야!”

“이건 물 뿌린다고 될 일이 아닌데? 실내 세차라도 맡겨야지.”

은형은 대답 대신 한숨을 내뱉었다.

“순찰차 워셔액 넣을 돈도 없는데 세차비가 어딨어요. 소장님이 돈 아껴 쓰라고 난리인데. 저도 그래서 믹스커피 하루에 두 잔밖에 못 마시고 있어요.”

“원래 몇 잔 마셨는데?”

“다섯 잔이요.”

“내가 커피 믹스 한 박스 사줄게. 일단 출발하자. 얼른….”

은형은 순찰차가 떠나가라 큰 소리로 “예!” 하고 외친 뒤 급하게 액셀을 밟았다. 어찌나 반동이 셌는지, 슬지는 하마터면 등받이를 뚫고 순찰차 밖으로 굴러떨어질 뻔했다.

“근데 와 이렇게 날이 꾸무리하지?”

은형의 말에 하주는 창밖으로 고개를 돌렸다. 터미널에 도착한 후로 급격히 날이 흐려지고 있었다.

“아, 맞다…. 오늘 밤부터 비 온다 카드만, 비구름이 몰려왔는갑다. 언니야, 우산 있어요?”

"안 챙겼어."

"그럼 나중에 트렁크에서 하나 꺼내 가요. 주취자들이 두고 간 우산이 한 바가지니까."

전에 슬지가 다연을 보기 위해 달려왔을 때도 비가 억수같이 내렸다. 초보 귀신인 슬지가 날씨까지 조종하진 못하겠지만, 그래도 께름직한 기분이 가시지 않았다. 하주의 몸도 점점 무거워졌다. 정신이 흐려지는 것 같았다. 언제는 또렷했나 싶어서 무시하고 지냈지만, 이젠 손발이 제대로 움직이지 않는 느낌이었다. 뭐라 콕 집어 설명하긴 어렵지만, 점점 내 몸이 내 것이 아닌 듯 어딘가로 흘러가는 기분이랄까. 은형은 하주의 속도 모른 채 뭐가 그렇게 기쁜지 연신 신나 보였다. 도로를 달리는 순찰차의 RPM이 속도에 비해 과하게 치솟았다. 하주는 은형에게 정비소에 맡기라고 말하려다 그만뒀다.

"…돌아가는 것 같은데, 내 착각이니?"

하주의 잔잔한 물음에 은형이 민망한 듯 핸들을 퍽퍽 치며 큰 소리로 웃었다.

"으하하! 언니! 티 났어요? 그래도 멀리 한양에서 오셨는데 진주 구경 좀 하고 가시라꼬. 그 집에 사는 사람만 만나면 된담서요? 급한 것도 아니잖아요! 진주 남강이 얼마나 이쁜데요.”

“순찰차로 드라이브해도 되는 거야?”

“아유, 언니야, 생각하기 나름이죠. 드라이브가 아니라 탄력 순찰이라고 생각해요. 듣고 싶은 노래 있어요?”

“순찰차에 블루투스 연결도 해?”

신호 대기 중인 사이 은형이 바삐 휴대전화를 보며 꿍얼거렸다.

“언니는 순찰차 안 탄 지 오래돼서 모르죠? 요새 나오는 신형 순찰차는 순 개깡통으로 나와서 블투 기능도 없어요! 똥차에 기능이 더 많다는 게 말이 돼요? 블투 되는 거 나름 귀하다고요! 그래서 일부러 이거 끌고 왔는데!”

은형이 선곡에 정신 팔린 사이 하주가 룸미러로 슬지를 힐끔거렸으나… 슬지가 보이지 않았다.

“뭐야!”

깜짝 놀란 하주가 황급히 몸을 틀어 뒤를 돌아보니 1열과 2열 사이에 설치된 아크릴 가림막 뒤로 슬지의 모습이 보였다.

“언니! 와 그래요?”

“아… 아니다. 뭘 잘못 봤나 봐.”

슬지는 당황한 하주의 얼굴을 보며 피식 웃었다.

“나 거울에 안 비치는 거, 이제 알았어?”

하주는 신음 소리를 내며 자세를 고쳐 앉았다.

“은형 씨한테 드라이브 시켜줘서 고맙다고 전해줘. 풍경이 진짜 예쁘다.”

“…은형아. 오늘 여러모로 도와줘서 고마워.”

은형은 있는 힘껏 높은 비명을 질렀다.

“으아아아! 됐어요, 언니! 서울 사람들 너무 느끼해요! 근데 과수팀에서 유족 만나러 소재지에 직접 방문하기도 해요? 너무 전국구로 활동하는 거 아니에요?”

“이번 경우가 좀 특별해서 그래. 원래는 안 그러지.”

“이야… 하여간 언니는 참 열정적이야. 보고 배울 게 많아요. 배 나온 아저씨들만 보다가 오랜만에 서울 물 먹은 경찰 만나니까 좋네요.”

“너 지금 하는 거 보니까 서울에선 절대 일 못 하겠다.”

“그쵸? 서울엔 정이 없잖아요. 복작복작해도 저는 여기가 좋아요.”

“관내 이탈이 무슨 정이냐?”

"'아' 다르고 '어' 다르다니까. 관내 이탈 아니고 탄력 순찰이라니까요? 진주 전체가 내 관할이지. 눈금 벗어났다고 내 땅 아니라케요? 서울 벗어나면 언닌 경찰도 아닌 갑네요? 내가 지금 민간인 태우고 돌아댕기나요?"

하주는 한 번 더 룸미러를 봤다가 여전히 슬지가 보이지 않는다는 사실을 확인하고는 창밖으로 고개를 돌렸다. 가로등 불빛이 반사된 남강은 반딧불이가 춤추는 듯 빛나고 있었다. 먹구름으로 인해 푸르딩딩하게 보이는 하늘 아래 황금빛 물결이 일렁이는 강이라니. 이런 곳에 슬지 어머니가 살고 있구나. 하주는 돈 문제로 크게 싸우고 꽤 오랜 시간 연락 없이 지내는 자신의 엄마를 떠올렸다. 진주가 어떤 마음으로 참다 참다 결국 가출을 감행한 건지, 그 마음이 너무 빤해서 속이 쓰렸다. 멀어져야만 깊어지는 관계가 있다면, 슬지와 명숙은 어느 정도의 깊이를 가지고 있을까.

명숙을 만나면 뭐라고 인사를 건네는 게 좋으려나.

'안녕하세요, 따님이 죽었다는 사실을 알리러 왔습니다. 시신을 인도받을 의향이 있으실까요?'

용건은 이게 맞다. 이 이야기를 하기 위해 서울에서 진주까지 온 것이다.

"사람이 빠진 곳이 이렇게 예뻐 보여도 되는 거야?"

"한강도 이뻐 보이잖아요? 빠진 사람으로 치면 한강이 비교도 안 되게 많을 텐데요. 시체에서 빛이라도 나는 걸까요?"

"사람한테 나는 거 아니겠어? 굳이 따지자면."

은형은 "역시 서울 경찰" 하고 감탄한 듯 중얼거리며 여전히 조심성 없게 차를 몰았다. 이윽고 세 사람 모두 말이 없어졌다.

"언니! 진짜 우산 안 가져가도 되겠어요?"

"됐어. 괜히 짐만 많아져. 비 오면 맞고 가지 뭐."

은형이 내려준 곳은 정갈한 주택가였다. 비슷비슷하게 생긴 집들이 나란히 늘어서 있어서 순찰차의 경광등이 유독 밝게 반짝였다. 명숙이 사는 집은 연식이 족히 40년 가까이 넘은 듯 보였지만, 집주인이 부지런한 편인지 마당의 대문은 녹슨 곳 없이 깨끗했고, 담벼락에 장식된 벽돌도 고유의 색을 유지하고 있었다. 담장 밖으로 무겁게 몸을 걸친 커다란 장미가 이 집의 연식을 가늠하게 해주는 것 같았다. 잎사귀 크기만 봐도 한두 해 산 식물이 아니라는 걸 알 수 있었다. 어쩌면 슬지보다 오래됐을지도 모른다.

"집 예쁘다."

슬지가 처음 뱉은 말이었다. 마치 부동산 매물을 구경하러 나온 사람처럼 태평한 말투였지만, 하주는 그게 애써 꾸며낸 태도라는 걸 알 수 있었다.

"어머니 주소지가 여기 2층으로 나오는 거 보니까 세 들어 사시는 것 같아."

집주인은 아니니 걱정 말라는 말을 덧붙이려다 그만두었다.

'뭘 걱정하지 말라는 거야? 너를 버리고 간 엄마가 딱히 팔자를 펴지 못하고 여전히 그 시절 그대로 살고 있으니 안심이라도 하라는 거야? 아니면 여전히 형편이 어려운 것 같으니 장례를 못 치러줄 수도 있다는 걸 염두에 두라고 일러둘 거야?'

하주는 수습 불가능한 실수를 더 저지르기 전에 입을 다물었다.

벨을 누르는 하주의 손가락이 미세하게 떨렸다. 거친

버저음이 울리자 곧 대문이 열렸다. 녹슨 대문이 불쾌한 소리를 냈다. 하주는 얼마간 집주인을 기다렸지만, 나오지 않자 곧장 2층으로 올라갔다. 벨이 울리면 방문자를 확인하지 않고 문을 열어주는 듯했다. 어느새 슬지가 하주보다 앞서 계단을 성큼성큼 올라갔다.

"좋아, 후… 준비됐어?"

"…응."

슬지가 단단하게 고개를 끄덕였다. 하주는 가운뎃손가락을 직각으로 만들어 반투명 유리창이 붙은 철문을 세 번 두드렸다. 문을 두드리는 소리보다 하주의 가슴이 콩닥거리는 소리가 더 크게 들리는 듯했다. 청각을 곤두세우니 사방에서 귀뚜라미 울음이 들렸다.

"들려? 귀뚜라미 우는 소리? 가을에 우는 애 아닌가?"

나름 분위기를 풀어보려고 한 말이었다. 하주의 의중을 알아차린 슬지가 발랄하게 입술을 열려던 찰나 철문이 열렸다. 문틈 사이로 스르륵 새어 나오는 얼굴. 슬지와 똑같이 맹숭맹숭하게 생긴, 어떤 각도에서 보면 참 곱다고 느껴지는 외모. 한때 진했을 눈썹이 세월에 바래 희미해진 얼굴. 무엇보다 소리 없이 움직이는 몸짓까지 모두 슬지와 너무나도 닮은 사람. 누가 봐도 슬지의 엄마였다. 슬지의 인생은 온통 엄마를 닮아가는 과정이었던 것일지도 몰랐다.

명숙은 아무런 표정 변화가 없었다. 말을 제대로 듣긴 한 건지, 현실을 받아들이는 데 시간이 걸리는 건지 전혀 짐작할 수 없는 태도였다. 이것마저 슬지를 닮았을 줄이야. 아니다. 슬지가 명숙을 닮은 거겠지. 하주는 가방에서 슬지의 시체검안서를 꺼냈다. 명숙은 서류의 내용과 상반되는 가벼운 손짓으로 서류를 받아 들고 훑어본 뒤 천천히 입을 열었다. 목소리마저 슬지와 비슷해서 하주는 순간 소름이 돋았다.

"…사인이 미상이에요?"

"아, 그건 현장에 출동했던 검안의의 판단이고요. 국과수 부검 결과로는 익사입니다."

"익사라고요? 집에서 죽었다면서요?"

명숙의 입에서 '죽었다'는 단어가 나오자 하주는 지금 이 자리가 몹시 불편해졌다. 마치 자기가 슬지를 죽였다고 고백하는 것처럼 느껴졌기 때문이다.

‘역시 진주에 오는 게 아니었어. 살면서 이렇게 큰 오지랖을 부린 적이 없었는데.’

왠지 모르게 배도 꾸룩꾸룩 아픈 게 곧 급똥이 터질 것 같았다. 화장실은 하주의 등 뒤에 있었다. 저기서 볼일을 봤다간 고스란히 명숙의 귀에 비트박스 소리가 꽂힐 것이다.

“그게… 슬지 씨가 샤워 중에 쓰러지신 것 같아요. 엎드린 상태로 발견됐거든요. 근데 샤워기에서 물이 계속 나오고 있어서… 아마 그 물이 호흡기로 들어가면서 익사까지 이어진 게 아닌가… 하는 게 국과수 부검의의 소견입니다.”

하주는 말하는 내내 슬지의 눈치를 살폈다. 슬지에게 사인을 명확히 설명해 준 적이 없다는 걸 깨달았기 때문이었다. 슬지는 이 자리에서 자신이 죽은 경위를 처음 듣고 있었다. 명숙이 이상하게 생각할까 봐 고개를 돌리지 못한 하주는 슬지를 똑바로 마주할 자신이 없어서 머리를 폭 숙였다. 점점 정신을 온전히 붙잡는 게 힘들어졌다.

“접시 물에 코 박고 죽는 사람이 누군가 했더니, 내 딸이었네요.”

명숙은 시체검안서를 밥상 위에 내려놓고 먼 곳을 바라보았다. 할 말을 고르는 듯, 깊은 호흡이 이어졌다. 슬지는 그런 엄마의 얼굴을 눈도 깜빡거리지 않고 쳐다보았다. 마치 이 순간을 벗어나더라도, 어떠한 억겁의 세월이 지나더라도, 사는 세계가 바뀌는 한이 있더라도 잊지 않으려는 듯.

"걔는 어릴 때부터 그랬어요. 뭐 하나 저항하는 구석이 없었거든. 혼이 나도 그저 좋다, 소리를 질러도 별말 없고. 배알도 없는 애라고 걔 아빠가 비난해도 그러려니. 그래서 나는 걔가 수영을 잘하나 보다 생각했거든요."

"수영이요?"

"걔가 어릴 땐 바다 근처에 살았어요. 강원도 속초에서. 애 아빠가 뱃일을 잠깐 했어서."

슬지의 눈이 커졌다. 처음 듣는 이야기인지, 너무 오래된 기억에 놀란 건지 구분하기 어려운 반응이었다. 어쩌면 엄마가 아직까지 자신의 어린 시절을 기억하고 있다는 사실에 놀랐을지도 모른다.

"나는 육지에서 애 아빠 기다리면서 종일 죽치고 있었는데, 아주 죽을 맛이었지. 원해서 한 결혼도 아니었고.

애가 생겨서 한 거였거든.”

“…그게 슬지 씨인가요?”

“아니. 갠 유산했어요. 막달이 다 되어서. 그냥 흘러버렸대. 병원에 가도 이유를 모르겠다네? 개도 참, 아기집이 흐르는데 저항 한번 안 했나 봐. 그때부터… 아니 그 전부터 난 망가진 것 같아. 다른 엄마들은 애가 죽으면 울고불고하던데, 나는 그냥 그러려니 했어. 살 놈이면 살았고 죽을 놈이면 죽었겠지, 하고 생각해. 애는 전쟁 통에도 태어나기 마련이잖아.”

하주는 공기가 너무 무거워서 밥상 위에 있는 보리차를 한 모금 마셨다. 달큰하고도 쌉싸름한 맛이 입안 가득 퍼졌다. 명숙은 입이 비쩍 마르는 듯 마른침을 계속 삼켰지만, 보리차에는 손도 대지 않고 말을 이었다.

“난 그냥 바다 보면서 술이나 마셨지. 애는 귀찮으니까 바다에 던져놨는데, 어찌나 바다에 잘 떠 있는지…. 지나가는 아줌마들이 이렇게 수영을 잘하는 애는 처음 본다고 신기해했어. 올림픽 내보내야 한다고. 그래서 슬지가 전생에 물고기였나 싶었어요. 유유자적 물속에서 살아야 할 애가 뜬금없이 인간으로 태어나서 고생만 한 것 같아.

착륙을 잘못한 거지. 애미 닮아서. 갠 양수 안에서 돌아다 닐 때가 제일 호시절이었을 거야."

"물고기요?"

하주는 아름이 쩝쩝거리며 씹었던 회가 생각나 구토 감이 밀려왔다. 아름은 하주의 옆을 따라다니는 물고기 가 있다고 했다. 어쩌면… 정말로…. 하주의 시야가 점점 흐려졌다. 명숙을 마주하고부터 급격히 체력이 떨어지는 게 느껴졌다. 하주는 다시 한번 고개를 세차게 흔들었다. 물먹은 소리가 귀를 먹먹하게 채웠다.

명숙의 피부는 마른 논처럼 버석했다. 유분기나 물기 라곤 전혀 없어 보이는, 너무도 메마른 중년 여인이 묵묵 한 눈동자로 하주를 바라봤다. 단순히 피부가 말랐다기보 다는 속부터 모조리 금이 가버린 느낌. 엄지발톱부터 정 수리 모근까지 메마른 통에 언제 부서져도 이상하지 않을 연약한 엄마. 경찰관의 눈으로 보았을 땐 고위험군이고, 슬지 친구의 눈으로 보았을 땐 무책임한 어른이었다.

"그런데 경찰관님. 물고기도 익사를 합디까?"

"…"

"나는 들어본 적이 없는데. 오늘 처음 듣는데."

“…슬지 씨가, 어머니가 김치 얻으러 간다는 말을 남겼
다고 하더라고요.”

그때, 처음으로 명숙의 표정이 변했다.

“내 딸을… 알아요?”

하주는 옆에서 듣고 있을 슬지를 위해 또박또박 대답
했다.

“친구예요.”

“친구라고…?”

하주를 위아래로 훑은 명숙이 믿지기 않는다는 얼굴로
되물었다.

“걔가 그런 말을 했어요? 슬지가?”

“네. 아직까지 어머니를 기다린다고 했어요.”

“기다린다고? …나를?”

명숙은 시체검안서의 끝단을 구겨 쥐었다.

“그걸 약속이라고 믿고 있었다고? 죽기 전까지?”

“슬지 씨는 자식이잖아요. 자식은 부모 말을 믿어요.
말이 안 된다는 걸 알면서도요.”

“씨팔, 배알도 없는 년.”

욕을 지껄인 명숙은 서류를 뚫어지게 노려보았다. 마

치 그렇게 노려보면 시체검안서에 적힌 이름이 바뀌기라
도 하는 것처럼.

"대체 왜 그랬어요?"

하주는 자신의 목소리에 깜짝 놀랐다. 명숙 앞에서 이
상하리만치 평정심을 유지하기 어려웠고, 온몸이 부들부
들 떨려왔다. 입을 닫고 싶은데 혓바닥을 제어할 수 없었
고, 속엣말이 둑이 터지듯 쏟아지기 시작했다.

"자기 딸을 버리고 어떻게 살았어요? 좋던가요?"

명숙은 눈을 느리게 끔뻑거렸다. 하주의 돌발적인 태
도에 당황한 것 같지는 않았다. 그저 고요하게 앉아 있을
뿐이었는데, 그 모습이 사람을 더욱 미치게 했다.

"난 걜 버린 게 아니야."

"그럼 뭔데요? 중학생 때 집 나가놓고, 버린 게 아니면
뭔데요!"

"내가 낳았다는 이유만으로 영원히 같이 살아야 한다
는 법은 없어요. 다 지 팔자지."

"그게 무슨 말도 안 되는…."

말문이 막힌 하주의 눈에서 굵은 눈물이 주르륵 떨어
졌다. 명숙은 앉은 채로 엉덩이를 질질 끌고 거실 수납장

쪽으로 갔다.

"슬지가 어떻게 살았는지 알아요? 애가 얼마나 고생하면서 지냈는지 관심은 있고요?"

"고생 많이 했겠지. 그러니까 그 좋은 나이에 죽은 거 아냐."

가장 아래 서랍에서 담배 한 갑을 꺼낸 명숙이 담배에 불을 붙였다. 어두운 거실에서 불규칙적으로 깜빡이는 담뱃불은 꼭 비상 점멸등처럼 보였다. 우선 멈추시오. 주위를 살핀 후 가던 길을 마저 가시오. 영영 떠나시오.

"경찰 아가씨는 왜 울어? 슬지 때문에 우는 거야? 죽은 슬지가 안타까워서? 친구니까?"

하주는 명숙의 말을 더는 듣기 힘들어 자리를 박차고 일어났다. 꽉 쥔 두 주먹이 분노로 떨렸다.

"지금 경찰 아가씨가 내신 울어줘야 할 사람은 슬지가 아니고 나야. 어디 가서 죽은 사람 때문에 울지 마요. 남은 사람을 위해 울어."

"그게 지금 할 소리예요?"

"아가씬 정말 슬지를 위해 우는 거야? 아님 자기 죄책감 때문에 우는 거야?"

"슬지가 불쌍해 죽겠어요!"

"뭐… 난 모르지. 누굴 위한 울음인지. 눈물에 이름 써 있어?"

담배를 깊게 빨아들인 명숙이 뱉은 연기로 하주의 시야는 점점 더 뿌예졌다. 명숙은 울지 않았지만, 눈에는 눈물이 한가득 고여 있었다. 한 번만 눈을 감으면 후드득 떨어질 것 같았고, 명숙도 그걸 아는지 악착같이 눈을 뜬 채 하주를 노려보았다.

"태어난 가족을 떠나고, 내가 만든 가족한테서도 떠나고… 지금은 내가 낳은 자식이 죽었다는 소식까지 들었어. 이런 인생이 어덯어?"

"그만해요!"

하주가 악을 썼다. 두통으로 머리가 터질 것만 같았다. 목에서 피가 올라오는 느낌과 동시에 복부가 꿀렁거리며 구역질이 났다. 손바닥으로 입을 틀어막은 하주는 그대로 집을 뛰쳐나갔다.

은형의 예감대로 하늘에서 비가 쏟아졌다. 비가 내려서인지 길거리에는 인적이 드물었다. 그래서 하주는 마음 편히 목 놓아 울 수 있었다.

'눈물에 이름 써 있어?'

명숙의 말이 떠오를 때마다 숨이 막혀 사레가 들렸다. 계속 캑캑거리며 꺽꺽하고 우는 와중에도 쉬지 않고 걸었더니 도로변에 당도했다. 온몸이 엉망으로 젖어 들고 있다는 감각이 느껴지며 순식간에 한기가 올라왔다. 하주는 유일하게 불이 켜져 있는 버스 정류장으로 달려갔다. 벤치에 앉아 등을 기대기만 하려고 했는데, 그대로 잠에 들고 말았다.

몇 대의 버스가 지나갔는지, 소지품을 도둑맞진 않았는지조차 파악할 수 없을 만큼 깊은 잠이었다. 확실히 요즘 많이 피곤했던 것 같다. 겹겹이 쌓인 야간 근무의 녹물이 뇌 속 어딘가에 고여 있는 듯한 비릿하고 탁한 느낌. 그리고 멀리서 들려오는 누군가의 목소리.

"변하주! 일어나!"

익사한 물고기. 부모에게 버림받은 자식. 화장실에서 쓸쓸하게 죽은 청년. 최근 내 고막을 책임지는 팟캐스트의 주인. 돌아갈 곳이 없는 가여운 이. 변기 레버 내리는 일을 즐겨 하는 세상에서 가장 수상한 귀신. 나만의 천사.

언제 와 있었는지 모를, 금방이라도 울음을 터뜨릴 것 같은 얼굴로 서 있는 소슬지.

하주가 엉거주춤 일어서자, 슬지가 하주를 꽉 끌어안았다. 어떠한 온기도 감촉도 느껴지지 않는, 참으로 이상한 포옹. 네 이야기를 나눈 밤의 끝은, 결국 포옹이었다.

"가만, 가만히 있어."

"…."

"아무것도 묻지 말고 그냥 안아줘."

하주는 슬지를 꽉 안아주었다. 그래봐야 허공에 팔을 두르고 있는 꼴이었지만. 하주는 입안에 명숙의 집 보리차 향이 가득한 걸 느끼면서, 손바닥으로 허공을 천천히 쓸어내리며 말했다.

"돌아가자. 우리 집으로."

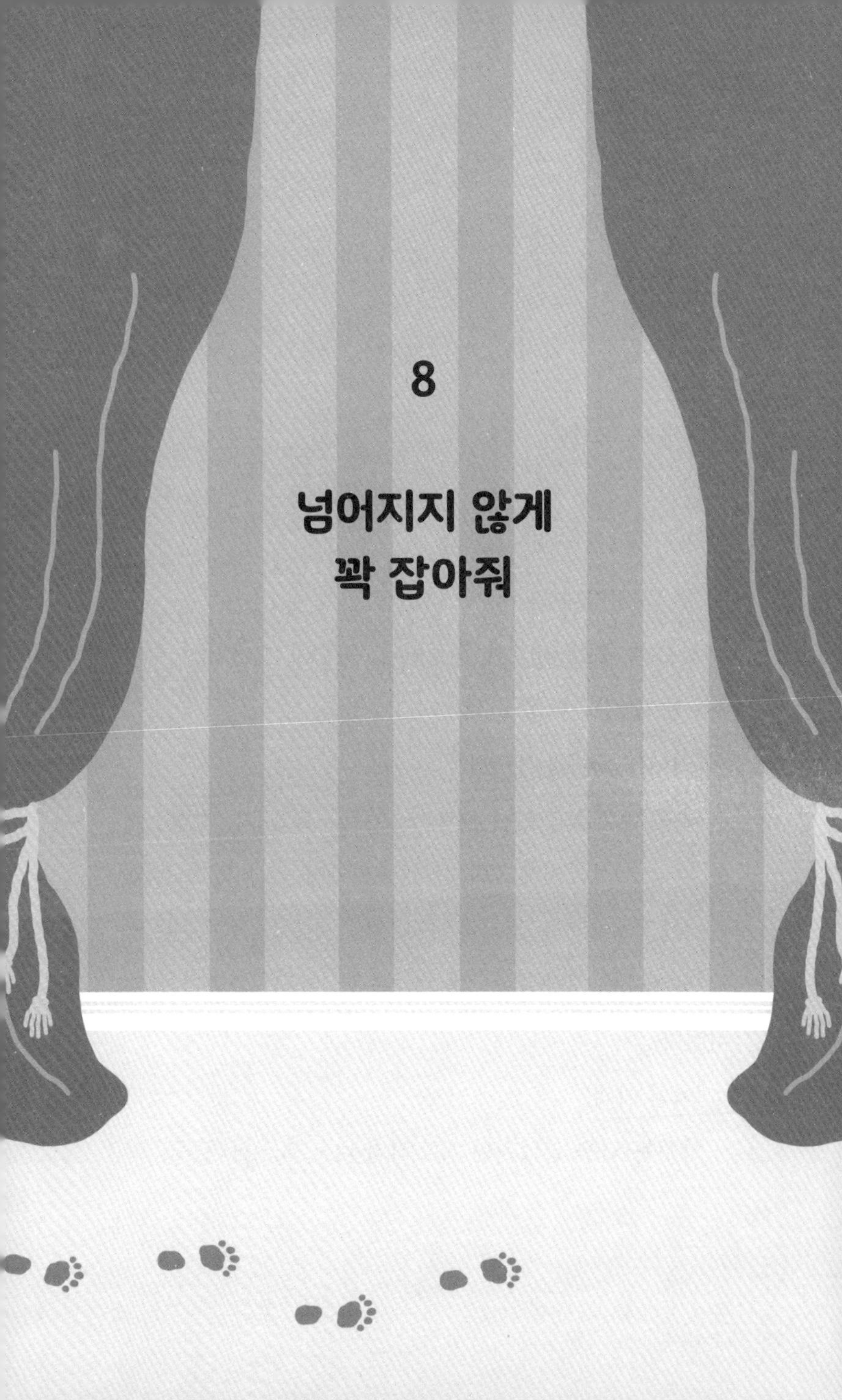

8

넘어지지 않게
꽉 잡아줘

"언니, 일어나 봐."

하주의 몸이 힘없이 흔들렸다. 하주가 일어나지 않자 흔드는 손길이 더욱 거세졌다.

"언니! 정신 좀 차려봐!"

짧게 신음을 흘리며 하주가 겨우 눈을 뜨자, 걱정스러운 얼굴로 사다리에 매달린 진주의 모습이 보였다. 침대가 싱글 사이즈라 올라올 수 없었던 진주는, 하는 수 없이 사다리에 매달린 채 하주의 몸을 흔들고 있었던 모양이었다.

"어디 아파?"

하주는 입을 열었지만 목소리가 나오지 않았다.

"출장 가서 뭔 일 있었어?"

대답 대신 고개를 저어 보이자, 진주의 표정이 더욱 심각해졌다.

"처음엔 피곤한가 싶어서 그냥 내버려뒀는데, 계속 보니 아닌 것 같아서 깨웠어. 죽은 듯이 잠만 자고 먹지도 않고. 병원 가봐야 하는 거 아니야?"

"…됐어."

언제부터 잠들었는지 기억나지 않았다.

"오늘이 며칠인지는 알아?"

하주가 다시 고개를 저었다.

"오늘 8월 6일이야. 원래 근무대로 하면 비번 날. 진주에 다녀온 뒤로 이틀 내내 잠만 잤어. 이게 말이 돼?"

하주의 눈썹이 미세하게 꿈틀했다. 이틀이나 지났다고? 진주가 하주의 얼굴 여기저기에 손바닥을 갖다 댔다. 오랜만에 느껴보는 동생의 피부가 거칠게 느껴졌다.

"나 지금 일하러 나가야 해. 혼자 있어도 괜찮겠어?"

하주가 느리게 고개를 끄덕였다. 진주는 여전히 못 미더운 표정이었지만, 3초에 한 번씩 시계를 확인하는 걸로 보아 급한 상태인 것 같았다.

"하필 오늘 마감 알바야….”

짜증스럽게 중얼거린 진주가 사다리를 타고 내려갔다. 뛰어내려도 될 높이지만, 아래층에 사는 상미를 위한 배려인 듯했다.

"언니! 상미 언니네 가게에서 김밥 사놨으니까 그거라도 먹어. 국거리도 사놨으니까 뜨거운 물만 부으면 돼. 꼭 챙겨 먹어! 알았지?”

하주는 대답 대신 다시 자리에 누웠다. 진주가 잰걸음으로 나가는 소리가 들렸다.

무언가… 아주 중요한 걸 잊은 기분인데, 그게 뭔지 알 수 없었다.

"아… 아….”

하주는 힘겹게 입을 열고 소리를 내보았다. 음성이 나올 때마다 혓바닥이 쩍쩍 갈라지는 듯한 통증이 느껴졌다. 수조 밖에 떨어져 비늘이 바싹 말라붙은 물고기처럼 금방이라도 죽을 것만 같았다.

그리고 눈치챈 사실.

진주에 다녀온 이후로 슬지의 모습이 보이지 않았다.

귓속에 개미가 돌아다니는 것 같다. 그 개미는 희한하

게도 한국말을 할 줄 아는지 뇌를 자유롭게 돌아다니며
쉼 없이 속삭였다.

'왜 그랬어? 여기서 나가지 마. 가지 마.'

"…왜?"

누구에게 하는 말인지도 모른 채 하주는 저도 모르게
대답을 흘려보냈다.

"초라한 게 싫어."

다시 눈을 떴을 때, 사방이 깜깜했다. 진주가 챙겨 먹
으라던 김밥은 차갑게 굳어 있었다. 하루가 지났는지, 아
니면 아직 같은 날인지 알 수 없었다. 어둠 속에서 침대
를 더듬거리던 하주가 휴대전화를 집어 들었다.

슬지의 휴대전화가 어디에 있는지 알 것 같았다.

꿈틀거리던 하주의 손가락이 향한 곳은 슬지의 팟캐스
트였다. 조용한 집 안에 순식간에 슬지의 목소리가 울려
퍼졌다.

제철이라는 말이 있죠. 저는 그 시기에 가장 맛있다는
제철 재료들을 부지런히 챙겨 먹으려고 해요. 1월의 당근,

2월의 냉이, 3월의 미나리, 4월의 두릅처럼요. 마트에서 제철 재료를 만나는 건 제 유일한 낙이었어요. 아니, 지금도 여전한 낙이니까 과거형은 아니네요. 하나둘 담다 보면 사람 인연도 비슷한 것 같더라고요. 그 철에만 찬란했던 사람이 있잖아요. 졸업하고는 한 번도 만난 적 없는 고등학교 때 짝꿍이라든지, 잠깐 불타올랐던 썸 상대라든지.

어느새 하주의 볼을 따라 눈물이 흘렀다. 평생 흘릴 눈물을 요 근래에 다 써버릴 듯이.

'네가 살아 있을 때 만났다면, 우린 친구가 될 수 있었을까?'

"소슬지. 대답해 봐."

하주는 흐르는 눈물을 닦지 못한 채 어렵사리 말을 이었다.

"너 지금 내가 무슨 생각 하는지 다 알고 있잖아."

'난 초라한 게 싫어. 끝까지. 가지 마. 아직 네가 할 일이 남았어.'

"아름 씨한테… 전화 좀….'

말을 끝맺지 못한 채, 하주는 또다시 깊은 잠에 빠져들었다. 몸이 도무지 말을 듣지 않았다. 마치 주인이 바뀌기라도 한 듯이.

'아침과 밤. 나는 언제나 혼자. 낮과 밤이 무슨 의미가 있을까.'

"이 정신병자야!"

햇살로 환한 집 안에서 하주는 쉰 소리를 빽 내질렀다. 머릿속에서 슬금슬금 기어다니며 멈추지 않는 속삭임에 미쳐버릴 지경이었다. 두피를 얼마나 긁어댔는지 손톱 아래엔 각질과 피딱지가 잔뜩 끼어 있었다. 그런데도 간지러움은 더 심해졌다.

"정신병자야! 완전히 미쳤어!"

진주는 어디 있는지 보이지 않았다.

'내가 너무 초라해. 다 그렇게 살아. 다 그렇게 살아? 왜 그렇게 살아?'

"아름 씨 말이 맞아."

하주는 이를 악물고 걸음을 옮기기 시작했다. 발바닥이 장판에 들러붙은 것처럼, 걸음을 떼기가 힘들었다.

"넌 그 방에서 나와야 해. 너무 오래 혼자 있었어."

'혼자인 건 너도 마찬가지야.'

아무리 앞으로 나아가도 불쾌한 웃음소리로부터 멀어질 수 없었다.

살고 싶다.

가능하면 어떤 고통도 없이, 아주 오래도록.

나만의 공간에서.

"변하주! 왜 나왔어?"

근덕이 살집 때문에 동글동글해진 눈을 더욱 동그랗게 뜨며 물었다. 전속력으로 달린 하주는 헐떡이느라 숨을 몰아쉬며 말을 제대로 잇지 못했다.

"너 오늘 출근 아니잖아. 병가인 거 잊었어?"

하주는 대답 없이 근덕의 컴퓨터로 달려갔다. 사진 한 장이 모니터에 꽉 차게 띄워져 있었다. 물에 푹 젖은 채 부패한 몸은 엉망이었지만, 빨간색 머리카락만큼은 분명했다.

"오늘 출근하자마자 건진 변사자야."

하주가 묻기도 전에 근덕이 먼저 설명했다.

"얼마나 한강 바닥에 오래 있었는지… 진흙에 풀까지

엉켜서 완전 엉망이더라고. 지문만 남아 있는데, 이게 판독이 될지 모르겠다.”

“이름은 이소윤이에요.”

“뭐?”

“1990년 10월 8일생 이소윤.”

하주는 책상 위 이면지에 생년월일을 크게 휘갈겼다.

“아는 사람이야?”

‘고마워. 이제 마지막이야.’

눈동자가 거꾸로 뒤집혔다가 좌우로 움직였다가 각막이 두 개로 쪼개지는 것 같은 통증에 정신이 번쩍 들었다. 그러더니 뇌를 기어다니던 개미가 귓바퀴를 슬슬 타고 올라와 자신에게 무언가를 속삭이는 듯했다.

“…씨발. 자고 싶어. 너무 오래 못 잤어.”

“너 괜찮아?”

“그 아줌마야. 망할 집주인, 그 아줌마가 내 폰을 가져갔다고! 미친년이! 박미자가 내 폰을 훔쳤어!”

근덕이 손을 뻗으며 다가오는 순간, 하주가 다시 입을 열었다.

“속삭이지 마. 그냥 크게 지껄이란 말이야!”

의자가 뒤로 넘어갈 만큼 거칠게 일어난 하주는 곧바로 고꾸라졌다. 머리에서는 깨질 듯한 두통이, 허리에서는 찢어질 듯한 요통이, 심장에서는 멎을 듯한 충격이 한꺼번에 쏟아졌다.

"하주야! 변하주!"

바닥으로 피가 뚝뚝 떨어졌다. 하주는 피범벅이 된 눈을 벅벅 문질러 닦았다. 손등에 검붉은 피가 묻었다가 금세 말라붙었다. 손가락을 오므렸다가 펼칠 때마다 굳은 피로 인해 손등 피부가 당기는 느낌이 불쾌했다.

"난… 집에 가야 해."

근덕은 뛰쳐나가는 하주의 손목을 붙잡으려 급히 손을 뻗었지만, 그의 손안에는 아무것도 남지 않았다. 문이 열리는 소리가 나지 않았지만, 하주의 모습은 이미 보이지 않았다.

멎지 않는 피가 시야를 가렸지만, 망설임 없이 걸을 수 있었다. 자석에 이끌리는 것처럼 자연스레 움직이다 보니 다리로 딛고 선 감각이 느껴지지 않았고, 감각이 느껴지지 않다 보니 걷는 게 아니라 해파리처럼 공중을 부유

하는 것 같았다. 두부 위를 걸으면 이런 기분일까. 엄마는 내가 전생에 물고기였을 거라고 생각했댔지. 덩치 큰 고래나 껍질이 딱딱한 거북이도 있는데 왜 하필 물고기였을까? 물고기는 너무 나약하잖아. 쥐똥만 한 떡밥에도 정신 못 차리고 달려들다 죽기 일쑤인걸. 피에 젖은 눈으로 보는 세상은 생경했다. 낯선 듯 낯설지 않은 구질구질함과 기름때에 전 도로의 냄새가 옳은 길로 가고 있음을 알려주었다.

옳은 길이 뭐지? 늘 가던 길이 옳은 길이라면, 가지 않은 길은 틀린 길이야?

억울함에 주먹이 떨렸다. 떨리는 주먹으로 눈가를 벅벅 비볐지만, 굳은 피딱지만 길가에 비늘처럼 떨어질 뿐이었다.

김치 얻으러 간다고 했던 엄마가 돌아올 때까지. 당구 치고 온다며 나간 아빠가 돌아올 때까지. 아빠 대신 집에 온 고모가 "이런 등신이 다 있나"며 등짝을 백 대 때릴 때까지.

도어록 비밀번호를 누른 기억도 없이 통과한 문. 중력

이 완전히 망가진 것처럼 엉망이 된 무게중심으로 인해 비틀비틀 들어서자 뜨악한 얼굴로 돌처럼 굳은 미자와 마주쳤다.

"뭐, 뭐야! 당신 뭐야! 어떻게 들어왔어!"

"왜 그랬어?"

손바닥으로 미자의 어깨를 내리치자 그대로 툭툭 밀렸다. 촉감이 이런 거였구나. 얼마 만에 느껴보는 감각인지. 그 묵직한 느낌이 우스워서 실실 웃음이 났다. 미자가 기절 직전의 얼굴로 주저앉는 게 보였다.

"왜 그랬냐고 묻잖아."

"겨, 경찰에 신고할 거야! 당신 뭐냐고!"

"내 폰 왜 훔쳐 갔냐고. 왜 신고도 안 하고 폰만 훔쳐서 나갔냐고!"

전자레인지에 돌린 반찬 용기의 열기를 빼낼 때처럼 쉭쉭거리는 소리가 들렸다. 미자가 앉은 채 오줌을 지리는 소리였다. 그 모습이 너무 웃겨서 허리까지 젖히며 웃음을 터뜨렸다.

"그거 갖다 팔아서 뭐, 도배 값이라도 벌려고?"

"…."

"내 폰 어딨어? 말해!"

화장대 서랍을 열려고 했지만, 손잡이가 잡히지 않았다. 큰일이다. 여기서 시간을 더 지체할 수 없다. 화장대를 발로 차서 넘어뜨리자, 서랍이 열리면서 물건이 쏟아졌다. 부서진 서랍 틈에서 휴대전화를 찾아 집어 들 때까지 미자는 자기가 지린 오줌을 닦지도 못한 채 덜덜 떨면서 나를 주시했다. 오늘 이 모습을 평생 잊지 않기를. 그게 네가 치를 죗값이니까. 내 얘기를 입에도 담지 못할 밤이 지속되기를.

"이 빌라, 당신 딸 이름이잖아. 선영빌라의 선영이."

"우, 우리 딸은…."

"난 우리 엄마의 물고기야. 난 속초에서 태어났어."

미자의 집을 통과해 다시 길을 나섰다.

난 돌아가는 길은 귀신같이 알고 있는 귀신이다. 달리고 싶은데, 점점 다리에 힘이 빠졌다. 더 늦기 전에 모든 걸 되돌려야만 한다.

"누구세요? 언니야?"

인기척을 느끼고 돌아본 사람은 목소리로 추정하건대

진주다. 피로 가득 찬 눈동자로 보는 세상이 점점 좁아졌다. 그 좁은 틈으로 요가 매트가 보였다.

아, 집으로 돌아왔구나. 그래, 여기가 내 집이다. 내가 영원히 돌아와야만 하는 곳.

"언니, 어디 갔다 왔어? 집에 와보니까 없어서 걱정했잖아."

고개를 돌릴 때마다 귀에서 물 흐르는 소리가 들렸다. 물속에 머리를 박고 있는 듯한 느낌에 세차게 고개를 흔들었지만, 점점 바닷속으로 잠기는 듯한 기분만 강해졌다. 진주에게 대꾸해 줘야 수상하게 보이지 않을 텐데, 말이 나오지 않았다. 혀가 딱딱하게 굳은 것 같기도, 흐물거리며 고정력을 잃은 것 같기도 했다. 진주의 목소리가 여기저기서 울렸다. 나는 기어코 공간감마저 상실한 상태였다.

"언니… 나 언니한테 물어보고 싶은 게 있어."

흐릿한 시야 너머로 진주가 가방을 뒤적이는 모습이 보였다. 아니, 들렸다는 게 더 맞는 표현이겠지.

"언니는 살아 있어?"

눈을 힘껏 부릅떠 보니, 진주 옆에 서서 무서운 표정으로 나를 노려보는 아름이 보였다.

아름이 왜 여기 있지?

"경찰관님. 저를 선무당이라고 저장하셨다고요?"

힘겹게 고개를 끄덕였다. 미세한 움직임에도 귓속에서 물 흐르는 소리가 다시 들려왔다. 멀미가 날 것 같았다.

"그래 놓고 왜 연락했대?"

몸에서 점점 힘이 빠졌다. 이렇게 가타부타 떠들 시간이 없는데…. 비틀거리며 자세를 고쳐보려 했지만, 통 속에 갇혀 허우적대는 물고기처럼 밖으로 나가지 못한 채 안에서만 격렬히 흔들리는 이질감에 기어코 구토가 올라왔다. 입을 벌려보았지만, 낚싯바늘에 걸린 물고기처럼 하염없이 뻐끔거리기만 할 뿐 나오는 내용물은 전혀 없었다. 먹은 게 없으니 나올 것도 없겠지.

"제발… 부탁드려요."

눈은 물을 잔뜩 먹은 이불처럼 무게를 지탱하기 어려울 만큼 무거워졌다. 겨우 눈을 떴을 때, 무릎을 꿇은 진주의 모습이 설핏 보였다.

"우리 언니 몸에서 제발 나가주세요."

"…어?"

"제발 부탁드립니다. 하주 언니를 돌려주세요."

달큼하면서도 비릿한 냄새가 코를 찔렀다. 언제 해둔 건지 내가 서 있는 자리를 빙 둘러 팥이 흩뿌려져 있었다. 거무죽죽하면서 끈적한 액체가 같이 있는 걸로 보아 피도 같이 뿌려진 것 같기도…. 웃음이 나왔다. 아름이 선 무당이 아니라 다행이었다.

물고기를 잡기 위해 던지는 투망처럼 팥 알갱이가 점점 숨통을 조여왔다. 물에 빠져 죽는 물고기가 있을까? 나는 마지막 남은 힘을 입술로 끌어모아 말했다.

"일어나."

"네?"

"이 손을 잡아."

온몸이 푸딩처럼 흐물거려 손을 뻗는 것조차 힘들었다. 진주가 일어나는 속도보다 내가 손을 뻗는 속도가 더 느렸다. 다행히도. 나는 이제 방법을 완전히 터득해 버렸다.

"넘어지지 않게 꽉 잡아줘."

"…."

"네가 언니보다 똑똑하네."

쓰러지기 직전, 진주가 하주의 몸을 덥석 끌어안았다. 두 사람은 나란히 요가 매트 위로 넘어졌다. 다행히 요가

매트가 도톰한 편이라 외상은 없었다. 하주는 그로부터
사흘 동안 깨어나지 못했다.

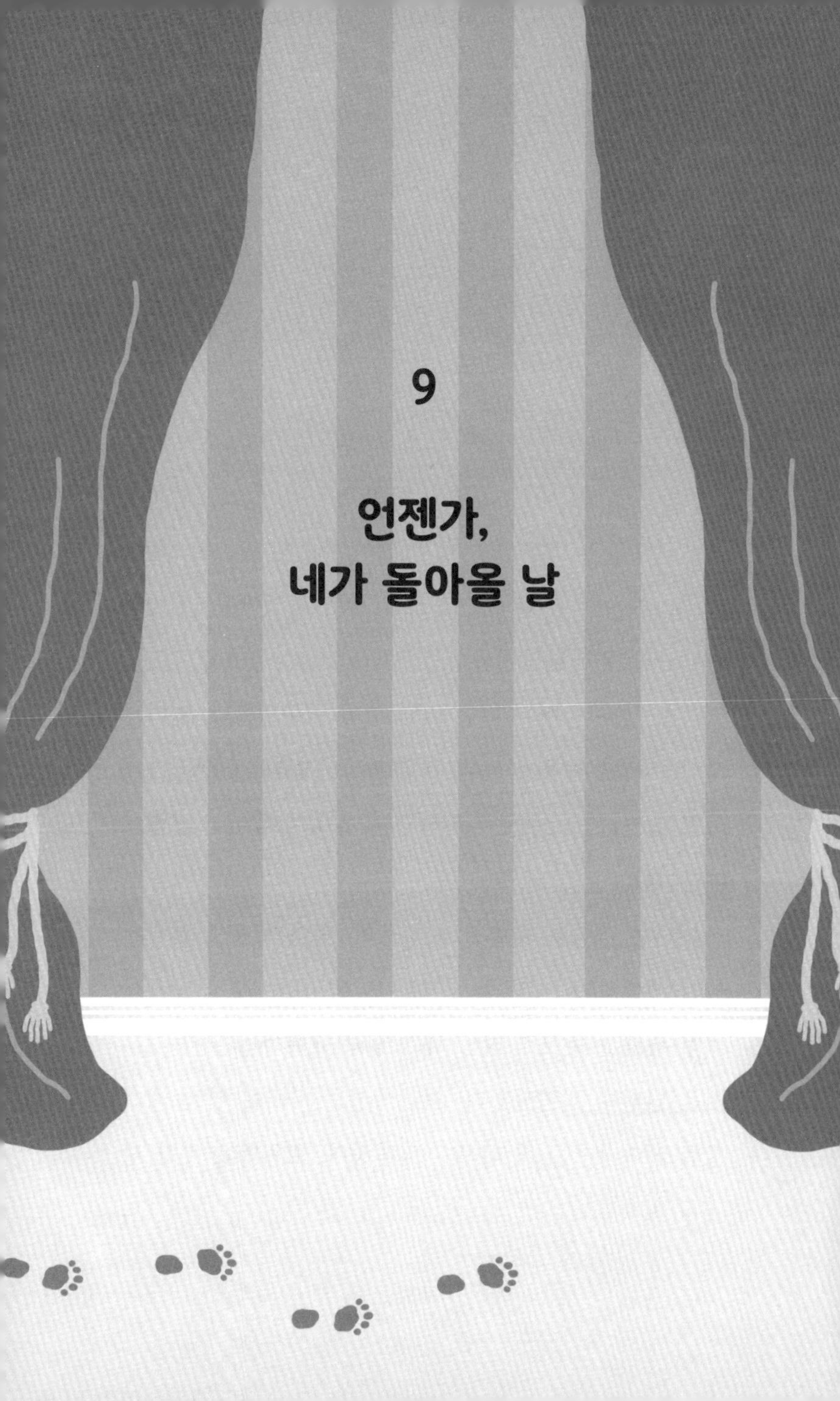
9

언젠가,
네가 돌아올 날

엄마가 아빠를 떠난 이유는 간단했다. 아빠를 더 이상 사랑하지 않기 때문이다.

혼자 남은 아빠가 나를 떠난 이유는 분명했다. 엄마가 자신을 떠난 이유가 불륜도, 경제적인 문제도 아닌 그저 사랑이 사라졌기 때문이라는 사실을 받아들이지 못했기 때문이다.

떠나는 것들은 호흡부터 다르다. 엄마가 사라지기 전까지 제대로 된 이별을 겪어본 적 없었던 나는, 마치 이별이 평생을 두고 익혀야 하는 필수 교육과정인 양 모든 것을 담담히 받아들였다. 한국에서는 나이에 맞는 커리큘럼을 따라가는 게 너무도 당연하다. 고등학교 수학 시간에 행렬을 배운다는 이유로 비명을 지르는 학생은 없다. 요즘은 초등학생이 고등학교 수학을 달달 외운 뒤 중학교에 들어간다지 않나. 나는 내가 겪은 일도 그런 과정 중 하나일 뿐이라고 생각했다.

내가 열다섯 살 때 엄마가 집을 나갔다. 나는 '이쯤이면 한 번쯤 이별을 겪게 되는군' 하고 받아들였다. 열다섯 살쯤이면 주위 친구들도 조부모가 돌아가시거나 부모님이 이혼하는 경우가 왕왕 있었으니, 인간은 15년쯤 살다 보면 소중한 무언가와 이별하는 게 당연한 일이라고 생각했다.

1년 뒤, 열여섯 살에 아빠마저 집을 나가버렸을 땐 첫 번째와 두 번째 이별의 간극이 너무 짧아 '선행 학습하는 과정이구나' 하고 생각했다. 그래서 당분간 내 인생에서 이별할 일은 없겠구나, 하는 지레짐작에 오히려 마음이 놓였다.

부모님에 대한 기억은 많지 않다. 학원을 다닌 적도 없고 친구도 많지 않았던 나는 학교에 있는 시간을 제외하면 늘 엄마와 함께였는데, 이상하게도 떠오르는 기억은 파편뿐이다. 그러나 그 파편들은 즐거움으로 가득했다.

찔려도 피 한 방울 나지 않는 날 선 조각이 아니라 밟으면 자박거리는 모래 같았고, 입안을 상쾌하게 하는 죽염 같은 결정체에 가까웠다. 내가 기억하는 엄마는 참 웃긴 사람이었다. 일부러 웃기려 애쓴 적은 없지만, 퉁명스러운 말투와 행동 하나하나가 다 웃겼다. 우스운 사람이라기보다는 함께 있으면 저절로 웃게 되는 사람이었다.

"에휴, 씨발. 저 남자랑 눈 맞았어야 하는 건데."

잘생긴 남자가 지나갈 때마다 엄마는 그렇게 중얼거리곤 했다. 엄마가 하는 욕은 너무 자연스러워서 욕처럼 들리지 않았다. 일종의 감탄사에 가까웠다.

"저 아저씨랑 사랑했으면 뭐가 달라져?"

"글쎄다. 해봤어야 알지. 안 해보면 아무것도 몰라."

우리가 지나가는 남자를 거리낌없이 품평했던 곳은 마당에 놓인 평상이었다. 속초 바닷가 근처에 자리 잡은 허름한 주택의 마당. 담장이 제주도 집처럼 낮았던 데는 엄마의 입김이 작용했을 거라고, 나는 철석같이 믿었다. 순진한 아빠는 아무 의심 없이 엄마가 해달라는 대로 해줬겠지. 그저 담이 너무 낮아 도둑이 들면 어쩌나, 하는 생각이나 하면서. 아빠의 걱정대로 도둑이 들긴 했다. 훔쳐

간 게 물건이 아니라 엄마의 사랑이었을 뿐.

"아빠랑 왜 결혼했어?"

"그것도 몰라. 그때의 나를 내가 어떻게 이해하겠니?"

"그럼, 지금의 엄마는 아빠를 좋아하지 않는 거야?"

담배를 길게 빨아들이던 엄마는 늘 그렇듯 고민하는 것도, 답을 뱉는 것도 느렸다.

"친한 동네 주민 같아."

"좋은 거 아닌가?"

"나쁘진 않지. 근데 그게 문제야. 나쁘지 않은 건 사랑이 아니거든."

욕설과 간접흡연에 무방비로 노출된 어린 시절의 나는 평상 위에서 두 다리를 흔들며 해맑게 물었다.

"사랑은 좋은 거야?"

"그게 뭐가 좋아."

"엄마는 좋지도 않은 사랑을 왜 중요하게 생각해?"

"난 몸에 나쁜 것만 좋아하잖아. 술이랑 담배처럼."

"나도 엄마 몸에 나빠?"

엄마는 느리게 고개를 돌렸다. 나는 바보같이 엄마가 나를 사랑한다고 굳게 믿고 저런 질문을 했지만, 냉정한 엄마는 나에게 말 대신 담배 연기로 만든 도넛을 날렸다.

"너 낳고 내 몸이 나빠졌어."

내가 아는 엄마는 언제나 현재진행형이었다. 나는 과거의 엄마에 대해 아는 게 하나도 없다. 대부분의 행동이 느릿했던 엄마는 내가 질문을 열 개 하면 일곱 개 정도는 혼자 고개를 돌리다 대답을 흘려버렸고, 두 개 정도는 단답으로 넘기다 한 개 정도만 문장으로 답해 주었다. 그 문장도 엄마의 기분에 따라 반 정도는 욕이나 담배 연기로 채워지곤 했다.

수요일의 나는 화요일의 엄마가 무엇을 먹고 싶어 하는지 몰랐고, 금요일의 나는 목요일의 엄마가 어떤 고민을 품고 있는지 몰랐다. 일요일의 나는 토요일의 엄마가 꿈꾸던 주말의 가족이 어떤 모습인지 전혀 알지 못했다. 뱃사람인 아빠는 일주일에 한두 번 집에 들를 뿐이었고, 적막한 집 안에서 가장 수다스러운 존재는 라디오였다. 엄마는 내 말은 안 들어도 라디오는 꼭 틀어두었고, 라디오 디제이의 선곡에 따라 기분이 오락가락했다. 엄마는 록발라드를 좋아했다. 네 앞에서 사라져 주겠다며 악을 쓰는 가사를 들으면서 엄마는 무슨 생각을 했을까.

“아유, 지랄 똥을 싼다야….”

죽은 너를 잊지 못한다며 높은 톤으로 울어 젖히는 노래를 들으며 엄마가 중얼거렸다.

“사랑 때문에 죽는 게 어디 쉽나. 넌 이런 거 듣고 배우지 마. 하등 쓸데없어.”

“응. 안 죽을게.”

“사랑 때문에 살지도 마. 그건 더 쓸데없어.”

가끔 엄마와 동네 시장에 갔다. 아빠가 춘천, 혹은 큰맘 먹고 서울로 쇼핑을 가자고 해도 엄마는 심드렁했다. 아빠는 뱃사람답지 않게 “요즘 여자들이 이런 브랜드를 좋아하더라” 하며 명품 가방이나 지갑을 사다 바쳤지만, 엄마는 느릿하게 입꼬리만 달싹일 뿐이었다. 장을 보는 동안 엄마가 다정하게 손을 잡아주는 일은 거의 없었다. 항상 내가 먼저 잡다가 초등학교 고학년이 되고 나서는 그마저도 하지 않게 됐다. 스킨십에 서툰 모녀는 결국 혹여 서로의 손이라도 스칠까 봐 제법 떨어져 걷는 지경에 이르렀다.

“슬지야, 저것 좀 봐.”

하루는 엄마가 신발 가게 앞에서 이런 말을 했다. 가게 앞 인도까지 진열된 신발과 박스를 잘라 대충 갈겨쓴 가격표가 뒤섞여, 전체적으로 요란한 모습이었다.

"우리 나이에 예뻐 보이는 것들은 꼭 만 원씩 비싸."

엄마의 손끝을 따라가자, 잠자리만 한 왕리본이 달린 샌들은 19,900원, 조금 점잖은 모양의 리본이 달린 샌들은 29,900원, 리본이 없는 평범한 모양의 샌들은 39,900원이었다. 엄마의 시선은 리본이 없는 샌들에 오래 머물렀다.

"그러니까 너도 나중에 돈 벌면 꼭 지갑에 만 원씩은 더 넣고 다녀. 만 원 때문에 덜 예쁜 거 사지 말고."

"응."

"그리고 봐봐. 저렇게 뭐가 막 주렁주렁 달린 건 오히려 더 싸."

"왜 그런 거야? 더 달린 게 비싸야 하는 거 아냐?"

엄마는 내 머리를 두 번 쓰다듬었다.

"간단한 게 제일 어려우니까. 치장하긴 쉬워."

그날 저녁, 나는 사흘 만에 집으로 돌아온 아빠에게 엄마의 취향에 대해 말했다. 엄마는 심플한 걸 좋아하는 것 같다고. 드디어 엄마의 취향을 알아낸 아빠는 곧장 시장으로 달려가 왕리본이 달린 것보다 2만 원이나 비싼 샌들을 사 왔다. 엄마는 저녁으로 김치볶음밥을 해주었다. 집에 얼마 남지 않은 김치 통을 탈탈 털어 넣은 볶음밥은 밥에 비해 김치 국물이 많이 들어가서 무척 짰다.

"으악. 엄청 짜다. 왜 김치를 다 넣었어? 좀 남겨두지."

"내일 얻어 올 데가 있어서 그래."

"어디?"

느리게 수저를 휘젓던 엄마는 내 질문에 아무런 대꾸도 하지 않았다. 엄마의 목소리를 들은 건, 그때가 마지막이었다.

아빠는 엄마가 자신을 떠난 게 고작 사랑이 식어서라는 사실을 좀처럼 받아들이지 못했다. 엄마가 떠나고 나서야 알았는데, 부모님은 서류상으로 진즉 이혼한 상태였다. 아빠의 일이 뜻대로 풀리지 않아 채무 문제에 시달려 서류상으로만 이혼한 거였다고, 술에 취한 아빠가 외쳤다. 다른 남자가 있는 게 분명하다며 온 집 안을 샅샅이 뒤지는 것도 모자라 나를 붙잡고 이리저리 흔들며 추궁하던 아빠는 제풀에 지쳐 나자빠졌다.

"엄마가 김치 얻으러 다녀온댔어."

울대까지 차오른 눈물을 찍어 누르며 겨우 뱉은 내 말에 아빠는 와하하 웃음을 터뜨렸다.

"씨발, 신발 사주면 도망간다더니….."

리본이 없는 39,900원짜리 신발을 신고 엄마는 어디로 갔을까. 엄마가 사라지자 아빠는 순식간에 망가졌다. 일도 나가지 않고 술에 찌들기 일쑤였다. 가끔 집으로 뱃사람들이 찾아와 고성이 오갔지만, 그들은 한숨만 남긴 채 돌아갔고, 이내 찾아오는 사람도 없어졌다. 아빠의 삶에 엄마가 그렇게나 큰 자리를 차지했었다는 게 놀라웠다. 엄마가 아빠의 일상을 지탱하는 기둥이었다는 게 도저히 믿기지 않았다.

평소에는 관심도 없어 보이더니, 아빠가 사준 명품 가방을 알뜰히 챙겨 사라진 엄마가 나는 그저 우습게 느껴졌다. 곁에 있을 때도 존재감이 크지 않았으니 없어져도 별다른 타격이 없을 거라고 여겼다. 그러나 실제로는 아니었다. 나는 너무너무 슬펐다. 돈만 주면 살 수 있는 명품 가방은 챙겨 가면서 자식인 나는 두고 간 엄마는 세상에서 제일 웃긴 사람이었다.

술에 찌들어 머리카락이 다 빠지고 이가 흔들거리던 아빠는 주위에 남은 친구도 없으면서 뜬금없이 당구장에 간다며 외투를 주워 입었다.

"밖에 더워."

얼마나 외출을 안 했으면 바깥 날씨를 모를까. 고등학교 진학을 앞둔 나는 아빠에게 짜증스레 쏘아붙였지만, 아빠는 흔들거리는 이 사이로 담배를 끼우고 그대로 나가버렸다. 용돈도 안 주고 술주정이나 부리는 아빠가 이대로 사라졌으면 좋겠다고 생각했다. 그리고 정말 기도가 통했는지, 아빠는 집으로 돌아오지 않았다. 나는 그렇게 열여섯 살에 혼자가 되었다. 정말 기가 막히고, 웃긴 이야기다.

1년에 몇 번 안 보는 고모가 집에 찾아왔을 때, 나는 파전을 부치고 있었다. 시장에서 산 파와 오징어, 당근을 넣고 맛있게 만든 반죽을 뒤집기만 하면 완벽했는데. 난데없는 고모의 난입으로 제때 뒤집지 못한 파전이 새까맣게 타버렸다.

"슬지야! 지금 파전이나 부치고 있을 때니? 너희 아빠

어디 갔어? 엄마는!"

"모르겠어요."

"아이고, 얘를 어떡하면 좋아…. 무슨 일이 있으면 어른을 찾아와야지. 혼자 이렇게 먹고살았니? 응?"

감당하기 힘든 일이 생기면 어른을 찾아가야 한다는 건 처음 듣는 소리였다. 부모님의 부재는 심리적으로도, 물리적으로도 늘 있었기에 감당하기 힘든 일은 아니었다. 어른이 친 사고를 중학생인 내가 버티고 있는 마당에 다른 어른을 찾아가고 싶지도 않았다. 나는 그저 담배 냄새가 나지 않고 술병이 굴러다니지 않는 지금의 집이 너무 좋을 뿐이었다.

아빠가 두고 간 현금은 770만 원이었다. 나는 거기서 일이만 원씩 빼서 쓰며 이 돈이 다 떨어지면 죽어야겠다고 생각했다. 지속 가능하지 않은 삶이었으니까. 하지만 고모의 개입으로 내 수명이 연장되었다. 나는 고모에게 아빠가 돈을 두고 갔다는 말을 하지 않았고, 고모도 파전 재료비의 출처를 묻지 않았다.

고모네 집은 춘천이었다. 자연스레 전학이 결정된 나를 눈물로 붙잡은 건 학교 친구 희영이었다.

"슬지야, 내가 엄마한테 말해볼 테니까 그냥 우리 집에서 같이 살면 안 돼?"

춘추복 소맷자락을 붙잡고 눈물을 흘리는 희영에게 나는 손을 맞잡는 대신 입을 맞추었다. 내 인생에 그 애의 눈물만큼 강렬한 사랑의 증표는 없을 것 같았다. 부모가 떠나고 한순간에 고아가 된 해, 나는 첫 키스를 했다. 이것도 생각해 보면 웃긴 이야기다. 사랑의 시작을 물리적인 헤어짐으로 출발한 우리는 꽤 오래 연락을 이어갔다. 어떤 날은 편지로, 어떤 날은 컴퓨터 메신저로, 고모부가 휴대전화를 사준 뒤로는 문자와 전화로 키스의 여운을 붙들었다.

하루 종일 네 목소리만 듣고 싶다.

희영이 뾰로통하게 중얼거리는 게 어찌나 귀엽던지. 살면서 손에 꼽을 만큼 행복한 순간 중 하나였다.

어떡하지? 라디오라도 할까?

엄마가 온종일 틀어놓던 라디오가 생각나서 가볍게 한 말이었는데, 희영은 좋다며 킬킬거렸다.

근데 라디오는 정해진 시간이 있잖아.
프로그램 끝나면 못 듣는 거 아냐?

                    하루 종일 하면 되지. 클래식 라디오처럼.

슬지 너 목 다 쉬겠다.

고모네 집에서 눈칫밥 먹으며 더부살이하던 시절, 나는 희영이 없었다면 버티지 못했을 것이다. 아빠가 남긴 770만 원, 고모 집으로의 이사, 그리고 윤희영. 이 세 가지는 엄마가 떠났을 때 끝났어야 할 내 삶을 이어준 소중한 것이었다. 고등학교를 졸업하자마자 나는 고모네 집을 떠나 서울로 갔다.

"독한 년. 키운 정도 없이 간다네. 느이 엄마 닮아서 그 딴 식으로 행동하나?"

내가 떠나던 날 고모는 이를 부득부득 갈며 악담을 쏟

아냈지만, 나에게는 전혀 상처가 되지 않았다. 우선 고모도, 고모네 가족도 나를 살갑게 대한 적이 한 번도 없었기 때문에 붙인 정이 없었다. 그리고 무엇보다 나는 엄마를 닮은 구석이 없었다. 그러므로 고모의 말은 완벽한 오류인 셈이었다. 옳지 않은 소리에 휘둘릴 여유는 속초에 버리고 온 지 오래였다.

수중에 남은 돈을 다 털어 보증금으로 사용하는 건 무리라고 판단한 나는 고시원으로 들어갔다. 희영과는 수능이 가까워지면서 연락이 뜸해지다가 완전히 끊겼다. '나 서울에 자리 잡았으니까 놀러 와'라는 문자 한 통만 보냈어도 다시 이어졌을지 모른다.

하지만 그러고 싶지 않았다. 내 인생을 3년이나 연장해 준 것만으로도 충분히 고마웠다. 희영은 대학에 갈 테고, 눅눅한 학교 구석에서 눈물 젖은 키스를 한 기억 따위 한낱 에피소드 정도로 여길 만큼 화려한 나날을 보낼 것이다. 나는 나대로 여러 알바를 전전하며 다음 달 월세를 버느라 숨 가쁘게 바쁠 테지. 하지만 부모님이 차례로 떠난 것보다 희영과 멀어진 사실이 더 뼈저리게 슬펐다. 엄마 말이 맞았다. 나쁘지 않은 건 사랑이 아니었다. 희영을 잃은 나는 오래도록 아팠다.

침대 하나 덜렁 놓인 고시원이었지만, 좁다는 생각을 거의 하지 않았다. 나는 언제나 인간이 필요 이상으로 과도하게 공간을 차지하고 산다는 생각을 했으니까. 살면서 꼭 필요한 공간은 몇 뼘 되지 않는다. 늘려 봐야 청소만 더 힘들어질 뿐이다. 돈을 아주 많이 번다고 해도 방은 딱 두 개까지만. 세 개가 넘는 순간, 방마다 뭘 둬야 할지 상상만 해도 어지러웠다.

나에게 필요한 건 지갑 속 만 원 정도의 여유였다. 고시원의 한 달 월세는 40만 원. 여성 전용으로 가려면 10만 원을 더 내야 했다. 엄마가 떠난 사이 물가가 많이 올랐다. 엄마는 "더 예쁜 건 딱 만 원 더 비싸다"고 했는데, 서울에서 내가 진짜 필요한 걸 얻으려면 최소 10만 원은 더 내야 했다. 눅눅해서 더 무겁게 느껴지는 이불을 덮고 조용히 울었다. 나는 아직 부모의 뒷받침이 절실했다. 방음이 되지 않아 소리 내 엉엉 울 수도 없었다. 들끓는 콧물을 애써 삼키고 누워 있으려니 벽지도 같이 울어주는 건지, 방 전체가 삽시간에 우글우글해졌다.

보증금이 모이면 여기보다는 조금 더 제대로 독립된 공간으로 갈 수 있겠지. 어른의 삶이란 참 우습다. 돈을 모아서 할 수 있는 게 맘 놓고 울 수 있는 공간을 찾아 떠나는 일이라니. 엄마가 왜 떠났는지는 여전히 모르겠지만, 확실한 건 엄마가 우는 모습을 한 번도 본 적이 없다는 사실이었다. 고시원에서는 김치와 밥을 무료로 제공해 주었다. 김치를 얻으러 멀리 갈 일이 없다는 건 제법 괜찮은 점이었다.

나의 하루는 바쁘게 돌아갔다. 오전 아르바이트, 오후 아르바이트, 일거리가 생기면 밤까지 일할 때도 잦았다. 일하지 않는 시간이 너무 아까웠다. 철저히 시급으로 계산되는 삶을 살다 보니 일을 하지 않는 시간만큼의 시급이 통장에서 빠져나가는 기분이 들었다. 내 시간의 주인은 내가 아니라 일인 것 같았다.

잠을 자는 게 무서웠다. 다섯 시간을 자면 일주일 치 식비가 날아가는 셈이었으니까. 잦은 불면에 시달렸다. 조그마한 소리에도 잠에서 깨곤 했고, 어쩔 땐 이불의 무게에 짓눌려 깨기도 했다. 새벽이 되면 냉장고는 더 거세게 울어댔다. 그래, 너라도 울어라.

잠들긴 글렀다는 결론이 나면 나는 이어폰을 끼고 라디오를 들었다. 팟캐스트는 내 입맛대로, 원한다면 하루 종일 재생할 수 있는 라디오 플랫폼이었다. 그때 어느 채널에서 보조출연자로 일하는 사람의 사연을 들었다. 보조출연자라니. 그런 일거리가 있었단 말이야? 사연자는 이 직업의 가장 큰 고충이 끝없는 기다림이라고 털어놓았다. 3초의 출연을 위해 현장에서 다섯 시간이고 일곱 시간이고 무한정 대기하는 게 너무 힘들다는데, 그 말이 나에게는 오히려 굉장한 장점으로 다가왔다. 3초를 출연하든 5초를 출연하든 대기하는 시간을 모두 시급으로 쳐준다니. 기다리는 시간을 돈으로 환산해 준다니. 열다섯 살에 집을 나간 엄마를, 열여섯 살에 덩달아 사라진 아빠를, 열아홉 살에 연락이 끊긴 희영을 아직도 기다리는 멍청한 내 인생이 처음으로 보상받는 기분이었다. 기다림이 영 값어치가 없는 게 아니라는, 기다리는 것만으로도 유의미한 무언가를 창출해 낼 수 있다는 믿음이 피어올랐다. 내가 병신처럼 사는 게 아니라는 걸 확인받는 데 목말라 있었구나. 그날 새벽 처음 자각한 스스로의 욕망이었다.

그때부터 시작한 보조출연자 일은 예상대로 적성에 잘 맞았다. 평범한 체격에 특별히 튀는 데 없는 인상이라 여기저기 써먹기 좋은지, 한번 인력풀에 들어가니 일이 계속 들어왔다. 최저시급이 곧 내가 해내는 노동의 값어치라 생각했는데, 최저시급보다 몇십 원이라도 더 받고 보니 기분이 그렇게 좋을 수 없었다. 최저시급이라는 단어에 붙은 '최저'라는 두 글자가 알게 모르게 음울한 느낌을 주었던 것 같다.

집결지는 대부분 여의도역이었다. 이른 아침, 비슷한 크기의 캐리어를 끌고 삼삼오오 모여드는 사람들의 외형은 나와 비슷했다. 어딘가 특징이 없는 얼굴에 지루함을 달래기 위해 온갖 물건을 챙겨온 사람들. 버스에서는 아무도 떠들지 않았다. 버스가 실어 나르는 곳에서 내렸다가 다시 타기를 반복하는 단조로운 일과였다.

촬영장에 내린 사람들은 일사불란하게 흩어졌다. 각자의 기준대로 시간을 죽이기에 가장 쉬운 장소를 찾아 나섰다. 여름에는 햇볕과 더위를 피하는 게, 겨울에는 추위를 피하는 게 최우선이었다. 내 캐리어 안에는 기다림과 싸우기 위한 나만의 물건들이 가득했다. 나름 보조출연자 연차가 쌓일수록 요령이 늘어갔고, 출근 전날 캐리어를 싸는 일은 진심으로 즐거운 의식이 되었다.

가끔 타이밍이 맞으면 촬영장에서 유명 배우를 볼 수도 있었다. 로맨스 장르의 드라마에서 사랑을 잃은 여자 주인공이 구슬프게 우는 장면이었다. 장르적인 호불호가 크게 없는 나였지만, 사랑을 잃었다는 이유로 엉엉 우는 사람을 보니 딱히 공감이 되지 않았다. '배가 불러서 저러네' 하며 뒤틀린 속으로 툴툴거리기만 할 뿐이었다. 얼마나 호사스러운 인생인가. 사랑은 언제나 떠날 준비를 하는데, 그 발걸음을 붙잡지 못했다는 이유로 세상을 다 잃은 듯 울 수 있다니. 생각이 거기까지 미치자, 아빠가 참 사치스러운 삶을 살았다는 결론이 섰다. 더 좋은 집으로 갈 생각은 하지 않은 채 사랑이랍시고 비싼 가방이나 사주고, 엄마가 떠났다는 이유만으로 자기 인생이 망가지든 말든 술이나 퍼먹는 한갓진 인생.

나도 저렇게 울 수 있는 날이 올까? 지금은 생리통에 허리가 꺾일 것 같아도 일을 쉴 수 없고, 누가 날 떠나갔다고 해서 주저앉을 틈도 없다. 감독이 컷 사인을 외치자 주변에서 박수가 터졌다. 배우의 연기를 칭송하는 휘파람 소리가 높게 이어졌다. 메이크업 담당 직원이 바쁘게 다가와 배우의 눈물 자국을 닦고 수정 메이크업을 했다. 모든 일이 일사천리였다.

다연을 만난 건, 보조출연자로 얻은 기다림의 시간을 모아 원룸으로 이사한 뒤였다. 최저시급에다 일거리도 매일 있는 건 아니었지만, 일 외에는 다른 외출을 일절 하지 않았기에 돈은 생각보다 빠르게 모였다. 유일한 외출은 저녁과 밤 사이에 동네를 산책하는 정도. 튼튼한 몸과 신발만 있으면 가능한 가성비 좋은 산책으로 버티고 버틴 끝에 원룸으로, 그것도 지상층으로 갈 수 있었다.

이사 당시 내가 최우선으로 고려한 점은 화구 개수였다. 인덕션이든 가스레인지든 최소 2구 이상은 될 것. 조금 더 욕심을 부려보자면 여의도역이 있는 노선의 지하철역 혹은 버스 정류장이 가까울 것. 김포공항역 부근까지 발품을 판 결과, 원하는 조건의 집을 구할 수 있었다.

경기도 외곽에서 수사물 촬영이 있던 날이었다. 보통 보조출연자가 많이 필요한 장르는 사극이나 오피스물인데 특이하게 수사물이라니, 호기심이 생겼다.

엄마는 여느 중년 여성들과 달리 드라마를 무척 싫어했다.

"흥, 웃기지도 않아. 드라마는 전부 다 가짜야. 이걸 절대 잊으면 안 돼. 가짜에 감정이 오락가락 흔들리면 안 돼. 거기엔 진짜가 하나도 없어."

콧방귀를 픽픽 뀌며 담뱃갑을 뒤적거리던 엄마에게 이렇게 말해주고 싶었다.

'엄마, 엄마가 가짜라고 했던 장면 속 한 명이 나야. 나는 진짜야. 나는 진짜로 살아 있어. 정말 저렇게 재수 없는 놈들과 한 공간에 있다니까. 엄마는 진짜 세상에서 제일 웃긴 여자야. 알아?'

이런 생각을 하고 있을 때, 옆에서 누군가 종이가 꽂힌 클립보드를 내밀었다.

"저기, 선생님…."

고개를 돌려보자, 강한 인상을 가진 여자가 인상과는 정반대로 자신감 하나 없는 표정을 지으며 우물쭈물 말을 흐렸다.

"여기 사인 좀…."

"아… 이거 소품인가요?"

여자가 내민 종이에는 '촬영 협조문'이라는 제목과 함께 촬영일시와 관할 경찰서의 지시를 최우선으로 따르겠다는 내용이 적혀 있었다. 경찰 근무복을 입고 있었기에 당연히 배우인 줄 알았다. 하지만 생각해 보면 소품팀이 현장에서 즉석으로 드라마에 쓰일 서류를 만든다는 건 말이 안 됐다.

"여기 관할 파출소 경찰관입니다. 저희 소장님이 여기에 사인받아 오라고 하셔서…."

"저는 현장 책임자가 아니라서요. 보통 캠핑 의자에 앉아 있는 사람들이 높은 분들이니까, 그분들께 말씀하셔야 할 거예요."

여자는 내 쪽으로 조금 더 다가왔다. 오른쪽 가슴께에 자수로 새겨진 '강다연'이라는 이름이 보였다.

"그냥 형식상 서류라서요. 아무 사인이나 받으면 되거든요. 제가 대충 다섯 명 정도 휘갈겼는데, 더 써먹을 필체가 없어서…."

나는 여섯 번째 칸에 내 이름과 휴대전화 번호를 적고 사인란에 이름을 한 번 더 적었다. 적고 보니 첫 번째 칸부터 다섯 번째 칸을 채운 필체가 모두 비슷해 보였다.

"제가 적은 건 진짜예요."

"와… 소슬지 배우님이셨구나. 감사합니다."

누가 나를 배우라고 부른 건 그때가 처음이었다. 보조출연자는 흔히 말하는 엑스트라 축에도 끼지 못했다. 한 마디라도 대사가 있다면 단역으로 분류되는 반면, 보조출연자는 주어진 대사 없이 주인공의 주위를 스쳐 지나가는 풍경 중 하나일 뿐이다. 주목받지도, 기억되지도 않는 사람. 어떤 작품에 나왔는지 본인을 제외하곤 아무도 알지 못하는 존재. 컷 사인이 떨어질 때까지 주인공 옆에서 커피를 쥔 채 지나가거나, 곧은 허리로 지하철 승강장을 반복해서 오르내리거나, 무슨 역을 맡든 그저 흘러가는 역할. 계속 떠났다가 돌아와도 '이제 왔냐'고 반갑게 인사해 줄 인연 하나 없는 보조출연자의 삶은 내 처지와 닮아 있었다. 나는 다연에게 살짝 웃어주었다.

"배우는 아니지만… 듣긴 좋네요."

"제 눈엔 슬지 배우님이 제일 예쁘세요."

그날 저녁, 촬영을 마치고 돌아가는 버스에서 모르는 번호로 문자가 날아들었다.

누구지? 촬영장 스태프인가? 나 같은 일개 보조출연자에게 따로 문자를 할 사람이 누가 있을까. 잠시 고민하던 찰나 문자가 하나 더 도착했다.

인생에서 가장 기뻤던 순간을 딱 세 개만 꼽으라면, 다연에게 문자를 받았던 그날이 마지막 세 번째를 차지할 것이다.

다연과 연애하는 동안, 나는 내가 알던 내가 아닌 것 같았다. 매일 새로운 나를 발견했고, 그게 어색해서 스스로와 내외하는 기분마저 들었다.

'성인도 이렇게 사소한 일에 상심할 수 있구나. 감기에 걸린 것도 아닌데 이렇게 코 막힌 소리를 낼 수 있구나. 둘만 할 수 있는 일이 이토록 즐거울 수 있구나…'

다연과 나란히 침대에 누워 있을 때면 10초 전의 행복이 너무 그리워져서 눈물이 찔끔 날 정도였다. 울먹거리는 나를 발견한 다연이 깜짝 놀라 일어나고, 우린 다시 엉겨 붙고, 그런 원초적인 행복이 숨 막히게 이어졌다. 좁은 원룸이었지만 침대 밖으로 나가는 일이 거의 없어서 남는 공간이 많아 보였다. 요리의 기쁨은 배가 되었다. 다연은 양손에 숟가락과 포크를 쥐고 접시에 코를 박을 듯 음식을 해치웠다. 어렸을 땐 먹성이 더 좋았다고 했다.

"먹은 게 다 키로 가서 다행이네."

"언니 때문에 키가 더 크겠어. 난 지금이 딱 좋은데."

어느 날, 둘이 함께 보던 뉴스에서 경찰관이 민원인에게 사적인 문자를 보냈다는 내용이 보도되었다.

"저거 네 이야기 아니야?"

내가 웃으며 팔꿈치로 다연의 옆구리를 쿡 찌르자, 다연은 머쓱한 얼굴로 머리를 긁적였다.

"언니… 신고 안 해줘서 고마워."

다연은 나를 더 자주 보고 싶다며 경기북부청에서 서울청으로 근무지를 옮겼다. 나를 언제 봤다고 이렇게 맹목적으로 행동하나 싶은 걱정도 들었다. 지금껏 누려보

지 못한 행복 앞에서, 나는 어색하게 가시를 세우는 일밖
에 하지 못하는 못난이였다. 가정교육의 부재 탓이라고
해야 할까.

"근데 서울청으로 가면 바로 기동대부터 가야 해. 의무
발령이거든. 군대도 아니고… 강제로 가는 거 싫다."

"그럼 옮기지 마. 싫은데 뭐 하러 해."

"아잇! 기동대보다 언니를 자주 못 보는 게 더 싫어."

무슨 선택을 하든 항상 저울로 무게를 재고 따져보는
게 다연의 습관이었다. 하다못해 '저녁으로 마라탕을 먹
을까 말까' 같은 단순한 고민도 이익과 손해를 진지하게
따졌다. 그리고 그 저울이 내 앞으로 다가올 때까지, 꼬박
2년이 걸렸다.

"언니랑 이제 그만 만나는 게 낫겠더라고."

다연은 처음 만났을 때처럼 머쓱한 얼굴로 자신의 계
산이 이렇게 끝난 이유를 더듬더듬 읊었다. 결론은 다른
무언가에 비해 내가 줄 수 있는 게 적어졌다는 것이었다.

"나 요즘 적금도 열심히 들고 있어. 알잖아."

나답지 않은 말이 입에서 튀어나오기 시작했다. 딱

20년 전 유행했던 가사처럼 촌스럽기 짝이 없는 하찮은 말들이었다.

"내가 뭐, 언니 돈 때문에 이러는 거 아니잖아. 애초에 언니가 번 돈인데 뭐 하러 나한테 말해?"

"서른 다 되어가는데 계속 아르바이트만 하는 거, 안 좋게 보이는 거 알아. 근데 난 워라밸 챙기고 싶어서 아르바이트하는 게 아니야. 단순히 내 일을 부르는 명칭이 아르바이트일 뿐인데…."

고개가 무거워졌다. 눈에 차오르는 눈물의 무게 때문인 것 같았다.

"됐어. 그런 문제가 아니잖아."

"그럼 문제가 뭔데?"

"말한다고 해결될 거였으면 진작 해결했지. 언니랑 나랑 만난 지 2년이 넘었는데."

"왜 그렇게 뾰족하게 말해? 해보긴 했어?"

"해봤자 뭐가 달라져? 언니가 바꿀 수 있는 문제가 아니야."

더는 고개를 들 수 없었다. 볼 낯이 없다는 게 정확한 표현이었다.

"…나 갈게."

다연이 느릿하게 몸을 일으켰다. 집이 빌어먹을 원룸이라, 키만큼이나 길쭉한 다연의 다리로 현관까지 가는 건 너무도 순식간의 일이었다. 이 집이 투룸이었다면, 10평대였다면, 거실이 널찍했다면, 현관에 중문이 설치되어 있었다면, 다연이 조금 더 느리게 나를 떠날 수 있었을까. 집이 너무 좁아서 붙잡을 추억도 없었던 걸까. 그런 비참한 생각이 덮쳐왔다.

사실 나도 내가 얼마나 멍청하게 살고 있는지 안다. 구질구질하기가 이루 말할 데 없는 수준이라는 것도 알고 있었다. 내가 물욕이 없어서 고시원에서 몇 년간 버텼던 게 아니잖아. 몸을 뒤척일 때마다 책상과 한 칸짜리 옷장에 찍힌 정강이의 멍이 아직 선명한데. 옷을 아무리 빨아도 그때 밴 쉰내가 여전한데. 일하는 식당의 사장님이 젊은 아가씨가 옷 좀 사 입으라고 장난칠 때마다 마지막으로 옷을 산 게 언제였는지도 기억나지 않는 스스로가 참을 수 없을 만큼 구질구질한데. 내 처지에 멀쩡한 공무원 여자 친구가 어울리지 않는다는 걸 대한민국에서 내가 제일 잘 아는데. 책임감 없는 부모지만, 그래도 유일한 가족이라고 여전히 보고 싶은데. 서러움에 눈물이 폭포수처럼 쏟아졌다. 입에서는 다연을 만나면서 아니, 살면서 단 한 번도 들어보지 못한 울음소리가 터져 나왔다. 둥지를 잃은 짐승의 울음소리 같기도 하고, 모든 걸 잃은 피난민의 절규 같기도 했다.

이대로는 더 이상 살고 싶지 않아. 이대로는.

다연을 만나기 전까지 나는 최대한 일찍 죽고 싶었다. 자살하고 싶었던 건 아니지만, 그렇다고 지지부진하게 목숨을 연명하고 싶지도 않았다. 더는 살 이유가 없다고 생각했다. 사실 고모 집에 얹혀살 때부터 그런 생각을 했다. 부모도 귀찮다고 버린 나니까. 여기저기 눈칫밥 얻어먹으며 살다가 스스로에 대한 존중마저 사라지기 전에 떠나자. 어디로든. 그런 막연한 결심이 있었다.

하지만 희영이 있어 3년을 버틸 수 있었다. 성인이 되면 만나서 술도 마시고 여행도 가자는 한마디. 남들이 보기엔 너무도 당연한 미래에 대한 약속으로 버틴 3년이었다. 나에겐 그 정도의 미래도 없었으니까. 엄마한테서 내일은 무슨 음식을 만들어줄게, 라는 말은 들어본 적이 없었다. 요번 주 토요일엔 아빠 꼬셔서 어디 놀러 가자, 혹은 다음 겨울엔 스키장을 가자, 라는 말도. 내일을 기대할 만한 어떤 말도 들어본 적이 없었다. 내일을 기대하는 감각이 없는 아이가 '내일'을 꿈꾸는 건 불가능했다. 내일은, 요번 주 토요일에는, 다음 겨울에는 무엇을 기대하며 살아야 할까.

나에겐 언제나 오늘뿐이었다. 오늘, 끝나지 않는 오늘, 고모부의 은근한 눈빛을 감당해야 하는 오늘, 사촌 동생의 힐난을 모르는 체해야 하는 오늘, 개인적인 공간이라곤 없이 이불을 덮어쓰고 숨 죽여야 하는 오늘, 죽고 싶을 만큼 외로운 오늘. 언제나 오늘뿐이었다. 오늘밖에 없는 삶에서 시간은 엿가락처럼 늘어진 채 온몸에 들러붙어 지독히도 느리게 흘러갔다.

성인이 되고 돈을 벌기 시작하면서 목숨은 아주 조금씩, 빗방울이 흐느적거리며 지면에 스며드는 정도의 속도로 연장되었다.

스물한 살 무렵, 가만히 서 있기만 해도 땀이 줄줄 나는 한여름날이었다. 스무 살 때부터 일하던 닭갈비 집 사장님이 퇴근하려는 나에게 묵직한 종이 가방을 건넸다.

"요새 복숭아가 그렇게 맛있더라? 지금이 제일 맛있으니까 제때 챙겨 먹으라고."

"여름에 복숭아가 맛있어요?"

사장님은 내 팔뚝을 치며 장난스레 웃었다.

"아유, 그럼! 암만 비닐하우스가 있대도 제철은 못 따라와. 부지런히 먹어둬야 해!"

복스럽게 털이 숭숭 난 복숭아 네 알. 주먹보다 큰 복숭아 네 알이 종이 가방을 꽉 채우고 있었다. 나는 고시원 방에서 커터 칼로 대충 복숭아 껍질을 벗기고는 한입 가득 깨물었다. 과즙이 사방으로 튀었다. 좁은 방 안에서 터진 과즙이 튀어 올라 책상과 침대를 동시에 적셨다. 이게 제철 과일이구나. 복숭아가 이렇게 달 수 있구나. 남들은 이 맛있는 걸 부지런히 챙겨 먹고 사는구나. 다음 여름까진 살아 있어도 괜찮겠다. 내년 여름엔 한 달 내내 복숭아를 먹을 수 있도록 부지런히 돈을 모으자. 이 정도 목표만 있어도 사람이 살아갈 힘이 생기는구나. 사는 게 생각보다 별거 아닌 일이 될 수도 있겠다. 근데 나한텐 그 별거 아닌 일이 왜 이렇게 어렵지?

그렇게 찾아 나선 제철 식재료들은 나에게 내일, 이번

주 토요일, 다음 겨울을 선물해 주었다. 나는 1월의 당근과 2월의 냉이, 3월의 미나리, 4월의 두릅을 챙겨 먹으며 조금씩 버텼다. 그렇게 연장된 호흡으로 만난 게 다연이었다. 다연을 만난 뒤 나는 제철 식재료 대신 시절 인연에 잔뜩 의지해 살아왔다. 내일도, 모레도 내 곁에 있을 다연이었다. 내가 열심히 일하다 보면 원룸에서 투룸으로, 구축이라도 역과 가까운 빌라로 옮기고 운 좋으면 캠핑하러 다닐 만한 작은 차도 살 수 있지 않을까. 갖은양념이 더해졌다. 심심한 채소만 먹다가 MSG가 잔뜩 들어간 음식을 먹으니 정신을 차리기 힘들었다.

"널 만나기 전에 어떻게 살았는지 기억이 안 나."

그랬던 다연이 떠났다.

"과거는 내려놓고, 앞으로 살아갈 즐거운 날들에 대해 생각하자."

그랬던 사람이 내가 살아갈 이유를 몽땅 가져가 버렸다. 내가 사는 이유를 모조리 가져가 버린 너를 원망해야 할지, 지금까지라도 살게 해줘서 고맙다고 해야 할지.

엄마 말이 맞았다. 사랑 때문에 사는 게 아니었다. 그건 세상에서 제일 쓸모없는 짓이었다.

하지만 우리가 나눈 시간은 진짜였는데. 그 시간을 공유할 사람이 사라지자, 다연과 함께했던 모든 순간들이 가짜가 되어버린 것 같았다. 엄마의 세상에 진짜는 없다는 말도 비로소 이해되었다.

다연이 떠난 후, 나는 붙잡을 게 일밖에 없었다. 미친 듯이 일을 했다. 최대한 몸을 혹사하는 쪽으로. 팟캐스트를 녹음하거나 편집하는 일도 다 제쳐두고 새벽부터 물류센터에 가서 저녁 잔업까지 마치고 버스에 실려 오는 게 일상이 됐다.

끝까지 끈을 놓지 않은 건 요리였다. 몸이 비명을 지르는 듯해도 퇴근하고 돌아오면 자정이든 새벽이든 도마 앞에 섰다. 여전히 다연까지 먹을 수 있을 만큼의 요리를 했지만, 그 음식들을 먹을 시간도, 함께 먹을 사람도 없어 그저 쌓여만 갔다.

시작은 코피였다. 그러다 코피를 흘리는 시간이 점점 길어지면서 현기증이 왔고, 급기야는 컨베이어벨트 앞에서 휘청거리다 쓰러졌다. 함께 분류 라인에서 물건을 나누던 아주머니가 제일 먼저 달려왔다. 하루 종일 나란히

서서 일하며 종종 대화를 나누면서도 정작 나는 이름조
차 몰랐던 아주머니였다.

"슬지야! 괜찮아? 얘! 슬지야!"

내가 쓰러지는 동안에도 컨베이어벨트는 멈추지 않았
고, 라인이 밀리자 벨트 위 물건이 바닥으로 쏟아지기 시
작했다. 이 일로 아주머니는 팀장에게 불려 가 큰소리를
들었다고 했다. 팀장은 내가 쓰러진 당일, 나를 해고했다.
괜히 작업장에서 죽었다간 뒤처리가 곤란하다는 이유였
다. 정규직도 아니었으니 정식으로 해고 통보를 받을 방
법도 없었다. 팀장은 건강한 애들은 차고 넘치니 굳이 폭
탄을 안고 갈 이유가 없다는 말도 덧붙였다.

"슬지야! 너 정말 괜찮아?"

작업장에서 쫓겨날 때 나를 불러 세우던 아주머니를
아직도 기억한다.

"여사님, 라인 이탈하시면 어떡해요? 팀장님이 알기
전에 얼른 들어가세요."

아주머니는 그새 거칠어진 내 손을 더 거친 손으로 싹
싹 문지르며 눈시울을 붉혔다.

"슬지야, 당장 형편이 어렵더라도 병원은 꼭 가봐. 우

리나라 잘사는 나라다. 이것저것 지원해 주는 게 많을 거야. 요새 보건소에서 공짜로 해주는 검사가 많대. 젊은 애가 여기서 이러고 있지 말고."

복숭아를 쥐여주던 사장님과 손을 잡아주는 아주머니 사이에 왜 우리 엄마는 없었던 걸까? 우리 엄마도 밖에선 이렇게 다정한 사람으로 둔갑했을까?

"여사님이 우리 엄마면 좋겠어요."

나도 모르게 튀어나온 진심을 듣고, 아주머니는 아주 크게 울어주었다. 장례식장에서 문상객들이 왜 상주를 따라 우는지 알 것 같았다. 어떤 울음은 도리어 위로가 되기도 했다.

고심 끝에 찾아간 병원에서 정밀 검사를 권했다. 피곤하다는 이유로 병원을 가려니 어느 과를 가야 할지 몰라 그냥 집 근처 내과에 들러 받은 처방이었다. 단순한 과로로 보긴 어렵고, 피검사 결과 수치가 좋지 않으니 다른 검사를 더 해보자고 했다. 병원을 나오면서 '과연 인간이 오래 사는 게 당연한 일인가?' 하는 의문이 들었다.

100세 시대라곤 하지만, 인간이란 영장류의 본질은 예나 지금이나 같다. 의학의 도움으로 꾸역꾸역 수명을 연장했을 뿐, 관리를 하지 않으면 일찍 죽는 게 자연스러운 일이다. 실제로 소득 수준이 낮은 국가의 평균 수명은 우리나라와 비교도 되지 않을 만큼 낮으니까. 그러니까 다른 사람보다 삶의 수준이 낮은 나도 그다지 오래 살 팔자가 아니라는 결론에 도달했다. 이후 나는 병원으로 돌아가지 않았다.

샤워하려고 옷을 벗었다. 잘 먹지 않으면서 일을 많이 해서 그런지 몸이 비쩍 말라 있었다. 배달을 시켜 먹을까. 냉장고에 쌓인 음식이 많은데 가볍게 햇반 하나만 사서 집밥을 먹을까. 상하기 전에 먹어야 하는데. 먹성 좋은 다연이 해치우는 속도에 맞춰 만들어둔 반찬이다 보니, 나 혼자 소진하려면 몇 배는 더 부지런히 먹어야 했다.

하지만 먹어서 뭐 해. 나에게 내일이 있어? 이번 주 토요일이 있어? 다음 겨울이 있어?

그때, 냉장고에 붙은 메모가 보였다.

12일 뒤. 월세 입금.

18일 뒤. 광주 촬영. 여의도역에서 7시 출발.

2,917일 전. 엄마가 떠난 날.

언젠가. 걔가 돌아올 날.

어느 날부터 메모를 할 때 정확한 날짜를 적지 않는 게 습관이 되었다. 어차피 공과금 납부일이나 출장을 가는 날은 몸이 기억하고 있으니 디데이 같은 건 아무렇게나 적어도 무방했다. 무엇보다 '12일 뒤'라는 표현은 내일 봐도, 이번 주 토요일에 봐도, 다음 겨울에 봐도 12일 뒤였다. 결코 도달하지 않을 미래였다. 이런 방식의 메모는 위로가 되었다. 언제 돌아보아도 아직 당도하지 않은 미래라면, 내 앞에 그런 날들이 숱하게 밀려 있다면, 그걸 바라보는 것만으로도 며칠은 더 살 수 있지 않을까, 하는 값싼 발악이었다.

화장실로 가는데 다시 다리가 꼬이고, 머리가 무거워지면서 세상이 어지럽게 돌아갔다. 발가락에 힘을 꽉 주고 몇 걸음을 더 내디뎠다. 샤워기를 켰다. 차가운 물줄기를 맞으면 정신이 좀 들지 않을까 싶었는데, 무릎이 앞으로 꺾이더니 그대로 엎어져 버렸다. 팔다리에서 힘이 쭉

빠졌다. 샤워기에서 흘러내린 물이 코로 밀려 들어오자, 정신이 혼미해졌다. 허우적거리는 몸통이 처량했다.

점점 눈이 감겼다.

"엄마…."

내가 살면서 뱉은 마지막 말이 '엄마'라는 걸, 우리 엄마는 알까.

얼마나 누워 있었는지 기억나지 않았다. 다만, 코를 뚫는 지독한 냄새에 정신을 차렸을 뿐이다. 기분이 이상했다. 분명 샤워 도중 화장실에서 쓰러진 것 같은데. 코를 찌르던 물줄기는 어느 순간 느껴지지 않았고, 그 자리를 냄새가 대신했다. 뭐지? 휘청거리며 축축 늘어지던 몸도 솜사탕처럼 가벼워졌다.

시선을 돌렸을 땐 웬 여자가 나를 보고 경악하고 있었다. 다연과는 다른 근무복을 입은 경찰관. 귀신도 정신 차리게 하는 똥 냄새의 주인공. 그게 변하주라는 여자의 첫 인상이었다.

몸이 솜사탕처럼 가벼워졌다는 말은 곧 물에 닿기만 해도 사라질 수 있는 나약한 존재가 되었다는 뜻이었다.

발밑에 내가 죽어 있었다. 그게 죽음에 대한 내 첫인상이었다.

몸과 영혼이 분리된 걸 보면서 '아, 내가 죽었구나' 하고 판단했을 뿐, 확신할 수 있는 단서는 없었다. 죽음에 대한 매뉴얼은 듣도 보도 못했다. 내가 하주를 따라간 건 하주에게 나와 연결된 어떤 실마리가 있을 거라는 막연한 믿음 때문이었다. 인간의 똥 냄새가 아무리 지독하다고 해도 몸과 영혼을 분리할 정도의 초월적인 힘은 없을 텐데, 하주는 그걸 해냈으니까. 연결 고리가 똥 냄새라서 다소 괴상할 뿐이지 정말 중요한 건 따로 있을 것 같았다. 죽은 내 몸을 발견한 하주는 손에 비누칠하고는 새가 날갯짓하듯 손바닥을 퍼덕이기 시작했다. 비누 향으로 똥 냄새를 가려보려는 심산 같아 웃음이 터졌고, 그 웃음은 곧 내가 처한 상황의 심각성을 가늠할 기준을 무너뜨렸다. 하주를 지켜보는 것 말고 내가 할 수 있는 일이 없기도 했지만, 어쨌든.

대충 냄새를 없앤 하주는 문을 열었고, 곧 하주와 함께 일하는 중년의 남자 경찰관이 내 몸을 확인했다. 남자에게 알몸을 보이게 될 줄은 몰랐는데, 낯 뜨거웠다. 남자 경찰관이 내 눈꺼풀을 뒤집고, 입술을 벌리고, 손바닥과 손톱을 살피는 동안, 하주는 그 모든 과정을 카메라로 담았다. 눈빛이 제법 진지했다.

그러고 보니 마지막으로 셀카를 찍은 적이 언제였더라? 다연과 헤어진 후 셀카를 찍은 적이 한 번도 없었다. 내가 정말로 죽은 게 맞다면 영정 사진은 어떤 걸로 해야 할까. 내 사진은 나보다 다연이 더 많이 갖고 있을 것 같은데, 걔한테 연락이 갈까? 나는 가족도 없으니, 우리가 사귀는 사이였다는 걸 아는 사람은 강다연 한 명뿐이었다. 다연은 주위에 커밍아웃하지 않았다. 직업이 경찰공무원이라 더욱 조심스러워했고, 나는 친구도 가족도 딱히 없었기에 다연이 커밍아웃을 하든 말든 아무런 상관이 없었다. 우리 둘의 일은 너와 나만 알면 된다고 생각했는데. 네가 떠나고, 이제 나도 없으니 우리가 나눈 시간은 누가 추억해 주려나. 그런 생각을 하니 씁쓸했다. 할 수 있을 때 사진을 찍고 영상으로 기록해 둘걸. 문자가 없던 시대의 사람들이 풍경을 그림으로 남긴 이유가 무엇인지, 태초의 인류가 가졌던 기록 욕구가 어디서 기인했는지를 죽고 나서야 이해하다니.

"집에 아무것도 없네."

남자 경찰관이 중얼거렸다. 7평짜리 원룸이지만 나의 모든 것이 담겨 있는 곳이었는데, 남들 눈엔 저런 푸념 한마디로 정리되는 모양이었다. 하지만 집에 아무것도 없긴 했다. 꿈도, 희망도, 사랑도, 그리고 이젠 나까지.

집 내부 사진을 열심히 찍던 하주의 시선이 머무른 곳은 내 책상이었다. 책상 위 녹음 장비를 보니 미처 끝맺지 못한 팟캐스트가 떠올랐다. 다음 화를 기다리는 청취자가 있기는 할까. 잘 듣고 있다, 다음엔 이런 주제를 다뤄달라는 댓글이 가뭄에 콩 나듯 달리긴 했지만… 업로드가 뜸해지면서 그마저도 사라진 지 오래였다. '초라한 마음' 채널이 나의 죽음으로 끝이 나다니. 이렇게 끝까지 초라해도 되는 거야?

내 손에는 물건이 잡히지 않았고, 다른 사람에게 내 목소리도 들리지 않는 것 같았다. 하주 뒤를 따라다니며 큰 소리를 내보았지만, 아무도 돌아보지 않았다.

결국 나는 하주가 모는 스타렉스까지 따라갈 수밖에 없었다. 나와 나이가 비슷해 보이는 하주는 반장이라는 사람에게 싹싹하게 대하며 잘 웃었다.

나는 본의 아니게 하주와 함께 당직을 서는 꼴이 됐다. 사무실에 도착한 하주는 우리 집에서 찍은 사진에 하나하나 설명을 달아 문서로 만들고, 감식 보고서를 작성했다. 그동안 반장이라는 사람은 야식을 먹거나 휴대전화로 주식 창을 보거나 라꾸라꾸 위에서 쪽잠을 잤다.

새벽에도 신고가 끊이지 않았다. 다음 사건에서는 반장이 하주가 하던 일을 했고, 하주는 의자 위에서 쪽잠을 잤다. 그렇게 번갈아 쉬며 밤을 새워 일하는 시스템인 듯했다.

나도 자고 싶었다. 오늘 너무 많은 일이 일어났다. 하지만 잠을 잘 수 없었다. 애초에 잠을 잔다는 감각 자체를 송두리째 잃어버린 것처럼, 나는 잠에 들지 못했다. 한두 시간을 설지고서야 귀신은 잠을 잘 수 없다는 결론에 도달했다. 귀신이 왜 외로운지 단박에 알 수 있었다. 잠을 자지 못하기 때문에. 긴긴밤을 혼자 뜬눈으로 보내야 하기에.

아, 지독한 고통이 다시금 찾아왔다. 내 삶에 오늘만 존재하던 시절로 돌아간 것 같아 역겨움이 몰려왔다. 오늘, 오늘뿐이다. 죽은 채 발견된 오늘, 건조한 문장으로 내가 일군 둥지가 오염되는 모습을 봐야 하는 오늘, 잠들지 못하는 오늘, 물건을 쥐지도 소리를 내지도 못하고 구천을 떠도는 귀신이 되어버린 오늘.

내일이 온다고 달라질까? '못 잔 잠은 죽어서 잔다'는 말은 싹 다 거짓말이었다. 죽음은 그냥 죽음일 뿐, 살아 있을 때 못다 한 뭔가를 할 수 있는 여가 시간이 절대 아니었다. 멈추지 못한 생각은 내가 가장 불행했을 때를 일곱 번쯤 복기하고 나서야 겨우 끝났다. 물론 잠이 들어서가 아니라, 하주가 퇴근할 시간이 되었기 때문이었다.

하주의 이름은 반장의 말을 유추해 알게 되었다. 변하주라는 이름의 여자는 사무실을 나오자마자 에어팟을 꼈고, 집에 도착할 때까지 단 한 번도 빼지 않았다. 무슨 노래를 듣고 있을까? 문득 그런 궁금증이 들었다.

나는 남에게 관심을 가져본 적이 별로 없었다. 사는 게 너무 버거웠으니까. 오늘뿐인 내 삶에서 남까지 돌아볼 여유는 없었다.

돌이켜 보면 스스로에게도 집중하지 못하며 살아왔다. 내가 무슨 꿈을 가지고 있었는지, 진짜 원하는 게 무엇이었는지, 팔자가 사납다는 평계로 그냥 되는대로 산 건 아니었는지. 생전 처음 보는 여자의 뒤를 따라다니며 지난 삶을 반추하는 동안, 내 몸은 점점 불쾌할 정도로 투명해 졌다. 씻을 때 말고는 거울을 보지 않았고, 셀카를 찍는 버릇도 없었던 나는, 내 모습을 빠르게 잊어갔다. 거울에 비치지 않아 내가 어떻게 생겼는지 떠올릴 수 없었다. 내 눈이 어디쯤 달려 있었더라. 눈썹은 숱이 많은 편이었나? 입의 크기는 얼마만 했지?

빠르게 사라지는 기억들이 낯설었다.

하주의 집은 내가 사는 원룸과 크기와 구조가 거의 동 일했다. 전자레인지 위에 음식물 쓰레기봉투와 생활 쓰 레기가 쌓여 있는 걸 보니 요리는 아예 하지 않고 사는 듯했다. 퇴근한 하주는 간단한 세안을 마치고 거실 바닥 에 눕더니 그내로 잠들었다. 요가 매트기 있는데 왜 그 위에서 자지 않고. 이층 침대도 있는데 올라가서 잘 것이 지. 바닥에서 자면 허리 배길 텐데. 요가 매트가 꽤 도톰 해서 편할 것 같은데. 퇴근하고 잠들 때까지 단 한 마디 도 하지 않은 하주에게 묘한 동질감이 느껴졌다.

"…경찰관님."

함께 잠들지 못하는 나는, 그때부터 계속 쭈그려 앉은

채로 하주를 불렀다.

혹시 영원히 내 목소리가 들리지 않으면? 그래서 누구에게도 알려지지 않은 채 완전한 귀신으로 이승을 떠돌면 어떡하지?

그런 걱정을 부러 하진 않았다. 막연한… 아주 막연한 희망이었지만, 왠지 하주가 내 말을 들어줄 것만 같았다. 그 실낱같은 희망에 기대보기로 했다. 지금껏 아무런 희망도 없이 살아온 나에겐 실낱같은 희망이 곧 확신으로 보였으니까. 초라하게 흔들거리던 목소리에 점점 힘이 실렸다.

그렇게 하주와의 동거가 시작됐다. 하주와 머리를 맞대고 의논한 결과, 지금 내 상태는 〈전설의 고향〉에 나오는, 소위 '구천을 떠도는 한 많은 영혼'쯤으로 결론지어졌다. 그리고 하주가 이 황당무계한 결론을 진심으로 받아들이는 데까진 딱 3분이면 충분했다.

"돌겠네. 이게 뭔 일이래."

혼자 중얼거리던 하주는 그때부터 구마, 퇴마, 영혼 달래기, 저승 가는 법 등 다양한 단어를 조합해 유튜브와

네이버에 검색하며 눈앞에 닥친 문제를 해결하기 위해 애썼다. 여러모로 체력이 넘치는 사람 같았다. 나와 동갑이라고 했다. 우리가 다른 어느 곳에서, 그러니까 내가 살아 있을 때 이승의 어딘가에서 만났다면 친구가 될 수도 있었을까? 나는 무릎을 감싸안은 자세로, 나 대신 내 승천을 위해 바삐 움직이는 하주를 물끄러미 바라보았다.

"걱정도 안 돼요?"

"뭘 더 걱정하겠어요. 이미 죽었는데. 제 몸도 직접 보셨잖아요."

"아, 그쵸. 돌아가신 건 맞긴 한데…."

내 이름이 붙은 수첩을 덮었다가 다시 펼쳐 몇 줄 안 되는 정보를 읽기만 반복하던 하주가 물었다.

"왜 저승을 못 가시는 걸까요?"

"글쎄요…."

"혹시 무슨 원한이라도 있어요?"

"원한까진 잘…."

내 태도에서 의지가 없다는 걸 느낀 건지, 하주는 더 캐묻지 않았다.

"근데 절 발견한 사람이 누구죠?"

"박미자 씨요. 슬지 씨가 살던 원룸 건물 주인이라고 하시던데요."

하주의 이야기를 듣고 웬 장면 하나가 곤두박질치듯 머릿속으로 굴러떨어졌다. 하주가 우리 집으로 출동 나오기 전, 현관문을 몇 번 두드리다 대답이 없자 마스터키로 허락도 없이 문을 열고 들어오던 미자의 모습이었다.

미자는 참 무례한 사람이었다. 차라리 말없이 옆에 앉아 담배나 피우던 엄마가 더 나아 보일 정도로 사사건건 간섭했고, 무슨 일을 하는지, 왜 집에 드나드는 손님이 없는지를 꼬치꼬치 캐물었다. 내가 하는 일을 설명해 주자 표독스러운 표정으로 외치곤 했다.

"그까짓 게 무슨 일이야?"

주어진 업무를 해내고 그에 대한 대가로 돈을 받으면 그게 일이지. 미자에게는 보조출연자나 팟캐스트를 녹음해 올리는 짓들 따위는 죄다 한심해 보이는 모양이었다. 그런 일로 월세를 내고 살 수 있다는 사실이 믿기지 않는다는 듯, 미자는 월세를 받을 때마다 진짜 보낸 게 맞냐며 연거푸 되묻기도 했다. 덕분에 종이 통장을 쓰지 않는 나지만, 미자에게 월세를 보낸 기록만은 꼬박꼬박 통장에 수필로 기록해 두게 됐다. 그 정도로 사람을 질리게 만드는 부류였다.

그런 미자가 죽은 나를 제일 먼저 발견했다니, 이보다 더 최악일 수는 없었다. 미자는 소리를 지르며 7평짜리 원룸을 돌아다니다 화장실에서 나를 발견했다. 욕지거리를 내뱉은 미자는 한참 동안 내 몸을 내려다보다 경찰에 신고했다. 내가 죽지 않고 살아 있었다면 어쩌려고 두 손 놓고 지켜만 보고 있었을까. 미자는 집 밖으로 나가려다 책상 위에 놓인 내 휴대전화를 발견하곤 냉큼 주머니에 넣었다.

"굿할 비용이라도 대야지. 진짜 재수 옴 붙었네!"

유품을 챙길 가족이나 친구가 없다는 걸 누구보다 잘 알고 있는 미자였기에 그런 짓을 할 수 있었으리라. 나는 순간 하주에게 미자가 휴대전화를 훔쳐 갔다는 사실을 말해야 할지 고민에 빠졌다. 생전 처음 보는 귀신을 위해 진지하게 고민해 주는 하주는 알고 있을까? 세상엔 상상 이상의 악의를 아무렇지 않게 실행하는 사람이 생각보다 많다는 걸.

하주가 무당인 아름을 만나러 간다고 했을 때, 솔직히 너무 두려웠다. 신점이나 사주 같은 건 한 번도 본 적 없던 나는 무당이라는 존재를 만나는 게 처음이었다. 아무것도 알 수 없는 이 상황에서 영적인 힘에 의해 내가 완전히 소멸되어 버릴 것만 같았다. 이미 죽어놓고 진짜로 죽을 수도 있다고 생각하니 급격한 공포가 밀려들었다.

나도 내가 원하는 게 뭔지 알 수 없었다. 죽고 싶다며. 이딴 식으로 살고 싶지 않다며. 이미 죽기도 했고. 그런 와중에 소멸을 두려워하는 거야? 진짜 최악이었다.

아름은 시종일관 생글생글 웃기만 할 뿐 사태의 심각성을 전혀 모르는 눈치였다.

"전 어떡해야 하죠?"

목소리가 부들부들 떨렸다. 하주 앞에서 울고 싶지 않은데, 벌써부터 눈앞이 흐려졌다.

"제발 도와주세요!"

소리를 지르면서도 정작 무엇을 도와달라는 건지에 대해서는 솔직해지기 어려웠다. 죽은 날 제대로 죽게 해달라고? 떠도는 혼을 저승으로 보내달라고? 아니면 다시 살려달라고? 내 몸은 이미 영안실에서 차갑게 부패하는 중일 텐데.

지금 내가 원하는 게 있다면, 그만 외롭고 싶다는 거. 그걸 도와달라는 뜻이었을까.

나의 목소리가 들리지 않는 듯 아름은 엉뚱한 말만 늘어놓았다.

"잊지 마요. 그 방에서 얼른 나가요."

아름이 말한 방은 어떤 방일까. 내가 죽은 7평짜리 원룸을 일컫는 걸까? 그 방에서 나가지 못하고 이미 죽었는데, 뭘 어떻게 나가?

"널 살게 만드는 곳을 찾아."

그딴 곳은 없었다. 살아생전 내 심장을 뛰게 만드는 건… 그건….

집으로 돌아오는 내내 하주는 자신의 생각이 짧았다며 연신 사과했다. 선무당으로 의심하고 있었는데 진짜 선무당이었다며, 아름의 연락처 이름을 '선무당'으로 바꿔 저장한 화면까지 보여주었다.

인간을 장소로 볼 수 있다면, 지금 나를 살게 만드는 곳은 변하주였다.

함께 있으면 도무지 내가 죽었다는 자각이 들지 않게
만드는 사람. 아직까진 유일하게 내 목소리를 듣고, 나와
대화를 나눌 수 있는 사람. 살아생전에는 나와 영영 친구
가 되지 못했을 동갑내기 여자.

난 이곳을 떠나야만 했다.

한 손에 짐을 들고 집에서 챙겨온 내 물건이 젖지 않
도록 품에 안은 채 다른 손으로는 우산을 쓰고, 엉성하게
쏠린 무게중심 때문에 위태롭게 휘청거리는 다연의 등이
보였다.

"슬지 씨한테 할 말 없어요?"

눈치가 빠르다고 해야 할지, 짓궂은 면이 있다고 해야
할지. 하주는 기어코 나와 다연의 마지막 대화를 마련해
주었다. 나는 얼마나 달렸는지 숨이 차올라, 꼭 살아 있는
사람처럼 헐떡였다. 죽어서도 심장이 뛴다. 강다연을 보
기 위해 달려온 길이 나를 살게 만드는 것 같았다.

"그때도 내가 먼저 꼬실 거라고요."

영원히 사랑하자는 말 대신 먼저 꼬실 거라는, 참 다연
다운 말이었다. 끝은 장담할 수 없지만 시작은 해보자. 뭐

든 해보자. 안 해보고 후회하는 것보단 낫겠지. 다연의 신념과도 같은 그 말은 어떤 이별이든 감내할 수 있는 다연의 굳건한 면모에서 비롯된 것이었다.

저렇게 축 처진 등도 시간이 지나면 원래대로 곧게 펴지겠지. 어떤 이별이든 다연은 결국 이겨낼 테니까.

세찬 빗방울이 내 몸을 뚫고 바닥으로 떨어졌다. 차라리 흠뻑 젖고 싶은데. 비가 만드는 한기에 오들오들 떨며 눈물의 온도를 몽땅 잊어버리고 싶은데. 귀신인지 유령인지 모를 빌어먹을 지금의 처지에서는 비에 젖을 수조차 없었다. 살아 있을 때는 비에 젖을까 봐 큰 우산을 황급히 펼치기 바빴는데, 지금 나를 적실 수 있는 건 내 눈물뿐이라는 사실이 너무 잔인했다. 귀신도 아무나 하는 게 아니었다. 이토록 초라하고 고독한 존재가 있는 줄 살아생전엔 미처 몰랐다.

하주는 부정하고 싶겠지만, 하주와 진주는 정말 똑같이 생겼다. 같은 몸에서 나왔다는 이유만으로 이렇게 닮을 수 있는 걸까. 나한테 형제나 자매가 있었다면 어떤 외모였을까.

우리 엄마는 어떻게 생겼었더라?

죽은 이후 거울을 볼 수 없게 됐다. 정확히 얘기하면 거울 속에 내가 비치지 않았다.

그래서 내가 어떻게 생겼는지도 이젠 가물가물하다.

난 어떤 사람이었을까.

많은 걸 잃어가고 있었다.

사람을 찾으려면 서울로, 귀신을 찾으려면 한강으로 가야 한다는 하주의 말은 사실이었다. 집에 있어 봐야 딱히 할 일도 없었기에 지푸라기라도 잡는 심정으로 하주의 출근길을 따라나섰다.

"너, 내가 보여?"

빨간 머리 귀신의 얼굴에 환희가 비쳤다. 외로운 사람은 같은 외로움에 고통받는 사람을 한눈에 알아본다. 나는 언제나 외로웠기에 이런 걸 눈치채는 데는 도가 텄다.

하주가 업무를 보는 동안 빨간 머리 선배 귀신과 많은 대화를 나누고 싶었지만, 그러지 못했다. 함께 다니는 '산 사람'이 있다는 얘길 하자마자 여자의 말수가 급격히 줄어들었기 때문이었다. 저건 무슨 감정일까. 질투? 아니면 처음 보는 광경에 대한 놀람?

아니다. 사무치는 외로움이겠지.

"왜 아직까지 여기 계시는 거예요? 승천도 안 하시고?"

"그건 나도 몰라."

정말로 모르는 눈치였기에 나도 가타부타 질문을 던질 마음이 싹 사라졌다. 하긴. 방법을 알았으면 이렇게 물귀신이 되어 남았을 리가 없지.

"네 살길은 네가 찾아. 산 사람 정기 빨아먹지 말고."

그냥 던진 말 같지 않아 계속 마음에 걸렸다. 결국 하주에게 바람 좀 쐬고 오겠다는 핑계를 대고 다시 한강으로 갔다. 몇 번의 무임승차 끝에 다다른 한강에는 여전히 빨간 머리 여자가 있었다.

"그게 무슨 말이에요?"

다시 찾아온 나를 보고 여자는 웃기다는 듯 피식, 콧방귀를 뀌었다.

"제가 하주 옆에 있으면 무슨 일이 생긴다는 뜻인가요?"

"상식적으로 생각해도 그렇지 않아?"

여자는 눈을 가늘게 뜨며 느리게 중얼거렸다. 어디쯤 처박힌 기억을 더듬는 것 같았다.

"어디선가 들은 적이 있어…. 여기저기 떠도는 다른 귀신을 꽤 만났거든."

나는 침을 꼴깍 삼켰다. 선배 귀신보다 더 오래된 귀신이 있다니. 거슬러 올라가 보면 고조선 귀신까지 찾을 수 있을지도 모른다. 역사란 죽고 사는 일의 반복이니 지금 밟고 있는 이 땅도 과거엔 누군가 피를 흘리며 죽어간 곳일 터였다.

"신이 하는 일을 내가 어떻게 알겠어? 아무튼 너처럼 산 사람이랑 얽히는 경우가 왕왕 있대."

내가 입을 열려고 하자, 여자가 황급히 덧붙였다.

"참고로 난 거기에 대한 원인도 해결법도 몰라."

"네…."

"그렇게 서로가 모르는 사이에 얽혀버린대."

"그러면 어떻게 되나요? 얽힌다는 게…."

"너 정말 몰라?"

여자가 눈을 더욱 동그랗게 떴다.

"너희 이미 단단히 얽혔던데."

"네?"

"나한테 그 경찰관이 다가왔을 때, 넌 사라지고 없었어."

“무슨….”

“너도 모르게 그 경찰관 몸으로 들어간 거야.”

믿을 수 없는 소리였다.

“넌 너대로 죽었다는 걸 잊어버리고, 걔는 걔대로 인생을 뺏기고. 결국 둘 다 죽는 꼴이래도.”

“그런 건 내가 원한 게 아니에요! 하주는 제 친구라고요….”

“정말이야? 정말 고의가 없는 게 맞아? 어쩌면 너도 원했을지도 몰라.”

“아니에요!”

“한 가지 팁을 알려줄게. 혹시나 걔 몸을 차지하게 됐는데 네 의식이 또렷하면, 뭐든 기록을 해놔. 너에 대해서. 귀신인 상태로는 뭘 적을 수가 없잖아.”

여자의 눈빛에 슬픔이 가득 들어찼다. 뒤쪽에서는 자전거를 타는 사람들의 즐거운 고함이 이따금 들려왔다.

“내 이름은 이소윤이야.”

“….”

“1990년 10월 8일생 이소윤. 혹시 경찰관 몸으로 들어가게 되면 다른 경찰한테 꼭 전해줘.”

“왜요?”

“아직 시체가 발견되지 않았거든.”

소윤이 눅눅한 눈을 굴렸다.

“뛰어내린 지 한참인데 아직이야…. 손가락도 다 부르 텄을 텐데. 지문이 안 나오면 어떡해?”

“왜 뛰어내렸어요? 가족이 어디 있는지 알면….”

소윤이 다리에 힘이 풀린 듯 그대로 주저앉았다.

“아니, 아니. 아무것도 기억 안 나. 서서히 잃어가. 나도 모르게. 왜 죽으려고 한 건지도 이젠 까마득해. 너도 곧 이렇게 될 거야. 넌 너에 대해 기억나는 게 있어?”

“…아뇨.”

인정하고 싶지 않은 진실이었다.

“이젠 제 얼굴도 기억 안 나요.”

내 대답에 만족한 듯 소윤이 씨익 웃었으나, 그 뒤로 말이 없었다. 할 말도 잊은 모양이었다.

기억이 명쾌하지 않다. 장면이 조각나기도 하고, 몇 시 간 분량의 기억이 보따리째 사라진 것 같기도 했다. 몸이 퉁퉁 부은 것 같다가도 날카로워졌고, 앞이 깜깜했다가 또렷해졌다가, 모든 게 뒤죽박죽이었다. 뭔지는 몰라도 '진짜 죽음'이 다가오고 있다는 게 확실히 느껴졌다. 분명 눈을 감고 있는데도 어떤 모습이 보였다. 보이지 않는 제3의 눈이라도 생긴 것처럼. 얼른 하주의 곁을 떠나야만 하는데, 갈수록 몸이 내 마음대로 따라주지 않았다.

쏟아지는 비를 맞으며 달렸다. 얼마 만에 느껴보는 감각일까. 비를 맞는다는 것. 빗방울의 무게를 온몸으로 버텨내며 깨달았다. 지금 나는 하주의 몸 안에 들어와 있었다. 어쩌면 요령을 터득해 버렸는지도 모르겠다. 소윤에게는 전혀 고의가 아니라고 했지만, 이젠 나도 잘 모르겠다. 무슨 말이 하고 싶어서 이렇게 달리고 있는지조차도.

녹슨 현관문 사이로 절규가 새어 나왔다. 엄마가 짐승처럼 울고 있었다. 나는 벽에 기대앉은 채 한참이나 엄마의 울음소리를 들었다. 빗소리와 썩 잘 어울렸다. 많은 걸 잊었는데 엄마에 대한 건 아직도 생생했다. 엄마가 내 이름을 지어줬다는 사실 같은 거. 살면서 아무짝에도 쓸모없는 정보인데 이런 건 왜 잊히지 않을까.

내 이름을 왜 슬지라고 지었냐고 물었을 때, 엄마는 씩 웃으며 말했다.

"슬기롭고 지혜롭게 살라고. 엄마나 아빠랑은 다르게. 넌 할 수 있을 거야."

아니, 엄마. 난 세상에서 제일 멍청하고 초라하게 죽었어. 엄마가 상상도 못 한 방식으로. 엄마는 처음부터 끝까지 틀렸어. 지나가는 남자를 구경할 시간에 자식을 돌봤어야 해. 하나밖에 없는 자식 옆에서 술 마시고 담배를 피울 게 아니라 학교는 잘 다니고 있는지, 생리통이 심할 땐 어떻게 해야 하는지, 먹고 싶은 음식이 있는지를 물었어야지. 팟캐스트도 그래. 혹시 내 채널이 유명해지면 엄마에게 닿지 않을까 싶어서 시작한 건데, 그것도 너무 초라해. 난 날 초라하게 만드는 사람이 제일 싫어. 근데 그게 엄마라고.

더 이상 참을 수 없어 문을 세차게 열었다. 울던 엄마가 느리게 나를 돌아봤다. 저 말라붙은 눈동자에서도 쏟아질 눈물이 있었다니. 나는 여전히 접이식 식탁 위에 놓인 보리차를 한입에 털어 넣었다. 어릴 때 마시던 것과 똑같은 맛이 느껴져 온몸에 소름이 돋았다.

"엄마."

엄마는 울음을 뚝 그친 채 황망한 눈으로 나를 바라보았다.

"…슬지니?"

"…."

"엄마라고 불리는 거, 진짜 오랜만이네…."

나는 울음을 멈추는 법도 잊은 모양이었다. 숨도 쉬지 못할 만큼 눈물이 쏟아졌다.

"나도 오랜만이야. 엄마한테 이름 불리는 거…."

나를 한참 바라보던 엄마가 아주 천천히 새우처럼 등을 둥글게 말고 바닥에 누웠다.

"여기 누워."

가슴 앞 바닥을 툭툭 두드리는 소리에 이끌려 나도 엄마와 똑같은 자세로 누웠다. 난 진짜 배알도 없는 년이다. 이러려고 하주의 몸을 빼앗아 돌아온 건 아니었는데.

살아 있을 땐 최대한 좋게 좋게 생각하느라 눈을 가리고 있었는데, 죽어보니 알겠다. 엄마가 틀렸어. 엄마가 살아온 방식도, 앞으로 살아갈 날도 오답이야. 우리 가족의 끝이 이렇게 한심한 이별이 될 줄은 몰랐지만, 전혀 예상하지 못한 바도 아니야. 다 틀렸어. 모조리.

"엄마는… 떠나고 행복했어?"

기껏 묻는 게 이딴 질문이다. 엄마는 웃지도 고민하지
도 않고 덤덤히 말했다.

"좆같았지."

모든 게 틀려먹은 엄마는 여전히 웃겼다.

내가 누구더라?

겨우 눈을 떠보니 진주가 무릎을 꿇고 앉아 울고 있었
다. 옆에서는 아름이 무섭게 나를 노려보는 중이었다. 알
아, 다 내 잘못인 거. 난 알아. 모든 게 나의 고의였다는
걸. 소윤에게 한 말은 거짓말이야.

팥 냄새와 짐승의 피 냄새가 섞인 좁은 원룸은 숨 막힐
만큼 고통스러운 공간이었다. 당장이라도 뛰쳐나가고 싶
었다.

아름을 데려온 건 아주 현명한 선택이었다.

나는 온 힘을 끌어모아 입술을 움직였다.

"네가 언니보다 똑똑하네."

변하주는 세상에서 가장 멍청한 경찰관이다. 자신의

모든 걸 빼앗기는 줄도 모르고 나한테 친구 하자며 한가로운 소망이나 빌던, 세상 물정 모르는 멍청이.

그러니까 더 잘 살아.

누구보다도.

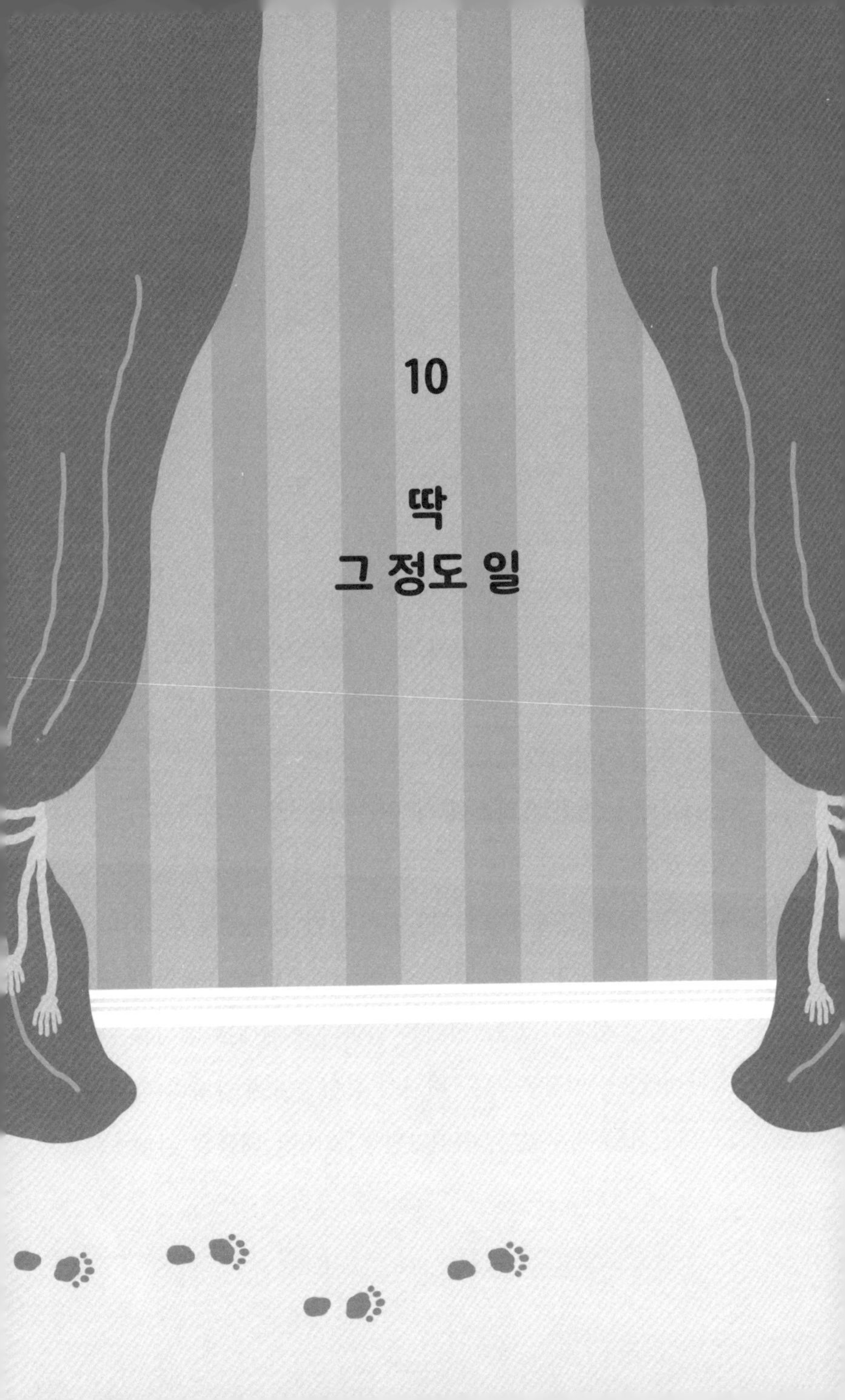

10

딱
그 정도 일

예전 같지 않은 몸의 기능을 회복하는 데는 꽤 오랜 시간이 필요했다. 하주는 잠에 드는 감각, 일어날 때의 기분, 식도로 음식물이 넘어가는 일련의 과정들이 모두 낯설어 미칠 지경이었다.

회사에는 질병 휴직을 신청했다. 심층적이고 장기적인 치료가 필요하다는 진단서를 첨부하고 나서야 겨우 얻게 된, 어찌 보면 인생 최초의 '긴 휴식'이었다. 학생일 땐 공부한다고, 대학교 졸업 전에는 공무원 시험을 준비한다고, 시험에 합격하고 난 뒤에는 일한다고 제대로 쉬어본 적이 없었다. 팀장은 무슨 바람이 불었는지 두말하지 않고 의견서를 써주었다. 원래라면 이것저것 태클을 걸고 말도 안 되는 소리를 덧붙여가며 아픈 사람을 더 아프게 만들었을 텐데, “변 경사, 푹 쉬고 돌아와” 하고 전에 없는 격려까지 했다.

“하주야, 너 괜찮은 거 맞지?”

근덕은 두툼한 손으로 몇 번이고 하주의 손을 맞잡으며 염려해 주었다. 그 낯선 다정함 앞에서 어쩐지 형식적인 대답을 하고 싶지 않아, 하주는 그냥 울어버렸다.

“역시 사람은 밤에 잠을 자야 해. 자연을 거스르려고 하지 마. 쉬는 동안 최대한 많이 자고 맛있는 거 많이 먹고 와.”

“반장님도 밥 좀 천천히 드시고 건강관리 잘하세요. 아셨죠? 요즘 통풍이 다시 도진 것 같다면서요.”

“약속할게.”

근덕이 내민 새끼손가락이 너무 통통하고 귀여워서 하주는 눈물을 닦음과 동시에 크게 웃고 말았다. 휴직 절차가 끝난 뒤엔 대학병원에서 MRI와 부위별 CT를 찍으며 온몸을 검사해 보았다. 다행인 건 특별한 이상이 없다는 점이었고, 불행이라면 급격한 건강 악화의 원인을 영영 모르게 됐다는 점이었다. ‘원인 불명’이라는 글자가 진

단서에 찍힐 때까지, 진주는 한 번도 하주의 곁을 비우지 않았다.

"알바는 어쩌고."

"언제든 그만둘 수 있는 게 알바잖아."

"어렵게 구한 거 아냐?"

"내가 제일 어렵게 구한 건 언니야."

퇴원하는 날, 진주는 닭곰탕을 끓여 왔다. 식당에서 사 먹는 것보다 훨씬 맛있었다. 상미는 나물이 잔뜩 들어간 김밥을 바리바리 싸 들고 병문안을 왔다. 이웃이 집에 놀러 와 있으니, 방이라고만 여겼던 원룸이 진짜 '집'처럼 느껴졌다.

집의 완성은 역시 사람의 온기구나. 상미 덕에 여자 셋이 분식 파티를 했고, 하주는 오랜만에 크게 웃었다.

많은 걸 잃은 기분이었지만, 뭘 잃어버렸는지 알 수 없어 주먹을 물끄러미 바라보았다. 금이 쩍쩍 그어진 손바닥에 위에, 앞으로 어떤 걸 올리며 살아야 할까.

하주는 집에서 자주 멍해졌다. 종종 코피도 흘렸다. 과거 은행원이었다는 상미는 언니의 건강을 염려하는 진주에게 이렇게 말했다고 한다.

"원래 퇴사하면 확 아파. 그동안 자기도 모르게 아픈 걸 참아왔을 거거든. 그게 한꺼번에 둑 터지듯이 밀려오게 돼. 나도 퇴사하고 여기저기 아팠어."

하주는 상미가 자신의 아픔에 공감해 주는 게 어쩐지 슬펐다.

왜 우리는 사는 내내 아파야 할까?

아름이 집에 놀러 왔다. 집까지 드나들 만큼 친한 사이는 아니었는데, 막무가내로 오겠다기에 그러라고 했다.

"이게 도대체 뭔데요?"

명함 크기의 빨간색 보자기를 내민 아름이 얼른 받으라고 재촉했다.

"당분간 꼭 몸에 지니고 다녀요. 매일 들고 다니는 물건에 넣어서!"

이유를 물을 새도 없이 아름은 7평짜리 원룸 곳곳에 들고 온 액체를 뿌리기 시작했다. 무색무취였지만 묘하게 기분이 나빴다.

"도대체 왜 이러는 거예요?"

진주는 하주를 말리며 아름이 마음대로 행동하도록 적극적으로 도왔다. 어느 것 하나 이해되는 일이 없었다.

회사에서 챙겨온 짐을 정리하던 중에 '소슬지'라는 라벨이 붙은 회색 수첩을 발견했다. 오래 썼는지 표지가 너덜너덜했다.

"뭐야, 이게…."

옛날 형사 시절에 쓴 거라고 하기엔 소슬지라는 한 명에게만 집중한 듯한 메모뿐이었다. 이런 사건이 있었던가.

수첩의 중간쯤 지나자, 경찰 업무와는 전혀 관련 없는 내용이 적혀 있었다.

제철 식재료 조리법, 배 아플 때 먹으면 좋은 음식, 속 편해지는 요리….

다 쓰지 않은 수첩이지만, 마지막 장에 세 글자가 적혀 있었다. 아무리 봐도 하주의 글씨는 아니었다.

고마워.

하주는 들뜬 마음에 콧구멍을 벌름거렸다. 진주에게

처음으로 요리를 해주는 날이었기 때문이다. 진주와 함께 지내면서 요리에 대한 장벽이 많이 허물어진 덕이었다. 퇴원하던 날 진주가 끓여줬던 닭곰탕이 무척 맛있었는데, 레시피가 그닥 어려워 보이지 않았다. 냄비를 꺼내 물을 붓고 끓이면 준비는 끝이었다.

막상 각 잡고 시작하려는데 원수 같은 복통이 또 밀려왔다. 저절로 허리가 굽어진 하주는 그대로 화장실로 달려갔다. 그리고 얼마 지나지 않아 밖에서 폭탄이 떨어지는 듯한 굉음과 함께 집이 흔들리는 느낌이 들었다.

"뭐야!"

황급히 문을 열고 나가려 했지만, 화장실 문이 열리지 않았다. 손의 물기를 닦고 다시 손잡이를 돌려봐도 문은 꿈쩍도 하지 않았다. 진주가 퇴근하려면 적이도 한 시간은 더 남았고, 휴대전화는 거실에 있었다.

"아, 미친… 가스불!"

신속히 밖으로 나가지 못할 경우 벌어질 상황에 하주는 공포를 느끼기 시작했다.

"진주야! 상미 씨!"

일터에 있는 진주에게, 어디 있는지도 모를 상미에게

들릴 리 없다는 걸 알면서도 하주는 계속 그들의 이름을 부르짖었다. 온몸으로 들이박아 보기도, 발로 차보기도 했지만, 화장실 문은 여전히 묵묵부답이었다.

문에 계속 들이박느라 어깨 살갗이 벗겨지고 힘이 점점 빠져갈 무렵, 남은 힘을 짜내 다시 한번 들이박는 순간, 뒤에서 폭풍이 훅 불어오는 느낌이 들더니 일순간 문이 박살 났다. 상황을 파악할 틈도 없이 벌떡 일어난 하주는 가스불부터 껐다. 이미 물은 증발했고, 불에 달궈지던 냄비가 위협스럽게 들들거리는 소리를 내고 있었다. 조금만 늦었다면 정말 큰일이 날 뻔한 순간이었다.

"헉, 허억⋯."

뒤를 돌아보니 제 힘으로는 도저히 해낼 수 없는 광경이 펼쳐져 있었다. 화장실 문이 산산조각 나 있었고, 문을 막고 있던 집기들이 베개 솜처럼 터진 채 흩어져 있었다. 누가 보면 폭탄이라도 터진 줄 알 것이다. 알고 보니 벙커 침대가 무너지면서 철제 구조물들이 화장실 입구를 막은 상황이었다.

"이게 뭔⋯."

다리에 힘이 풀린 하주는 그대로 주저앉았다. 그때, 난데없이 화장실 변기 레버가 저절로 내려갔다. 이 모든 게 황당한 꿈처럼 느껴졌다. 악몽이라고 하기엔 기묘하고, 술자리 안줏거리로 삼기엔 누가 믿어줄까 싶을 정도로 어처구니없는 해프닝.

'잊지 마요.'

이 얘길 언제 들었더라?

'그 방에서 얼른 나가요.'

기억 저편에 처박아둔 출처를 알 수 없는 목소리가 머리를 스치고 지나갔다. 하주는 숨을 헐떡이며 조금 전 자신이 겪은 일을 복기해 보았다.

"천사가 왔다 갔나….."

아무리 생각해도 딱 그 정도 사이즈의 일이었다.

세상에서 가장 말도 안 되는 일은 무엇일까. 귀신이 보이는 것? 그 귀신이 내 똥 냄새를 맡았다고 우기는 것? 나만 바라보는 귀신이 진짜로 죽을 수 있도록 다정함을 쏟아붓는 것? 아니다. 진짜 말도 안 되는 일은, 지금 이 순간 내가 살아 있다는 사실이다. 누군가 이 소설의 장르를 판타지라고 부른다면, 그건 슬지가 귀신이라서가 아니라 슬지를 제외한 모든 등장인물이 살아 있기 때문일 것이다. 아, 빨간 머리 소윤도 제외하고.

나는 생에 대한 믿음이 없는 사람이었다. 살아서 뭐 하나, 어차피 내 인생은 아무 일도 없이 흘러가다가 죽음으로 끝날 텐데. 끝없는 고통만 겪다 끝날 거라면 차라리 그 끝을 내가 앞당기는 게 낫지 않을까. 이런 생각을 달고 살았다. 비관과 부정, 회의 같은, 보기만 해도 입이 텁텁해지는 단어들이 나의 수식어였다. '였다'라고 말하는 건, 지금의 나는 꽤 많이 달라졌다는 뜻이다. 뻔하고 시시한 결말이지만.

무엇이 '툴툴이', '징징이'였던 나를 바꾸었나. 종교도, 인생을 뒤흔드는 사건도 아니었다. 많은 일이 있었고, 그 순간에는 생사를 넘나드는 고통이 따랐지만, 모든 감정의 파도가 끝난 다음 고요히 복기해 보면 대부분 하잘것 없는 감정 소모에 가까웠다. 경찰관으로, 과학수사요원으로 일하면서 숱한 죽음을 마주한 결과도 아니었다. 몸이 피곤해서 툴툴거릴 체력조차 없이 꾸역꾸역 살다 보니, 어느새 하나둘씩 제자리를 찾았을 뿐이다. 난파선이라 여겼던 인생의 배도 어쩌다 보니 제 항로를 찾아 적당한 속도로 나아가고 있었다. 우왕좌왕하면서도 항로를 벗어나지 않으려 애쓰는 나의 배를 보며 깨달았다. 이 모든 풍경은 내가 살아 있기에 볼 수 있다는 사실을. 엄마는 늘 돈 걱정이 제일 배부른 걱정이라고 했다. 맞는 말이었다. 아프지 않은 몸으로 살아 있는 매 순간은 기적이었다. 당연하다고 여기지만, 잃고 나면 결코 당연하지 않은 것.

살아 있는 게 말도 안 되는 일이라면, 그 기적을 누리는 우리는 무엇을 해야 할까? 그 질문에 대한 답을 찾기 위해 이 책을 썼다. 최근 '고독사'라는 단어가 주목받고 있지만, 나는 이 말이 아쉽다. 죽음은 본질적으로 고독할 수밖에 없다. 가족들이 임종을 지켜본다고 해서 화기애애한 죽음이 되는 것은 아닐 것이다. 그래서 나는 '고독사(死)'가 아니라 '삶(生)'에 대해 말하고 싶었다. 죽을 때 고독하더라도, 사는 동안은 잘 살자. 외롭지 않게, 타인에게 조금의 다정함과 친절을 건네며. 삶이 팍팍하다면 삶은 계란 하나라도 나누며 버텨보자. 아니면 상미가 싸주는 참치김밥을 먹으며 음료수를 나눠 마셔도 좋고.

나는 결말을 잘 맺지 못하는 사람이다. 그래서 엔딩을 보지 못한 게임이 게임기 안에 가득하다. 수염을 매만지는 마리오, 얼른 적을 물리치고 싶을 록맨, 커다란 반지를 들고 디바를 찾아 우주를 누비는 크로노아, 마일섬을 돌아다니는 노동 끝에 섬에 입주시켰던 동물의 숲 주민들, 드래곤볼을 모아 인류를 구하기 위해 에네르기파 수련 중인 손오공까지. 결말을 보지 못했기에, 이들은 여전히 나와 함께 숨 쉬고 있는 것 같다. 소설도 마찬가지다. 책이 끝났다고 등장인물들의 삶까지 끝났다고는 생각하지 않는다. 하주와 슬지는 지금도 대한민국 어딘가에서 잘 살아가고 있을 것만 같다. 작가로서 책을 쓴다는 건, 어쩌면 인생의 동료를 늘리는 일인지도 모르겠다. 죽음은 고독할지언정 삶은 덜 외롭기 위해, 나는 오늘도 끊임없이 글을 쓴다. 너, 내 동료가 돼라!

이 글을 읽는 독자분들이 다정함이나 위로를 한 톨이라도 받아 간다면 더할 나위 없겠다. 특별한 배경이 없는 한, 우리는 모두 하주와 슬지가 아닌가. 일하느라 제때 화장실도 못 가는 사람. SNS에서 유행하는 똑소리 나는 살림법과 밀키트 만드는 법을 따라 하고 싶지만 정작 장을 보러 갈 여유가 없는 사람. 장을 본다고 해도 칼 각으로 정리할 양문형 냉장고를 살 수 없는 사람. 냉동고가 더 컸으면 좋겠다고 바라는 사람. 간편식을 에어프라이어에 돌려 먹는 게 최선인 사람. 친구와 음료를 나눠 마시며 회사 욕을 실컷 하는 사람. 가족에게서 위로보다는 버거움을 더 많이 느끼는 사람. 내 힘으로 열심히 노동해 먹고사는데 남들에게 옳지 않다거나 청춘을 낭비한다며 힐난받는 사람. 자신의 사랑을 부정당하면서도 묵묵히 나만의 길을 걷는 사람. 그 모든 하주와 슬지들이 조금 더 행복해지기를 진심으로 바란다. 제멋대로 사랑에 빠졌다가 멋없이 빠져나올지언정, 무언가를 더 사랑하는 '오늘'을 보낼 수 있기를.

죽지 마, 소슬지

초판 1쇄 인쇄	2026년 2월 2일
초판 1쇄 발행	2026년 2월 9일

지은이	원도

기획	신지민
책임편집	이원지
디자인	studio forb
책임마케팅	최혜령, 박지수, 도우리, 양지환
마케팅	콘텐츠 IP 사업본부
해외사업	한승빈, 박고은
경영지원	백선희, 권영환, 이기경, 최민선
제작	제이오

펴낸이	서현동
펴낸곳	㈜오팬하우스
출판등록	2024년 5월 16일 제2024-000141호
주소	서울특별시 강남구 테헤란로 419, 11층(삼성동, 강남파이낸스플라자)
이메일	info@ofh.co.kr

ⓒ 원도

ISBN 979-11-7577-089-8 (03810)

한끼는 ㈜오팬하우스의 출판 브랜드입니다.